Dla moich córek
Sophie, Chloë, Céline, Eloïse, Margaux

TERAZ

Butelka szampana uderza o marmurowy blat w kuchni, wystraszona lekko się podrywam. Zerkam na Jacka w nadziei, że nie zauważył, jak bardzo jestem zdenerwowana. Dostrzega moje spojrzenie i uśmiecha się do mnie.

– Idealnie – mówi.

Bierze mnie za rękę i prowadzi tam, gdzie czekają na nas goście. Gdy przechodzimy przez hol, widzę rozkwitającą lilię, którą przynieśli nam Diane i Adam. Jest cudownie różowa, mam nadzieję, że Jack posadzi ją w tej części ogrodu, którą widać z okna mojej sypialni. Na samą myśl o ogrodzie zbiera mi się na płacz, przełykam szybko łzy, które napływają gdzieś z głębi mojej duszy. Stawka, o którą zagram dzisiejszego wieczoru, jest tak wysoka, że muszę się skupić wyłącznie na tym, co tu i teraz.

W salonie, w zabytkowym kominku, płonie spokojnie ogień. Jest już druga połowa marca, ale wieczory nadal bywają zimne, a Jack chce, by nasi goście czuli się komfortowo.

– Masz naprawdę piękny dom, Jack – mówi Rufus z podziwem. – Prawda, Esther?

Nie znam Rufusa ani Esther. Sprowadzili się tutaj niedawno, a poznałam ich dopiero dziś wieczorem, przez co jestem jeszcze bardziej zdenerwowana niż przedtem. Ale nie mogę zawieść Jacka, przywołuję więc uśmiech na twarz i modlę się w duchu, żebym przypadła im do gustu. Esther nie odpowiada uśmiechem – pewnie wstrzymuje się jeszcze z oceną. Nie dziwię się jej. Odkąd przed miesiącem dołączyła do kręgu naszych znajomych, słyszy zapewne przy każdej okazji, że Grace Angel, żona błyskotliwego prawnika Jacka Angela, jest doskonałym przykładem kobiety, która ma wszystko – idealny dom, idealnego męża, idealne życie. Na miejscu Esther też traktowałabym siebie z rezerwą.

Mój wzrok pada na pudełko drogich czekoladek, które właśnie wyjęła z torby, i czuję dreszczyk podniecenia. Nie chcę, żeby dała je Jackowi, więc przysuwam się bliżej, a Esther odruchowo wręcza je właśnie mnie.

– Dziękuję, wyglądają cudownie – mówię uprzejmie i odkładam pudełko na stolik, by otworzyć je później, gdy podamy kawę.

Esther mnie intryguje. Jest przeciwieństwem Diane – wysoka, szczupła, jasnowłosa, skryta – a zarazem pierwszą osobą, która po wejściu do naszego domu nie zachwyca się nim głośno, za co mimowolnie ją podziwiam. Jack upierał się, że sam wybierze dom, mówił, że będzie to prezent ślubny dla mnie, więc zobaczyłam go po raz pierwszy po powrocie z naszego miesiąca miodowego. Choć wcześniej wspominał, że dom będzie idealny, nie rozumiałam tego entuzjazmu, dopóki go nie zobaczyłam.

Wybudowany na rozległych gruntach, na samym skraju miejscowości, zapewnia Jackowi poczucie odosobnienia, którego tak pragnie, a także zaszczyt posiadania najpiękniejszego domu w Spring Eaton. I najbezpieczniejszego. Budynek jest wyposażony w skomplikowany system alarmowy ze stalowymi żaluzjami zewnętrznymi, które chronią okna na parterze. Komuś może się wydawać dziwne, że żaluzje są często zasunięte w ciągu dnia, ale Jack wyjaśnia wszystkim zainteresowanym, że w jego pracy bezpieczeństwo to jeden z priorytetów.

Na ścianach salonu wisi wiele obrazów, ale największe zainteresowanie budzi zwykle ogromne płótno umieszczone nad kominkiem. Diane i Adam, którzy już je widzieli, nie mogą się oprzeć i podchodzą bliżej, by przyjrzeć mu się raz jeszcze. Rufus do nich dołącza, podczas gdy Esther siedzi na kanapie obitej kremową skórą.

– Niesamowite – mówi Rufus, wpatrując się z fascynacją w setki maleńkich kropek tworzących większość obrazu.

– Nosi tytuł *Świetliki* – wyjaśnia Jack, odkręcając drut z korka butelki szampana.

– Nigdy nie widziałem czegoś podobnego.

– Grace to namalowała – mówi Diane. – Uwierzyłbyś?

– Powinieneś zobaczyć inne obrazy Grace. – Jack niemal bezgłośnie wyjmuje korek z butelki. – Są naprawdę niezwykłe.

Rufus rozgląda się po pokoju z zainteresowaniem.

– Wiszą tu?

– Nie, są w innych częściach domu.

– Tylko dla oczu Jacka – żartuje Adam.

– I Grace, prawda, kochanie? – dorzuca Jack, uśmiechając się do mnie. – Tylko dla twoich oczu.

– Tak, to prawda – odpowiadam, odwracając wzrok.

Siadamy obok Esther na kanapie, a Diane wykrzykuje radośnie, gdy Jack rozlewa szampana do wysokich kieliszków. Zerka na mnie.

– Czujesz się już lepiej? – pyta Diane. – Grace nie mogła wczoraj pójść ze mną na lunch, bo była chora – wyjaśnia, zwracając się do Esther.

– To była tylko migrena – protestuję.

– Niestety, Grace ma do nich skłonność. – Jack patrzy na mnie ze współczuciem. – Ale na szczęście nigdy nie trwa to zbyt długo.

– Już drugi raz wystawiłaś mnie do wiatru – zauważa Diane.

– Przepraszam – odpowiadam z pokorą.

– Cóż, tym razem przynajmniej nie zapomniałaś – droczy się ze mną. – Może nadrobimy to w następny piątek? Będziesz wtedy wolna, Grace? Nie masz kolejnej wizyty u dentysty?

– Nie. I mam nadzieję, że nie dostanę też migreny.

Diane odwraca się do Esther.

– Chciałabyś do nas dołączyć? Spotkałybyśmy się w jakiejś restauracji w mieście, bo ja normalnie pracuję.

– Dziękuję, bardzo chętnie. – Esther zerka na mnie, jakby chciała sprawdzić, czy nie mam nic przeciwko.

Uśmiecham się do niej krzepiąco, choć jednocześnie mam okropne wyrzuty sumienia, bo wiem, że i tak nie przyjdę.

Jack prosi wszystkich o uwagę, a potem wznosi toast na cześć Esther i Rufusa, witając ich w naszej dzielnicy. Podnoszę kieliszek i upijam łyk szampana. Bąbelki tańczą w moich ustach, przez chwilę czuję radosne uniesienie, próbuję je zatrzymać. Znika jednak równie szybko, jak się pojawiło.

Spoglądam na Jacka, który rozmawia właśnie z Rufusem. Jack i Adam poznali go na polu golfowym kilka tygodni temu i zaproponowali wspólną grę. Przekonawszy się, że Rufus jest świetnym golfistą – ale nie na tyle świetnym, by pokonać mojego męża – Jack zaprosił go i Esther na kolację. Chce zaimponować Rufusowi, co oznacza, że ja powinnam podbić Esther. Ale to nie będzie łatwe: podczas gdy Diane jest po prostu zachwycająca, Esther wydaje się bardziej skomplikowana.

Przepraszam na chwilę towarzystwo i wychodzę do kuchni, by przynieść przygotowane wcześniej tartinki i dopilnować kolacji. Etykieta – Jack surowo jej przestrzega – wymaga, bym nie zabawiła tam zbyt długo, więc szybko ubijam białka czekające w misce i dodaję do bazy sufletu, którą zrobiłam wcześniej.

Rozkładam masę do mniejszych miseczek, spoglądam nerwowo na zegar, stawiam naczynia na blasze i wsuwam do piekarnika, zapamiętując godzinę. Na moment ogarnia mnie panika, boję się, że nie zdążę ze wszystkim, potem jednak upominam się w myślach, że strach jest moim wrogiem. Starając się zachować spokój, wracam do salonu z tacą tartinek. Rozdaję je, przyjmując z wdzięcznością wszystkie komplementy, bo Jack na pewno też je słyszy. Rzeczywiście, po chwili całuje w mnie w głowę i zgadza się z Diane, że jestem wyśmienitą kucharką, a ja oddycham cicho z ulgą.

Przypominam sobie, że powinnam zająć się Esther, siadam więc obok niej. Jack to dostrzega i bierze ode mnie tartinki.

– Zasłużyłaś na odpoczynek, kochanie, ogromnie się dziś napracowałaś – mówi, balansując tacą na długich eleganckich palcach.

– Nie było wcale tak źle – protestuję, co jest oczywistym kłamstwem, a Jack dobrze o tym wie, bo sam układał menu. Zadaję Esther wszystkie grzecznościowe pytania: czy się tu zadomowiła, czy przykro jej było opuszczać Kent, czy jej dwoje dzieci odnalazło się już w nowej szkole. Chyba irytuje ją fakt, że jestem tak dobrze poinformowana, pytam więc o imiona syna i córki, choć wiem, że nazywają się Sebastian i Aisling. Wiem nawet, ile mają lat – siedem i pięć – ale nie przyznaję się. Mam świadomość, że Jack uważnie mnie słucha i że może się zastanawiać, jaką grę prowadzę.

– Nie macie dzieci, prawda? – mówi Esther. Brzmi to raczej jak stwierdzenie niż pytanie.

– Nie, jeszcze nie. Pomyśleliśmy, że najpierw nacieszymy się sobą.

– Jak długo jesteście małżeństwem? – W jej głosie pojawia się nuta zaskoczenia.

– Rok – przyznaję.

– W zeszłym tygodniu obchodzili rocznicę – wtrąca Diane.

– A ja nie jestem jeszcze gotów dzielić się z nikim moją piękną żoną – dodaje Jack, dolewając Diane szampana.

Obserwuję nieobecnym wzrokiem, jak odrobina jasnego płynu nie trafia do kieliszka i ląduje na kolanie jego nieskazitelnie czystych spodni.

– Mam nadzieję, że nie uznacie tego za wścibstwo – kontynuuje Esther, wyraźnie zaciekawiona – ale czy to dla was obojga pierwsze małżeństwo?

Wydaje się, że chce, byśmy zaprzeczyli, jakby jakiś zawiedziony eksmałżonek ukryty w naszej mrocznej przeszłości mógł zedrzeć z nas pozory doskonałości.

– Tak, dla obojga – potwierdzam.

Zerka na Jacka, a ja wiem, że zastanawia się, jak ktoś tak przystojny uchował się samotnie przez tyle lat. Wyczuwając jej spojrzenie, mój mąż uśmiecha się dobrodusznie.

– Muszę przyznać, że w wieku czterdziestu lat zacząłem mieć obawy, czy znajdę odpowiednią kobietę. Ale gdy tylko zobaczyłem Grace, zrozumiałem, że czekałem właśnie na nią.

– Jakie to romantyczne – wzdycha Diane, która zna naszą historię. – Straciłam już rachubę kobiet, z którymi próbowałam wyswatać Jacka, ale przed Grace żadna mu się nie podobała.

– A co z tobą, Grace? – pyta Esther. – Dla ciebie to też była miłość od pierwszego wejrzenia?

– Tak – odpowiadam, sięgając myślami w przeszłość. – Tak właśnie było.

Poruszona wspomnieniami, wstaję nieco za szybko, a Jack natychmiast odwraca się do mnie.

– Suflety – tłumaczę spokojnie. – Powinny być już gotowe. Możecie wszyscy usiąść przy stole?

Ponaglani przez Diane, która przypomina, że suflety nie lubią czekać, goście dopijają szybko szampana i ruszają do stołu. Esther przystaje jednak po drodze, by obejrzeć uważniej *Świetliki*, a gdy Jack dołącza do niej, zamiast usiąść na swoim miejscu, oddycham z ulgą, że suflety nie są jeszcze gotowe. Inaczej denerwowałabym się okropnie, zwłaszcza że mój mąż zaczyna objaśniać, jakich technik używałam, tworząc ten obraz.

Kiedy pięć minut później siadają przy stole, suflety są idealnie wypieczone. A kiedy Diane dziwi się temu głośno, Jack uśmiecha się do mnie z drugiej strony stołu i mówi wszystkim, że jestem naprawdę bardzo zdolna.

Właśnie w takie wieczory przypominam sobie, dlaczego się w nim zakochałam. Czarujący, zabawny i inteligentny, zawsze wie, co i jak powiedzieć. Ponieważ Esther i Rufus są tutaj nowi, stara się, aby rozmowa przy stole dotyczyła tematów, które ich zainteresują. Zachęca Adama i Diane do podzielenia się informacjami na swój temat, przydatnymi naszym nowym przyjaciołom, na przykład, gdzie robią zakupy i jakie sporty uprawiają. Choć Esther słucha uprzejmie opowieści o tym, co Diane i Adam robią w wolnym czasie, kto opiekuje się ich dziećmi i kto pielęgnuje ogród, czy gdzie najlepiej kupować ryby, wiem, że w rzeczywistości interesuje się mną i wcześniej czy później wróci do faktu, że pobraliśmy się z Jackiem w dosyć późnym wieku. Wciąż chce znaleźć coś, co utwierdzi ją w przekonaniu, że nasze małżeństwo nie jest tak idealne, jak by się wydawało. Niestety, czeka ją rozczarowanie.

Przygląda się w milczeniu, jak Jack odkraja kawałek polędwicy wołowej pieczonej w cieście francuskim z grzybami, a potem nakłada zapiekankę z ziemniaków oraz glazurowanej w miodzie marchewki. Jest też groszek cukrowy, który wrzuciłam do wrzątku tuż przed wyjęciem pieczeni z piekarnika. Diane nie może się nadziwić, jak zdołałam przygotować to wszystko, i przyznaje, że sama jako główne danie podaje potrawy takie jak curry, które można przygotować wcześniej i podgrzać w ostatniej chwili. Chciałabym jej powiedzieć, że ja też wolałabym takie rozwiązanie i że żmudne obliczenia oraz bezsenne noce to cena, jaką płacę za te perfekcyjne przyjęcia. Jednak inne rozwiązanie – częstowanie gości czymś, co nie jest bliskie ideału – nie wchodzi w grę.

Esther spogląda na mnie nad stołem.

– Gdzie się poznaliście? – pyta.

– W Regent's Park – odpowiadam. – W niedzielne popołudnie.

– Powiedz jej, co się wtedy stało – namawia mnie Diane, rozochocona szampanem.

Waham się przez moment, bo już wiele razy opowiadałam tę historię. Ale Jack uwielbia jej słuchać, więc dla własnego dobra powinnam to zrobić. Na szczęście Esther przychodzi mi na ratunek. Biorąc moje wahanie za powściągliwość, dołącza się do prośby Diane.

– Proszę, opowiedz nam o tym – mówi.

– Cóż, mam nadzieję, że nie zanudzę na śmierć tych, którzy już to słyszeli – odpowiadam z przepraszającym uśmiechem. – Byłam w parku z moją siostrą Millie. Często chodzimy tam w niedzielę po południu. Tego dnia akurat grał jakiś zespół. Millie uwielbia muzykę, a wtedy bawiła się tak doskonale, że wstała ze swojego miejsca i zaczęła tańczyć pod sceną. Niedawno nauczyła się walca, więc tańcząc, rozkładała szeroko ręce, jakby prowadził ją partner. – Uśmiecham się mimowolnie do tego wspomnienia, marzę, by życie wciąż było równie proste, równie niewinne jak wtedy. – Większości ludzi to nie przeszkadzało, cieszyli się chyba nawet, że Millie jest taka szczęśliwa, ale zauważyłam, że dwoje czy troje ma niewyraźne miny, i zrozumiałam, że powinnam coś z tym zrobić, może zawołać ją do siebie albo iść po nią. Ale nie chciałam jej przerywać, bo...

– Ile lat ma twoja siostra? – przerywa Esther.

– Siedemnaście. – Robię krótką pauzę, nie chcąc stawić czoła rzeczywistości. – Prawie osiemnaście.

Esther unosi brwi.

– Więc chyba lubi zwracać na siebie uwagę.

– Nie, wcale jej na tym nie zależy, chodzi o to...

– Cóż, chyba jednak lubi. Ludzie zwykle nie wstają na koncercie w parku i nie tańczą pod sceną, prawda?

Toczy dokoła triumfalnym spojrzeniem, a gdy inni goście unikają jej wzroku, nagle robi mi się jej żal.

– Millie ma zespół Downa. – Głos Jacka przerywa niezręczną ciszę, która zapadła nad stołem. – To znaczy, że często zachowuje się bardzo spontanicznie.

Esther czerwieni się, zmieszana, a mnie ogarnia złość, że ludzie, którzy powiedzieli jej o mnie wszystko, zapomnieli wspomnieć o Millie.

– Tak czy inaczej, zanim podjęłam jakąś decyzję – wracam do opowieści, ratując Esther z kłopotliwej sytuacji – ten wspaniały dżentelmen wstał ze swojego miejsca, podszedł do Millie, ukłonił się i podał jej rękę. Cóż, Millie oczywiście była zachwycona, a kiedy ruszyli do tańca, ludzie zaczęli bić brawo. Potem kolejne pary podchodziły pod scenę i dołączały do walca. To był niezwykły, naprawdę bardzo szczególny moment. Oczywiście natychmiast zakochałam się w Jacku.

– Grace nie wiedziała wtedy, że widziałem ją z Millie w tym samym parku tydzień wcześniej i z miejsca się w niej zakochałem. Wspaniale opiekowała się siostrą, była jej całkowicie oddana. Nigdy wcześniej nie widziałem równie wielkodusznej osoby i chciałem ją za wszelką cenę poznać.

– Jackowi tak się zdawało – zabieram ponownie głos – bo ja widziałam go tydzień wcześniej, ale nie przypuszczałam, że zainteresuje się kimś takim jak ja.

Bawi mnie, gdy wszyscy kiwają głowami ze zrozumieniem. Choć jestem atrakcyjna, Jack ma urodę gwiazdora filmowego, więc zdaniem większości ludzi mam szczęście, że się ze mną ożenił. Lecz ja miałam na myśli co innego.

– Ponieważ Grace nie ma więcej rodzeństwa, kiedyś będzie musiała przejąć pełną opiekę nad Millie. Myślała, że to mnie zniechęci – tłumaczy Jack.

– Jak zniechęciło już innych – dodaję.

Mój mąż kręci głową.

– Tymczasem było całkiem odwrotnie. Właśnie dlatego, że Grace była gotowa zrobić wszystko dla siostry, zrozumiałem, że jest kobietą, której szukałem przez całe życie. W mojej branży łatwo stracić wiarę w ludzi.

– Czytałem wczoraj w gazecie, że znów należą ci się gratulacje – mówi Rufus, podnosząc kieliszek w stronę Jacka.

– Tak, dobra robota – potwierdza Adam, który pracuje w tej samej firmie prawniczej co Jack. – Masz w dorobku kolejne skazanie.

– Cóż, to była całkiem prosta sprawa – odpowiada Jack skromnie. – Choć udowodnienie, że moja klientka nie poraniła się sama, mimo skłonności do samookaleczeń, nieco komplikowało sytuację.

– A czy sprawy o znęcanie się nie są ogólnie dość proste? – pyta Rufus, podczas gdy Diane mówi Esther, na wypadek gdyby ta jeszcze tego nie wiedziała, że Jack występuje w imieniu najsłabszych, konkretnie ofiar przemocy domowej. – Nie chciałbym w niczym umniejszać twoich dokonań, ale pewnie często można liczyć na zeznania świadków czy fizyczne dowody, ślady pobicia i tak dalej, prawda?

– Jack potrafi przekonać do siebie ofiary i wzbudzić ich zaufanie do tego stopnia, że mówią mu o wszystkim, co je spotkało – wyjaśnia Diane, która chyba trochę podkochuje się w moim mężu. – Wiele kobiet nie ma się do kogo zwrócić o pomoc, boją się też, że nikt im nie uwierzy.

– Poza tym Jack zawsze się stara, żeby winowajcy trafili do więzienia na długi czas – dorzuca Adam.

– Odczuwam jedynie głęboką pogardę dla mężczyzn, którzy maltretują żony – stwierdza z mocą Jack. – Zasługują na każdy wymiar kary.

– Wypiję za to – mówi Rufus, podnosząc ponownie kieliszek.

– Nie przegrałeś jeszcze żadnej sprawy, prawda, Jack? – pyta Diane.

– Nie, i nie zamierzam.

– Żadnej przegranej sprawy... To robi wrażenie. – Rufus kiwa głową z uznaniem.

Esther spogląda na mnie.

– Twoja siostra Millie jest od ciebie sporo młodsza – zauważa, sprowadzając rozmowę na właściwe tory.

– Tak, jest między nami siedemnaście lat różnicy. Mama urodziła ją, mając czterdzieści sześć lat. Początkowo nie przyszło jej do głowy, że może być w ciąży, więc przeżyła szok, kiedy okazało się, że znów zostanie matką.

– Czy Millie mieszka z twoimi rodzicami?

– Nie, na razie mieszka w internacie we wspaniałej szkole w północnym Londynie. Ale w kwietniu skończy osiemnaście lat, więc latem będzie musiała się stamtąd wyprowadzić. Szkoda, bo bardzo lubi to miejsce.

– I dokąd się przeniesie? Do twoich rodziców?

– Nie. – Robię krótką pauzę, świadoma, że to, co za chwilę powiem, mocno ją zadziwi. – Oni mieszkają w Nowej Zelandii.

Esther otwiera szeroko oczy.

– W Nowej Zelandii?

– Tak. Przeprowadzili się tam w zeszłym roku, po naszym ślubie.

– Rozumiem. – Kiwa głową. Lecz wiem, że wcale nie rozumie.

– Millie przeniesie się do nas – wyjaśnia Jack. Uśmiecha się do mnie. – Wiedziałem, że tylko pod takim warunkiem Grace zgodzi się za mnie wyjść, a spełniłem go z niekłamaną radością.

– To bardzo szlachetne z twojej strony – zauważa Esther.

– Wcale nie. Cieszę się, że Millie z nami zamieszka. To nada naszemu życiu nowy wymiar, prawda, kochanie?

Podnoszę kieliszek i upijam łyk wina, żebym nie musiała odpowiadać.

– Wygląda na to, że świetnie się z nią dogadujesz – komentuje Esther.

– Cóż, mam nadzieję, że lubi mnie tak samo, jak ja lubię ją. Choć potrzebowała trochę czasu, żeby ochłonąć, gdy pobraliśmy się z Grace.

– Dlaczego?

– Myślę, że to był dla niej szok – tłumaczę. – Od samego początku uwielbiała Jacka, ale kiedy wróciliśmy z miesiąca miodowego, a ona zrozumiała, że będziemy już ze sobą przez cały czas, zrobiła się zazdrosna. Teraz doszła do siebie. Jack znów jest jej ulubieńcem.

– Na szczęście George Clooney zajął moje miejsce jako obiekt jej niechęci. – Jack się śmieje.

– George Clooney? – dziwi się Esther.

– Tak. – Kiwam głową, zadowolona, że mąż przywołał ten temat. – Miałam do niego słabość...

– Jak wszystkie kobiety – dorzuca Diane.

– ...a Millie była o niego tak zazdrosna, że gdy kiedyś na Gwiazdkę dostałam od przyjaciółek kalendarz z jego zdjęciami, nabazgrała na nim: „Nie lubię George'a Clooneya". Tyle że nie bardzo wie, jak się to pisze, a na dodatek ma mały problem z „l", więc napisała to fonetycznie: DŻORDŻA KUNY. To było rozczulające.

Goście się śmieją.

– Teraz ciągle opowiada wszystkim, że lubi mnie, ale nie lubi jego. To brzmi trochę jak mantra: „Lubię cię, Jack, ale nie lubię George'a Clooneya". – Jack uśmiecha się lekko. – Nie przeczę, pochlebia mi, że wymienia nas w jednym zdaniu – dodaje skromnie.

Esther spogląda na niego.

– Wiesz, rzeczywiście trochę go przypominasz.

– Z jednym wyjątkiem. Jack jest o wiele przystojniejszy. – Adam uśmiecha się szeroko. – Nie macie pojęcia, jak nam ulżyło, kiedy ożenił się z Grace. W końcu wszystkie kobiety w firmie przestały fantazjować na jego temat... i paru facetów też – dodaje ze śmiechem.

Jack wzdycha dobrodusznie.

– Daj spokój, Adam...

– Ale ty nie pracujesz, prawda? – pyta Esther, odwracając się do mnie. Wyczuwam w jej głosie tę ledwie skrywaną wzgardę, z jaką pracujące kobiety traktują gospodynie domowe. Czuję się w obowiązku stanąć we własnej obronie.

– Kiedyś pracowałam, lecz zrezygnowałam tuż przed ślubem.

– Naprawdę? – Esther marszczy brwi. – Dlaczego?

– Nie chciała rezygnować – wtrąca Jack. – Ale miała odpowiedzialną, trudną pracę, a ja nie chciałem, żebyśmy co wieczór oboje byli ledwie żywi ze zmęczenia. Być może postąpiłem samolubnie, prosząc ją o odejście z pracy, jednak marzyłem o tym, żeby po powrocie do domu móc zrzucić z siebie cały stres, a nie przejmować się jeszcze problemami zawodowymi Grace. Poza tym dużo podróżowała, a ja nie chciałem wracać do pustego domu, co przecież robiłem przez tyle lat.

– Czym się zajmowałaś? – pyta Esther, mierząc mnie spojrzeniem jasnoniebieskich oczu.

– Byłam odpowiedzialna za zakup towaru w Harrodsie.

Źle skrywany błysk w jej oczach mówi mi, że jest pod wrażeniem. Nie pyta o szczegóły, co oznacza, że na razie nie chce mi tego pokazać.

– Podróżowała po całym świecie pierwszą klasą – dorzuca usłużnie Diane.

– Nie po całym świecie – poprawiam. – Tylko do Ameryki Południowej. Sprowadzałam owoce, głównie z Chile i Argentyny – tłumaczę Esther.

Rufus patrzy na mnie z podziwem.

– To musiało być interesujące.

– Było. – Kiwam głową. – Uwielbiałam tę pracę.

– Teraz pewnie ci jej brakuje – stwierdza Esther.

– Niezupełnie – kłamię. – Tutaj też jest dużo do zrobienia.

– A wkrótce będziesz się opiekować Millie.

– Millie jest bardzo samodzielna. Poza tym przez większość czasu będzie pracować w Meadow Gate.

– W tym centrum ogrodniczym?

– Tak. Uwielbia rośliny, szczególnie kwiaty, więc ma naprawdę szczęście, że dostała tę posadę.

– Zatem co ty będziesz robić całymi dniami?

– Mniej więcej to samo co teraz, no wiesz, gotować, sprzątać, uprawiać ogród, jeśli pogoda pozwoli.

– Następnym razem musicie wpaść na lunch i obejrzeć ogród – mówi Jack. – Grace ma dobrą rękę do roślin.

– Mój Boże – wzdycha Esther z rozbawieniem. – Tyle talentów. Cieszę się, że dostałam pracę w szkole Świętego Polikarpa. Zaczynałam się już nudzić, siedząc przez cały dzień w domu.

– Kiedy zaczynasz?

– W przyszłym miesiącu. Zastępuję nauczycielkę, która odchodzi na urlop macierzyński.

Odwracam się do Rufusa.

– Jack mówił, że macie ogromny ogród. – Próbuję skierować rozmowę na bezpieczniejszy temat. Kiedy podaję kolejne porcje pieczeni, która wraz z warzywami leży na podgrzewanej płycie, goście na szczęście dyskutują już o ogrodach i architekturze zieleni, a nie o mnie. Wszyscy przekrzykują się nawzajem i śmieją głośno, a ja spoglądam ze smutkiem na kobiety i zastanawiam się, jak to jest być kimś takim jak Esther czy Diane i nie mieć na głowie kogoś takiego jak Millie. Natychmiast ogarnia mnie wstyd, bo kocham siostrę ponad wszystko i mogłabym oddać za nią życie. Na samą myśl o niej czuję przypływ nowych sił i wstaję z kanapy.

– Czy wszyscy są już gotowi na deser? – pytam.

Jack pomaga mi posprzątać ze stołu, idziemy razem do kuchni, gdzie wkładam naczynia do zlewu, by potem je przepłukać, podczas gdy mój mąż myje noże. Deser, który przygotowałam na ten wieczór, to prawdziwe arcydzieło – idealnie gładkie gniazdko bezowe wysokości ośmiu centymetrów, wypełnione bitą śmietaną. Sięgam po pokrojone wcześniej owoce i ostrożnie kładę na śmietanie plasterki mango, ananasa, papai i kiwi, a następnie dodaję truskawki, maliny i jagody.

Kiedy biorę do ręki granat, jego dotyk przenosi mnie w inny czas i miejsce, gdzie gwar rozbawionych głosów i muśnięcie słońca na twarzy stanowiły nieodzowną, oczywistą część mojego świata. Zamykam na moment oczy, przypominając sobie życie, którym dawniej się cieszyłam.

Świadoma, że Jack czeka i wyciąga do mnie rękę, podaję mu owoc. Przekraja go na pół, wybiera łyżką ziarna i posypuje nimi inne owoce. Niosę gotowy deser do salonu, gdzie okrzyki zachwytu potwierdzają, że Jack miał rację, wybierając go zamiast czekoladowo-kasztanowego tortu, który chciałam przygotować.

– Uwierzyłabyś, że Grace nigdy nie chodziła na kurs gotowania? – mówi Diane do Esther, sięgając po łyżeczkę. – Podziwiam jej talent; wszystko jest po prostu doskonałe, prawda? Choć nigdy pewnie nie zmieszczę się w to bikini, które sobie niedawno kupiłam – dodaje, klepiąc się po brzuchu ukrytym pod sukienką z granatowego lnu. – Naprawdę nie powinnam tego jeść, zwłaszcza że zarezerwowaliśmy już wczasy za granicą, ale to jest takie pyszne, że nie mogę się powstrzymać!

– Dokąd jedziecie? – pyta Rufus.

– Do Tajlandii – odpowiada Adam. – Wcześniej myśleliśmy o Wietnamie, jednak gdy zobaczyliśmy zdjęcia Jacka i Grace z zeszłorocznych wakacji w Tajlandii, postanowiliśmy przełożyć Wietnam na następny urlop. – Spogląda na żonę i uśmiecha się szeroko. – Diane zobaczyła hotel, w którym się zatrzymali, i sprawa była przesądzona.

– Więc pojedziecie do tego samego hotelu, tak?

– Nie, wszystkie pokoje były już zarezerwowane. Niestety, nie możemy sobie pozwolić na luksus wyjazdu poza sezonem wakacyjnym.

– Wy powinniście korzystać z tej swobody, dopóki możecie – zwraca się do mnie Esther.

– Staramy się.

– W tym roku też wybierzecie się do Tajlandii? – pyta Adam.

– Tylko jeśli zdążymy przed czerwcem, co z powodu sprawy Tomasina jest mało prawdopodobne – odpowiada Jack. Spogląda na mnie znacząco. – Potem zamieszka z nami Millie.

Wstrzymuję oddech i modlę się w duchu, by nikt nie zasugerował, że możemy przecież zabrać Millie ze sobą.

– Tomasin? – Rufus unosi brwi. – Coś o tym słyszałem. Jego żona jest twoją klientką?

– Owszem.

– Dena Anderson. – Kiwa głową. – To musi być interesująca sprawa.

– Owszem – przyznaje Jack. Odwraca się do mnie. – Kochanie, skoro wszyscy już skończyli, to może pokażesz Esther nasze zdjęcia z Tajlandii?

Tylko nie to, myślę.

– Nie wiem, czy będzie zainteresowana naszymi wakacyjnymi fotkami – mówię żartobliwym tonem, lecz nawet ta niewinna uwaga, która może choć odrobinę zmącić obraz naszego idealnego związku, prowokuje Esther do działania.

– Och, bardzo chciałabym je zobaczyć! – woła z entuzjazmem.

Jack odsuwa krzesło i wstaje. Wyciąga z szuflady album ze zdjęciami i podaje go Esther.

24

– Pójdziemy z Grace zrobić kawę, a wy przejrzyjcie zdjęcia. Może wrócicie do salonu, będzie wam wygodniej. Kiedy przynosimy z kuchni tacę z kawą, Diane zachwyca się głośno zdjęciami, ale Esther prawie się nie odzywa.

Muszę przyznać, że większość fotografii jest rzeczywiście olśniewająca, a ja prezentuję się na nich bardzo korzystnie: jestem wspaniale opalona, równie szczupła jak dziesięć lat temu, ubrana w różne komplety bikini. Na większości zdjęć stoję przed luksusowym hotelem, leżę na prywatnej plaży albo siedzę w barze lub restauracji, a przede mną stoi kolorowy koktajl i talerz z egzotyczną potrawą. Na każdym uśmiecham się promiennie do obiektywu niczym wcielenie zrelaksowanej, rozpieszczanej kobiety, która jest zakochana po uszy w mężu. Jack jest perfekcjonistą, jeśli chodzi o zdjęcia, i powtarza każde ujęcie dopóty, dopóki nie jest całkowicie zadowolony z rezultatu, nauczyłam się więc pozować tak, by nie miał żadnych zastrzeżeń już za pierwszym razem. W albumie są też zdjęcia nas obojga, wykonane przez uprzejmych nieznajomych. Diane pokazuje Esther, że na wielu z nich Jack i ja wpatrujemy się z zachwytem w siebie zamiast w obiektyw aparatu.

Jack rozlewa kawę do filiżanek.

– Może czekoladkę? – pytam, sięgając z wystudiowaną swobodą po pudełko, które przyniosła Esther.

– Na pewno wszyscy się już najedli – mówi Jack i rozgląda się dokoła, szukając potwierdzenia.

– O tak – potwierdza Rufus.

– Ja niczego już nie przełknę – przyłącza się Adam.

– Więc zachowamy je na inną okazję. – Jack wyciąga rękę po czekoladki, a ja powoli godzę się z myślą, że nigdy ich nie spróbuję, gdy nagle Diane przychodzi mi na ratunek.

– Nie ważcie się. Jestem pewna, że wcisnę jeszcze czekoladkę albo dwie.

– Chyba nie ma sensu wspominać o twoim bikini. – Adam
wzdycha i kręci głową, udając zrezygnowanie.

– Najmniejszego – zgadza się z nim Diane, po czym
wyjmuje czekoladkę i przekazuje mi pudełko. Biorę jedną,
wkładam do ust i podaję resztę Esther. Ta odmawia, więc
sięgam po jeszcze jeden smakołyk i oddaję pudełko Diane.

– Jak ty to robisz? – pyta Diane, spoglądając na mnie ze
zdumieniem.

– Słucham?

– Jesz tak dużo i w ogóle nie tyjesz.

– Mam szczęście – odpowiadam, częstując się kolejną
czekoladką. – I staram się kontrolować.

Dopiero gdy zegar wybija wpół do pierwszej, Esther zbiera
się do wyjścia. W holu Jack podaje płaszcze, pomaga ubie-
rać się Diane i Esther, a ja umawiam się z nimi na lunch
w Chez Louis w następny piątek o dwunastej trzydzieści.
Diane ściska mnie serdecznie. Podaję Esther dłoń i mówię,
że cieszę się na nasze rychłe spotkanie. Mężczyźni całują
mnie w policzek. Wychodząc, wszyscy dziękują nam za perfekcyjny wieczór. Słowa „idealny" i „perfekcyjny" dźwięczą
w holu tak często, gdy Jack zamyka drzwi za gośćmi, że
jestem pewna swojej wygranej. Muszę tylko dopilnować, by
Jack również uznał mój triumf.

– Musimy wyjechać jutro o jedenastej – mówię, odwracając
się do niego. – Inaczej nie zdążymy zabrać Millie na lunch.

KIEDYŚ

Moje życie stało się idealne półtora roku temu, w dniu, w którym Jack zatańczył z Millie w parku. To, co opowiedziałam Esther, po części było prawdą – rzeczywiście tydzień wcześniej widziałam go w parku i nie sądziłam, by mógł się zainteresować kimś takim jak ja. Po pierwsze, był wyjątkowo przystojny, po drugie, ja nie wyglądałam wtedy tak dobrze, jak teraz. No i była jeszcze Millie.

Czasami mówiłam o niej swoim chłopakom na samym początku, a czasami – jeśli wyjątkowo mi się podobali – wspominałam jedynie, że mam młodszą siostrę, która uczy się w szkole z internatem. Dopiero po kilku tygodniach znajomości dodawałam, że Millie ma zespół Downa. Niektórzy nie wiedzieli, jak zareagować, i znikali z mojego życia na tyle szybko, że nie musieli się nad tym zastanawiać. Inni byli zainteresowani, oferowali nawet wsparcie, dopóki nie poznali Millie osobiście – żaden z nich nie potrafił jednak zachwycić się jej spontanicznością, jak uczynił to Jack. Dwaj najlepsi byli ze mną jeszcze długo po tym, jak ją poznali, lecz oni także nie mogli zaakceptować jej dominującej roli w moim życiu.

Problem był zawsze ten sam: od początku mówiłam Millie, że gdy będzie musiała opuścić cudowną, lecz bardzo drogą szkołę, zamieszka ze mną. Nie mogłam jej więc zawieść i zmienić zdania. Oznaczało to, że pół roku wcześniej musiałam pożegnać się z Alexem – mężczyzną, z którym spędziłam dwa cudowne lata i który miał zostać ze mną do końca życia. Ale kiedy Millie skończyła szesnaście lat, świadomość jej rychłego powrotu ciążyła mu coraz bardziej. Właśnie dlatego w wieku trzydziestu dwóch lat znów zostałam sama i coraz bardziej wątpiłam, czy kiedykolwiek uda mi się znaleźć mężczyznę, który zaakceptuje zarówno mnie, jak i Millie.

Tamtego dnia, w parku, nie tylko ja zwróciłam uwagę na Jacka, choć byłam chyba najdyskretniejsza. Niektóre kobiety – szczególnie te młodsze – uśmiechały się do niego otwarcie i próbowały go sobą zainteresować. Nastolatki chichotały, zakrywając usta dłońmi, i szeptały podekscytowane, że to na pewno jakiś gwiazdor. Starsze kobiety spoglądały na niego z zachwytem, a potem zerkały na swoich towarzyszy, jakby uświadomiwszy sobie nagle, że czegoś im brakuje. Nawet mężczyźni zwracali uwagę na Jacka, gdy spacerował po parku, bo otaczała go aura dyskretnej, niewymuszonej elegancji, której nie dało się po prostu zignorować. Tylko Millie kompletnie go ignorowała. Pochłonięta grą w karty, której oddawałyśmy się od jakiegoś czasu, myślała o jednym – o wygranej.

Jak wiele innych osób przebywających w parku w ten ciepły dzień pod koniec sierpnia, odpoczywałyśmy na trawie niedaleko sceny. Kątem oka widziałam, jak Jack siada na pobliskiej ławce, a gdy wyjął z kieszeni książkę, skupiłam się ponownie na siostrze i grze. Nie chciałam, by zauważył, że na niego patrzę. Kiedy Millie tasowała karty, doszłam do wniosku, że jest cudzoziemcem, może Włochem, spędzającym w Londynie weekend z żoną i dziećmi, do których zamierzał później dołączyć.

Byłam przekonana, że tamtego popołudnia ani razu nie spojrzał w moją stronę, jakby zupełnie nie przeszkadzało mu zachowanie mojej siostry, co chwila krzyczącej „wojna!". Wkrótce zresztą wyszłyśmy z parku, bo Millie musiała wrócić do szkoły na szóstą, by zdążyć na kolację o siódmej. Choć nie przypuszczałam, że jeszcze kiedykolwiek go zobaczę, wciąż wracałam myślami do mężczyzny z parku i udawałam sama przed sobą, że nie jest żonaty, że mnie zauważył, zakochał się we mnie i wróci w to samo miejsce za tydzień, by znów mnie zobaczyć. Nie snułam podobnych fantazji od czasów szkoły średniej, co jasno dowodziło, jak bardzo chciałam wyjść za mąż i założyć rodzinę. Choć byłam niezwykle oddana Millie, zawsze wyobrażałam sobie, że zanim ze mną zamieszka, będę już miała swoje dzieci, więc stanie się dodatkowym, a nie jedynym członkiem mojej rodziny. Kochałam ją całym sercem, ale na myśl, że będziemy się starzeć tylko we dwie, skazane wyłącznie na swoje towarzystwo, ogarniało mnie przerażenie.

Tydzień później, gdy w parku grał zespół, nie widziałam Jacka, dopóki nie podszedł do Millie, która tańczyła ze swoim wyimaginowanym partnerem. W takich sytuacjach moja siostra budziła we mnie emocje, z którymi nie umiałam sobie czasami radzić. Z jednej strony byłam z niej ogromnie dumna, że opanowała kroki tańca, z drugiej bałam się o nią i chciałam ją chronić. Słysząc za sobą czyjś śmiech, tłumaczyłam sobie, że prawdopodobnie to wyraz życzliwości, a jeśli nawet nie, to i tak w niczym Millie nie przeszkadza. Jednak pokusa, by wstać i zaprowadzić ją z powrotem na miejsce, była bardzo silna i nienawidziłam się za to. Chyba po raz pierwszy w życiu żałowałam, że nie jest normalna. Wyobrażałam sobie, jak mogłoby wyglądać nasze życie – moje życie – i właśnie wtedy, gdy gwałtownie mrugając, próbowałam przegonić łzy frustracji, zobaczyłam Jacka zmierzającego ku Millie.

Nie rozpoznałam go od razu. Przekonana, że chce poprosić Millie, by usiadła, zerwałam się z miejsca, gotowa do interwencji. Dopiero kiedy zobaczyłam, jak się jej kłania i wyciąga do niej rękę, zrozumiałam: to mężczyzna, o którym marzyłam przez cały tydzień. Zanim po dwóch kolejnych tańcach odprowadził ją na miejsce, już byłam w nim zakochana.

– Można? – spytał, wskazując na siedzenie obok mnie.

– Tak, oczywiście. – Uśmiechnęłam się do niego z wdzięcznością. – Dziękuję, że zatańczył pan z Millie, to był bardzo miły gest.

– Cała przyjemność po mojej stronie – odparł z powagą.

– Millie świetnie tańczy.

– Miły pan! – Moja siostra się rozpromieniła.

– Jack.

– Miły Jack.

– Powinienem się chyba przedstawić. – Wyciągnął do mnie rękę. – Jack Angel.

– Grace Harrington – odparłam, ściskając jego dłoń. – Millie jest moją siostrą. Przyjechał pan tu na wakacje?

– Nie, mieszkam tutaj. – Czekałam, aż doda „z żoną i dziećmi", ale nie zrobił tego, więc zerknęłam ukradkiem na jego dłoń, a gdy nie dostrzegłam obrączki, poczułam ogromną ulgę. Natychmiast upomniałam się w myślach, że to jeszcze nic nie znaczy.

– A pani? Zwiedza pani z Millie Londyn?

– Niezupełnie. Mieszkam w Wimbledonie, ale często przychodzę tu z siostrą w weekendy.

– Mieszka z panią?

– Nie, w ciągu tygodnia przebywa w szkole z internatem. Staram się ją odwiedzać w weekendy, ale często podróżuję służbowo, więc nie zawsze jest to możliwe. Na szczęście ma fantastyczną opiekunkę, która dba o nią pod moją nieobecność. No i naszych rodziców, oczywiście.

– Wygląda na to, że ma pani ciekawą pracę. Mogę spytać, czym się pani zajmuje?

– Kupuję owoce. Dla Harrodsa – dodałam, gdy spojrzał na mnie ze zdumieniem.

– A te podróże?

– Sprowadzam owoce z Argentyny i Chile.

– Och, to musi być interesujące.

– Jest – przyznałam. – A pan?

– Jestem prawnikiem.

Millie, znudzona naszą rozmową, pociągnęła mnie za rękaw.

– Pić, Grace. I lody. Gorąco.

Uśmiechnęłam się przepraszająco do Jacka.

– Chyba muszę już iść. Raz jeszcze dziękuję, że zatańczył pan z Millie.

– Może pozwoli pani, że zaproszę was obie na herbatę? – Pochylił się, by widzieć Millie, która siedziała po mojej drugiej stronie. – Co o tym myślisz, Millie? Napiłabyś się herbaty?

– Sok – odparła moja siostra, uśmiechając się promiennie. – Sok, nie herbata. Nie lubię herbaty.

– W takim razie napijemy się soku – powiedział, wstając. – Idziemy?

– Nie, naprawdę pięknie dziękujemy – protestowałam. – I tak był pan już dla nas zbyt miły.

– Proszę. Bardzo mi na tym zależy. – Odwrócił się do Millie. – Lubisz ciastka?

Pokiwała z entuzjazmem głową.

– Tak, uwielbiam.

– Więc postanowione.

Ruszyliśmy przez park w stronę restauracji, Millie i ja pod rękę, Jack obok nas. Zanim godzinę później powiedzieliśmy sobie „do widzenia", zgodziłam się już zjeść z nim kolację w najbliższy czwartek. Wkrótce stał się stałym elementem mojego życia. Nietrudno było się w nim zakochać: miał w sobie jakiś staroświecki urok, który mnie pociągał – Jack otwierał przede mną drzwi, podawał mi płaszcz, przysyłał kwiaty. Sprawiał, że czułam się wyjątkowa i hołubiona, a co najważniejsze, uwielbiał Millie.

Mniej więcej po trzech miesiącach naszej znajomości spytał, czy zechciałabym przedstawić go swoim rodzicom. Byłam nieco zaskoczona, bo mówiłam mu, że nie utrzymuję z nimi bliskich kontaktów. Okłamałam Esther. Moi rodzice nie chcieli drugiego dziecka, a gdy pojawiła się Millie, nie byli zadowoleni. Jako mała dziewczynka często dręczyłam ich prośbami o brata lub siostrę, aż w końcu stracili cierpliwość i odbyli ze mną poważną rozmowę, mówiąc wprost, że właściwie nigdy nie chcieli mieć dzieci. Kiedy więc jakieś dziesięć lat później moja mama odkryła, że jest w ciąży, była przerażona. Słysząc przypadkiem, jak rozmawia z ojcem o zagrożeniach związanych z późną aborcją, uświadomiłam sobie, że spodziewa się dziecka, i byłam oburzona, że chcą pozbyć się braciszka lub siostrzyczki, o których zawsze marzyłam.

Toczyliśmy niekończące się spory. Oni tłumaczyli się wiekiem mamy – ponieważ mama ma czterdzieści sześć lat, ciąża niesie ze sobą poważne zagrożenia. Ja argumentowałam, że jest już w piątym miesiącu, a aborcja w tak zaawansowanej ciąży jest nielegalna... jest również grzechem śmiertelnym. Oboje byli katolikami. Wspierana poczuciem winy i prawem boskim, wygrałam, a mama, choć niechętnie, postanowiła urodzić.

Po przyjściu na świat Millie, gdy okazało się, że ma zespół Downa i inne problemy zdrowotne, nie mogłam zrozumieć, dlaczego rodzice ją odrzucają. Ja natychmiast się w niej zakochałam, nie widziałam też, by różniła się od innych niemowląt, więc kiedy mama wpadła w ciężką depresję, przejęłam codzienną opiekę nad siostrą. Karmiłam ją i przewijałam przed wyjściem do szkoły, a po powrocie zajmowałam się nią do wieczora. Kiedy miała trzy miesiące, rodzice postanowili oddać ją do adopcji i zrobić to, co planowali od dawna, czyli przeprowadzić się do Nowej Zelandii, gdzie mieszkali dziadkowie. Zrobiłam im straszliwą awanturę, krzyczałam, że nie mogą oddać jej do adopcji, że zamiast wyjechać na studia, zostanę w domu i będę się nią opiekować. Nie chcieli mnie jednak słuchać. Po tym, jak wszczęto procedurę adopcyjną, przedawkowałam leki. To było niemądre, ale na swój infantylny sposób chciałam im pokazać, jakie to dla mnie ważne, i z jakiegoś powodu ten prosty wybieg okazał się skuteczny. Miałam osiemnaście lat, więc dzięki pomocy pracowników opieki socjalnej zawarłam ugodę, na mocy której zostałam opiekunką Millie, a moi rodzice zapewniali nam wsparcie finansowe.

Realizowałam swój plan stopniowo. Udało mi się umieścić Millie w miejscowym żłobku i podjęłam pracę na część etatu. Najpierw dostałam posadę w sieci supermarketów, w dziale zaopatrzenia w owoce. Kiedy Millie miała jedenaście lat, zaproponowano jej miejsce w szkole, która moim zdaniem nie różniła się niczym od zakładu opieki. Przerażona, powiedziałam rodzicom, że znajdę jej lepsze miejsce. Spędzałam z nią mnóstwo czasu, ucząc ją samodzielności. Inaczej pewnie nigdy by jej nie zdobyła. Czułam, że w integracji ze społeczeństwem przeszkadza jej brak nie tyle inteligencji, ile odpowiednich umiejętności językowych.

Po długiej, ciężkiej walce znalazłam w końcu dobrą szkołę, do której zechciano przyjąć Millie. Udało mi się to tylko dlatego, że dyrektorka była kobietą o otwartym sercu i umyśle i miała młodszego brata z zespołem Downa. Prowadzona przez nią prywatna szkoła z internatem była idealnie dopasowana do potrzeb Millie, ale także kosztowna. Rodzice powiedzieli, że nie stać ich na czesne, więc przyjęłam je na siebie. Wysłałam do kilku firm życiorys i list, w którym wyjaśniałam dokładnie, dlaczego potrzebuję dobrze płatnej pracy, i w końcu zostałam zatrudniona przez Harrodsa.

Kiedy częścią mojej pracy stało się podróżowanie – coś, z czego byłam ogromnie zadowolona, bo dawało mi poczucie wolności – rodzice uznali, że nie są w stanie przyjmować Millie na weekendy beze mnie. Odwiedzali ją jednak w szkole, a Janice, opiekunka Millie, zajmowała się nią przez resztę czasu. Gdy na horyzoncie pojawił się kolejny problem – gdzie trafi Millie po opuszczeniu szkoły – obiecałam rodzicom, że zamieszka u mnie, a oni będą mogli wreszcie wyjechać do Nowej Zelandii. Od tego momentu odliczali dni. Nie miałam do nich żalu: na swój sposób kochali mnie i Millie, tak jak my kochałyśmy ich. Należeli jednak do ludzi, którzy zupełnie nie nadają się do wychowywania dzieci.

Ponieważ Jack koniecznie chciał ich poznać, zadzwoniłam do mamy i spytałam, czy moglibyśmy ich odwiedzić w najbliższą niedzielę. To był koniec listopada, pojechaliśmy we trójkę – ja, Jack i Millie. Choć rodzice nie rzucili nam się na szyję, widziałam, że mama jest pod wrażeniem nienagannych manier Jacka, a tata jest zadowolony, że mój chłopak zainteresował się jego kolekcją pierwodruków. Wyruszyliśmy wkrótce po lunchu, ale zanim odwieźliśmy Millie do szkoły, zrobił się wczesny wieczór. Chciałam wracać do domu, ponieważ za kilka dni wyjeżdżałam do Argentyny i miałam jeszcze sporo pracy, ale gdy Jack zaproponował spacer w Regent's Park, chętnie przystałam, choć robiło się już ciemno. Właściwie nie cieszyłam się na ten nadchodzący wyjazd, bo odkąd poznałam Jacka, coraz bardziej irytował mnie fakt, że muszę tyle podróżować i że spędzamy ze sobą tak mało czasu, a jeśli już, to zwykle w towarzystwie Millie lub znajomych.

– Jak ci się podobali moi rodzice? – spytałam po chwili.

– Byli idealni – odpowiedział z uśmiechem.

Zmarszczyłam brwi, nieco zaskoczona takim doborem słów.

– Co masz na myśli?

– Byli dokładnie tacy, jak sobie ich wyobrażałem. Spełnili wszystkie moje oczekiwania.

Zerknęłam na niego z ukosa, zastanawiając się, czy nie pokpiwa sobie ze mnie, bo ani mama, ani tata nie wykazali się szczególną gościnnością. Potem jednak przypomniałam sobie, że jego rodzice, którzy zmarli kilka lat temu, traktowali go z ogromnym dystansem, więc być może dlatego uznał tę wizytę za wyjątkowo udaną.

Przez chwilę szliśmy w milczeniu, a gdy znaleźliśmy się przy scenie, pod którą tańczył kiedyś z Millie, Jack przystanął nagle i odwrócił się do mnie.

– Czy uczynisz mi ten zaszczyt i zostaniesz moją żoną? – spytał.

Kompletnie zaskoczona, pomyślałam w pierwszej chwili, że to żart. Choć w głębi duszy żywiłam nadzieję, że pewnego dnia nasza znajomość zamieni się w małżeństwo, zakładałam, że stanie się to nie wcześniej niż za rok albo dwa lata. Wyczuwając moje wahanie, wziął mnie w ramiona.

– Od momentu, gdy zobaczyłem cię z Millie, jak siedziałaś na trawie i grałaś z nią w karty, wiedziałem, że jesteś kobietą, na którą czekałem całe życie. Nie chcę czekać ani chwili dłużej. Zostań moją żoną. Zależało mi na spotkaniu z twoimi rodzicami, bo chciałem prosić twojego ojca o błogosławieństwo, i z radością cię informuję, że bez wahania mi go udzielił.

Omal nie parsknęłam śmiechem, rozbawiona myślą, że mój ojciec tak chętnie zgodził się wydać mnie za kogoś, kogo dopiero co poznał i o kim nic nie wiedział. Stałam w objęciach Jacka, ale radość wywołaną jego oświadczynami mącił coraz bardziej jakiś niepokój. W momencie gdy zrozumiałam, że chodzi o Millie, Jack się odezwał:

– Zanim odpowiesz, Grace, chciałbym powiedzieć ci coś jeszcze. – Zabrzmiało to bardzo poważnie, jakby chciał się do czegoś przyznać. Do rozwodu, posiadania dziecka, nieuleczalnej choroby. – Chcę, byś wiedziała, że gdziekolwiek zamieszkamy, zawsze znajdzie się tam miejsce dla Millie.

– Nawet nie wiesz, ile dla mnie znaczą te słowa – odparłam ze łzami w oczach. – Dziękuję ci.

– Więc wyjdziesz za mnie?

– Oczywiście, że tak.

Wyciągnął z kieszeni pierścionek, ujął moją dłoń i wsunął mi go na palec.

– Kiedy? – spytał cicho.

– Kiedy tylko zechcesz. – Spojrzałam na brylant w misternej oprawie. – Jest piękny!

– Cieszę się, że ci się podoba. Więc może w marcu?

Parsknęłam śmiechem.

– W marcu!? Jakim cudem zdążymy wszystko tak szybko zorganizować?

– To nie będzie wcale trudne. Wiem, gdzie moglibyśmy urządzić wesele: w Cranleigh Park w Hecclescombe. To prywatna wiejska rezydencja, należy do mojego przyjaciela. Zwykle urządza tam wesela tylko dla członków rodziny, ale nas też chętnie przyjmie.

– Brzmi cudownie. – Pokiwałam z entuzjazmem głową.

– Chyba że będziesz chciała zaprosić bardzo dużo gości.

– Nie, tylko moich rodziców i kilkoro przyjaciół.

– Więc sprawa załatwiona.

Później, gdy odwoził mnie do domu, spytał, czy następnego wieczoru moglibyśmy spotkać się na drinka, bo chciał omówić kilka spraw przed moim środowym wylotem do Argentyny.

– Możesz wpaść do mnie teraz, jeśli chcesz – zaproponowałam.

– Niestety, muszę już wracać. Jutro wcześnie zaczynam.

Nie potrafiłam ukryć rozczarowania.

– Niczego nie pragnąłbym bardziej, niż zostać u ciebie na noc – dodał, widząc moją reakcję. – Ale muszę jeszcze dziś przejrzeć kilka ważnych dokumentów.

– Nie mogę uwierzyć, że zgodziłam się wyjść za kogoś, z kim nawet nie spałam – mruknęłam urażona.

– Więc może wyjedziemy na kilka dni, kiedy wrócisz z Argentyny? W sobotę zabierzemy Millie na lunch, a potem odwieziemy ją do szkoły, odwiedzimy Cranleigh Park i przenocujemy w jakimś hotelu w okolicy. Może być?

– Tak. – Skinęłam głową z wdzięcznością. – A gdzie spotkamy się jutro?

– Może w barze w Connaught?

– Jeśli pojadę tam prosto z pracy, będę około siódmej.

– Doskonale.

Przez większość następnego dnia zastanawiałam się, co takiego chce ze mną omówić, zanim polecę do Argentyny. Nawet nie przyszło mi do głowy, że poprosi mnie, bym zrezygnowała z pracy i wyprowadziła się z Londynu. Zakładałam, że po ślubie będziemy żyć podobnie jak do tej pory, tyle że zamieszkamy w jego apartamencie, który znajdował się w centrum miasta. Byłam zszokowana jego propozycjami. Dostrzegłszy, jakie wrażenie to na mnie zrobiło, próbował się tłumaczyć. Zauważył – o czym i ja myślałam poprzedniego dnia – że w ciągu trzech miesięcy naszej znajomości z trudem znajdowaliśmy czas na nieliczne spotkania.

– Jaki sens miałoby to małżeństwo, gdybyśmy się w ogóle nie widywali? – pytał. – Nie mogę tak dalej żyć, a właściwie nie chcę. Coś trzeba zmienić, a ponieważ mam nadzieję, że wcześniej czy później będziemy mieli dzieci... – Przerwał na moment. – Chcesz mieć dzieci, prawda?

– Tak, Jack, oczywiście, że chcę – odpowiedziałam z uśmiechem.

– Całe szczęście. – Ujął moje dłonie i spojrzał mi w oczy. – Gdy tylko zobaczyłem cię z Millie, wiedziałem, że będziesz cudowną matką. Mam nadzieję, że nie będę musiał czekać zbyt długo. – Nagle zapragnęłam być matką jego dzieci. To uczucie było bardzo silne. Nie mogłam wydobyć z siebie głosu. – Ale może wolałabyś wstrzymać się z tym jeszcze kilka lat? – dodał z wahaniem.

– Nie o to chodzi – odparłam, odzyskując głos. – Po prostu nie wiem, jak mogłabym zrezygnować z pracy, dopóki Millie jest w szkole, czyli jeszcze trzy semestry. Opłacam jej czesne, więc nie mogę zostać bez pieniędzy.

– Nie ma mowy, żebyś pracowała jeszcze półtora roku – oznajmił stanowczym tonem. – Millie może się do nas wprowadzić, jak tylko wrócimy z miesiąca miodowego.

Spojrzałam na niego zawstydzona.

– Ogromnie kocham Millie, ale wolałabym, żebyśmy najpierw spędzili trochę czasu we dwoje. Poza tym ona tak lubi swoją szkołę, że nie miałabym sumienia zabierać jej stamtąd rok przed czasem. – Zastanowiłam się moment. – Możemy najpierw porozmawiać z dyrekcją szkoły i spytać, co o tym sądzą?

– Oczywiście. I może powinniśmy też spytać Millie. Będę zachwycony, jeśli postanowi od razu się do nas wprowadzić, ale jeśli wszyscy uznają, że powinna zostać w szkole, chętnie będę płacił czesne. – Znów ujął moje dłonie. – Obiecaj, że pozwolisz mi wam pomóc.

Podniosłam na niego wzrok kompletnie zdezorientowana.

– Nie wiem, co powiedzieć...

– Więc nie mów nic. Pomyśl tylko o odejściu z pracy. Nie chcę, żebyśmy po ślubie widywali się w przelocie. No dobrze, a jaki chciałabyś mieć dom? Muszę to wiedzieć, bo jeśli pozwolisz, kupię ci wymarzony dom w prezencie ślubnym.

– Właściwie nigdy się nad tym nie zastanawiałam – przyznałam.

– Więc zastanów się teraz, bo to ważne. Chciałabyś mieć duży ogród, basen, kilka sypialni?

– Duży ogród na pewno tak. Basen nie jest ważny, a jeśli chodzi o liczbę sypialni, to zależy głównie od tego, ile chcemy mieć dzieci.

– Czyli całkiem sporo. – Uśmiechnął się. – Ja chciałbym mieszkać w Surrey, na tyle blisko Londynu, żeby codzienny dojazd nie był zbyt kłopotliwy. Co o tym myślisz?

– Mogę mieszkać gdziekolwiek, bylebyś ty był zadowolony. A ty o jakim domu marzysz?

– Chciałbym, żeby znajdował się w pobliżu jakiegoś ładnego miasteczka, ale nie na tyle blisko, by przeszkadzał nam hałas. Podobnie jak ty, chciałbym mieć duży ogród, najlepiej z wysokim ogrodzeniem, żeby nikt nie zaglądał nam do środka. Chciałbym też mieć gabinet i piwnicę, w której trzymałbym różne rzeczy. I to właściwie wszystko.

– Ładna kuchnia – dodałam. – Chciałabym mieć ładną kuchnię z wyjściem na taras, gdzie co rano moglibyśmy jeść śniadanie. I duży kominek w salonie, gdzie palilibyśmy prawdziwym drewnem. I żółtą sypialnię dla Millie.

– A może po prostu narysujemy plan naszego wymarzonego domu? – zaproponował, wyjmując z aktówki kartkę papieru. – Wtedy będę wiedział, czym się kierować.

Kiedy dwie godziny później wsadził mnie do taksówki, miał już rysunek pięknego domu z ogrodem, tarasem, salonem z kominkiem, jadalnią, kuchnią, gabinetem, pięcioma sypialniami – w tym żółtej dla Millie – trzema łazienkami i małym okrągłym oknem w dachu.

– Spróbuj znaleźć taki dom, zanim wrócę z Argentyny – droczyłam się z nim, śmiejąc się głośno.

– Zrobię, co w mojej mocy – odpowiedział i pocałował mnie na pożegnanie.

Kilka następnych tygodni minęło jak we śnie. Po powrocie z Argentyny wręczyłam swoim przełożonym wymówienie i wystawiłam mieszkanie na sprzedaż. Podczas podróży starannie sobie wszystko przemyślałam i ani przez moment nie wątpiłam, że spełniając prośby Jacka, postępuję słusznie. Wiedziałam, że chcę za niego wyjść, a myśl, że za rok o tej porze będę mieszkać w pięknym domu na wsi i być może oczekiwać naszego pierwszego dziecka, wypełniała mnie radosnym podnieceniem. Pracowałam bez przerwy od trzynastu lat i czasami zastanawiałam się, czy kiedykolwiek uda mi się wyrwać z tego kieratu. A ponieważ wiedziałam, że gdy Millie u mnie zamieszka, nie będę już mogła tak często podróżować ani brać tylu nadgodzin, martwiłam się, czy znajdę sobie dobrą pracę. Nagle wszystkie moje zmartwienia zniknęły. Wybierając zaproszenia ślubne dla rodziny i przyjaciół, czułam się najszczęśliwszą osobą na świecie.

TERAZ

Jack, jak zawsze nienagannie ubrany, przychodzi do mojego pokoju o dziesiątej trzydzieści i mówi, że równo o jedenastej wyjeżdżamy. Nie martwię się, że jest mało czasu. Zdążę. Wzięłam już prysznic, więc pół godziny wystarczy, by włożyć sukienkę i zrobić makijaż. Prysznic trochę mnie ostudził, bo odkąd obudziłam się o ósmej, byłam w stanie ciągłego podekscytowania – nie mogłam uwierzyć, że wkrótce zobaczę Millie. Ostrożna jak zawsze, przywołuję się do porządku i przypominam sobie, że wszystko może się jeszcze wydarzyć. Gdy pokazuję się Jackowi, na mojej twarzy nie widać już żadnych emocji. Jestem spokojna i opanowana. Kiedy się odsuwa, żeby mnie przepuścić, wyglądam jak każda młoda kobieta, która właśnie wybiera się do miasta.

Jack idzie za mną do sąsiedniej sypialni, gdzie wiszą moje ubrania. Podchodzę do wielkiej szafy zajmującej całą ścianę, odsuwam lustrzane drzwi, wysuwam szufladę i wyjmuję kremowy stanik i majtki w tym samym kolorze, które Jack kupił mi w zeszłym tygodniu. Z innej szuflady wyciągam cieliste pończochy, bo chętniej noszę właśnie pończochy niż rajstopy. Jack siada na krześle i obserwuje mnie, gdy zdejmuję piżamę i wkładam bieliznę. Potem odsuwam sąsiednie drzwi i stoję przez chwilę w bezruchu, wpatrzona w ubrania rozwieszone starannie według kolorów. Dawno już nie nosiłam niebieskiej sukienki, a wiem, że Millie ją uwielbia, bo pasuje do moich oczu. Wyjmuję ją z szafy.

– Włóż tę kremową – mówi Jack. Woli, kiedy noszę neutralne kolory, więc odkładam niebieską sukienkę na miejsce i sięgam po kremową.

Moje buty leżą w przezroczystych pudełkach, w innej części szafy. Wybieram beżowe na obcasach. Jako że zwykle po lunchu idziemy na spacer, praktyczniejsze byłyby buty na płaskich obcasach, ale Jack lubi, gdy zawsze jestem elegancka, bez względu na to, czy przechadzamy się nad jeziorem, czy też jemy kolację z przyjaciółmi. Wkładam buty, zdejmuję z półki torebkę w podobnym kolorze i podaję ją mężowi. Potem przechodzę do toaletki i siadam. Szybko robię makijaż: używam tylko kredki do oczu, trochę różu, odrobiny szminki i jestem gotowa. Mamy jeszcze piętnaście minut do wyjścia, więc postanawiam pomalować paznokcie, by wypełnić ten czas. Spośród szeregu buteleczek stojących na toaletce wybieram ładny róż. Żałuję, że nie mogę zabrać lakieru ze sobą i pomalować paznokci Millie, byłaby zachwycona. Kiedy lakier wysycha, wstaję, biorę od Jacka torbę i idę na dół.

– Który płaszcz chcesz włożyć? – pyta, gdy oboje jesteśmy już w holu.

– Chyba ten z beżowej wełny – odpowiadam.

Przynosi płaszcz z garderoby i pomaga mi go włożyć. Zapinam guziki, a potem pokazuję mężowi puste kieszenie.

Otwiera frontowe drzwi, zamyka je za nami na klucz. Następnie idę za nim do samochodu.

Choć zbliża się już koniec marca, jest jeszcze zimno. Instynkt każe mi wciągnąć przez nos haust zimnego powietrza i je przełknąć. Przypominam sobie jednak, że mam przed sobą cały dzień, i cieszę się tą myślą. Ciężko pracowałam na tę podróż i teraz zamierzam w pełni ją wykorzystać. Docieramy do samochodu, Jack naciska guzik na pilocie i wielka czarna brama przed naszym domem powoli się rozsuwa. Mój mąż podchodzi do samochodu od strony pasażera i otwiera przede mną drzwi. Wsiadam do środka, jakiś mężczyzna, który przebiega właśnie przed bramą, zerka w naszą stronę. Nie znam go, ale Jack życzy mu miłego poranka, a jogger – może dlatego, że jest zbyt zmęczony, a może zachowując siły na dalszy bieg – odpowiada uniesieniem ręki. Jack zatrzaskuje drzwi samochodu, niecałą minutę później wyjeżdżamy za ogrodzenie. Gdy brama zamyka się za nami, odwracam głowę, by zerknąć na piękną posiadłość, którą kupił mi Jack, bo lubię widzieć ją tak, jak inni ludzie.

Zaczynamy podróż do Londynu, a ja wracam myślami do wczorajszego przyjęcia. Sama nie wiem, jak udało mi się nad wszystkim zapanować, bo o błąd było przecież bardzo łatwo.

– Suflety były idealne – mówi Jack, co oznacza, że nie tylko ja myślę o minionym wieczorze. – Zachowałaś się bardzo przytomnie, uwzględniając to kilkuminutowe opóźnienie, to było naprawdę imponujące. Ale wydaje mi się, że Esther niezbyt cię lubi. Ciekawe dlaczego?

Wiem, że muszę starannie dobierać słowa.

– Nie docenia perfekcji – odpowiadam spokojnie.

Widzę, że podoba mu się ta odpowiedź. Zaczyna nucić pod nosem jakąś melodię, a ja patrzę za okno i myślę o Esther. W innych okolicznościach pewnie bym ją polubiła. Jej nieprzeciętna inteligencja sprawia jednak, że staje się niebezpieczna dla kogoś takiego jak ja. W rzeczywistości nie chodzi o to, że nie docenia czy nie lubi perfekcji, jak sama początkowo przypuszczałam, ale o to, że jest wobec niej podejrzliwa.

Jazda do szkoły Millie trwa prawie godzinę. Przez ten czas myślę sporo o Denie Anderson, klientce Jacka. Wiem o niej tylko tyle, że niedawno wyszła za bogatego filantropa, który w związku ze swoją działalnością charytatywną cieszy się powszechnym szacunkiem i zupełnie nie pasuje do stereotypowego obrazu męża dręczyciela. Lecz ja dobrze wiem, jak zwodnicze mogą być pozory, a jeśli Jack zgodził się występować w jej imieniu, to musi mieć naprawdę mocne dowody. Mój mąż nie zna takiego słowa jak „przegrana", o czym nieustannie mi przypomina.

Nie widzieliśmy Millie od miesiąca, więc stęskniona czeka na nas na ławce przed frontowymi drzwiami. Przed chłodem chronią ją żółty szalik i żółta czapka – to jej ulubiony kolor. Towarzystwa dotrzymuje jej Janice, szkolna opiekunka. Kiedy wysiadam z auta, Millie biegnie do mnie ze łzami ulgi i radości w oczach. Tulę ją mocno, świadoma, że Jack uważnie nas obserwuje. Dołącza do nas Janice, słyszę, jak mój mąż tłumaczy jej, że choć ogromnie tęskniliśmy do Millie, baliśmy się przyjechać wcześniej, by nie zarazić jej paskudną grypą, która rozłożyła mnie na ponad dwa tygodnie. Janice zapewnia go, że postąpiliśmy słusznie. Wytłumaczyła Millie, dlaczego jej nie odwiedzamy.

– Ale bardzo to przeżywała – przyznaje. – Uwielbia was.

– A my uwielbiamy ją – odpowiada Jack, uśmiechając się serdecznie do mojej siostry.

– Przywitaj się z Jackiem, Millie – upominam ją cicho. Wypuszcza mnie z objęć i odwraca się do niego.

– Cześć, Jack – mówi, obdarzając go promiennym uśmiechem. – Cieszę się, że cię widzę.

– Ja też się cieszę, że cię widzę – odpowiada mój mąż, całując ją w policzek. – Rozumiesz, dlaczego nie mogliśmy przyjechać wcześniej, prawda?

Millie kiwa potakująco głową.

– Tak, biedna Grace chora. Ale teraz już lepiej.

– Znacznie lepiej – zgadza się z nią Jack. – Mam coś dla ciebie, Millie, za to, że byłaś taka cierpliwa. – Sięga do kieszeni płaszcza. – Domyślasz się, co to takiego?

– Agatha Christie? – W jej brązowych oczach pojawia się radosny błysk, bo uwielbia kryminały.

– Bystra dziewczynka. – Jack wyjmuje z kieszeni audiobook. – *Dziesięciu Murzynków*. Chyba tego jeszcze nie masz, prawda?

Millie kręci głową.

– To jeden z moich ulubionych kryminałów Christie – mówi Janice z uśmiechem. – Zaczniemy słuchać już dzisiaj, Millie?

– Tak. – Moja siostra kiwa głową. – Dziękuję ci, Jack.

– Cała przyjemność po mojej stronie. A teraz zabiorę dwie moje ulubione damy na lunch. Dokąd chciałabyś pójść?

– Do hotelu – odpowiada natychmiast Millie. Wiem, dlaczego wybrała hotel. I wiem, dlaczego Jack na pewno się nie zgodzi.

– Może wybierzemy się do restauracji nad jeziorem? –
mówi, jakby w ogóle jej nie słyszał. – Albo tam, gdzie podają
na deser te pyszne naleśniki? – Widzę, jak Millie rzednie
mina. – Co wolisz?

– Jezioro – odpowiada burkliwie, chowając twarz za
włosami.

Po drodze prawie się nie odzywa. Chciała, żebym usiadła
z tyłu obok niej, ale Jack odparł, że czułby się wtedy jak
taksówkarz.

Dojeżdżamy do restauracji, mój mąż znajduje wolne miejsce na parkingu, a potem staje między nami, bierze nas za
ręce i prowadzi do wejścia. Obsługa wita nas jak starych
przyjaciół, bo często przyprowadzamy tu Millie. Dostajemy
ulubiony stolik Jacka, w rogu sali, przy oknie. Zajmujemy
te same miejsca co zawsze, Jack twarzą do okna, a ja i Millie
naprzeciwko niego. Kiedy przeglądamy menu, wyciągam
nogę i trącam lekko stopę siostry – to nasz umówiony znak.

W czasie kolacji Jack gawędzi z Millie, zachęca ją do
mówienia, wypytuje, co robiła przez tych kilka tygodni, gdy
jej nie odwiedzaliśmy. Millie mówi, że kiedyś Janice zabrała
ją do siebie na lunch, że kiedyś poszły na herbatę do miasta,
a innym razem zaproszono je do domu jej przyjaciółki Paige.
Nie po raz pierwszy dziękuję Bogu, że moja siostra ma kogoś
takiego jak Janice, która potrafi się nią wspaniale zająć.

– Grace pójdzie na spacer? – pyta Millie pod koniec lunchu. – Koło jeziora.

– Tak, oczywiście. – Składam starannie serwetkę i odkładam na stół. Celowo robię to spokojnie, bez pośpiechu. –
Pójdziemy już?

Jack odsuwa swoje krzesło.

– Pójdę z wami.

Choć nie spodziewałam się niczego innego, czuję ogromne rozczarowanie.

– Idziemy wokoło całe jezioro – ostrzega go Millie.

– Nie wokół całego – protestuje mój mąż. – Jest za zimno, nie możemy tak długo być na dworze.

– To Jack zostaje tu – odpowiada Millie. – Ja idę z Grace.

– Nie. – Jack obstaje przy swoim. – Idziemy wszyscy.

Millie patrzy na niego z powagą.

– Lubię cię, Jack – mówi. – Ale nie lubię Dżordża Kuny.

– Wiem. – Mój mąż kiwa głową. – Ja też go nie lubię.

– On brzydki – mówi Millie.

– Tak, jest bardzo brzydki – zgadza się z nią Jack.

Millie parska śmiechem.

Idziemy na krótki spacer brzegiem jeziora, Jack między mną i Millie. Mówi jej, że przygotowuje pokój na jej przyjazd, a gdy ona pyta, czy jest żółty, zapewnia ją, że tak.

Miał rację: jest za zimno na długi spacer, więc mniej więcej po dwudziestu minutach wracamy do samochodu. W drodze powrotnej Millie znów prawie się nie odzywa. Czuje tę samą frustrację co ja. Kiedy się żegnamy, pyta, czy odwiedzimy ją w następny weekend. Jack obiecuje, że przyjedziemy, a ja cieszę się w duchu, bo mówi to przy Janice.

KIEDYŚ

Gdy powiedziałam Millie, że zamierzamy z Jackiem się pobrać, spytała od razu, czy może być moją druhną.

– Oczywiście, że możesz! – odparłam, ściskając ją mocno. – To żaden problem, prawda, Jack? – dodałam, zaskoczona grymasem dezaprobaty, który pojawił się na jego twarzy.

– Myślałem, że urządzamy skromny ślub – zauważył znaczącym tonem.

– Owszem, ale tak czy inaczej, będę potrzebowała druhny.

– Naprawdę?

– Jasne – odparłam, dziwnie zdenerwowana. – To tradycja. Chyba nie masz nic przeciwko, co?

– Nie sądzisz, że to będzie trochę za trudne dla Millie? – spytał, ściszając głos do szeptu. – Skoro rzeczywiście potrzebujesz druhny, to czemu nie poprosisz Kate albo Emily?

– Bo chcę Millie – odparłam z naciskiem, świadoma, że moja siostra bacznie nam się przygląda.

– Więc będziesz miała Millie – oznajmił po chwili niezręcznego milczenia. Uśmiechnął się i wyciągnął do niej rękę. – Chodź, przekażemy dobre wieści twojej dyrektorce.

Pani Goodrich i Janice ogromnie się ucieszyły na wiadomość, że zamierzamy się pobrać. Odesławszy Millie do łazienki i poleciwszy jej umyć ręce przed kolacją, pani Goodrich zgodziła się ze mną, że najlepiej będzie, jeśli Millie zostanie w szkole jeszcze piętnaście miesięcy, dopóki nie skończy osiemnastu lat, tak jak przewidywał pierwotny plan. Podtrzymała tę opinię mimo zapewnień Jacka, że chętnie przyjąłby Millie już teraz. Ucieszyłam się, gdy pani Goodrich zasugerowała, że najpierw powinniśmy mieć trochę czasu tylko dla siebie. Domyślała się zapewne, że chcemy jak najszybciej założyć własną rodzinę.

Wkrótce potem pojechaliśmy do Hecclescombe. Posiadłość Cranleigh Park była rzeczywiście tak piękna, jak opisywał ją Jack. Doskonale nadawała się na ślub, byłam więc wdzięczna Gilesowi i Moirze, przyjaciołom Jacka, za udostępnienie nam swojego pięknego domu. Nie przypuszczaliśmy, by którykolwiek z naszych gości żałował, że musi jechać prawie godzinę z Londynu, aby spędzić popołudnie i wieczór w tak pięknym otoczeniu, zwłaszcza że Giles i Moira wspaniałomyślnie zaoferowali nocleg każdemu, komu po kolacji nie będzie się chciało wracać do stolicy. Po kilku godzinach planowania i układania menu dla pięćdziesięciu gości – kolację miała przygotować i podać firma cateringowa z Londynu – pojechaliśmy do hotelu, w którym Jack podczas mojego pobytu w Argentynie zarezerwował pokój.

Nie mogłam się doczekać, aż zabierze mnie do łóżka, ale najpierw musieliśmy zjeść kolację. Posiłek był pyszny, ja chciałam jednak jak najszybciej znaleźć się w pokoju.

Poszłam wziąć prysznic, a kiedy spragniona namiętnego seksu wyszłam z łazienki, odkryłam z rozczarowaniem, że

Jack śpi jak kamień. Nie miałam serca go budzić, bo wiedziałam, że jest bardzo zmęczony – w trakcie kolacji przyznał się, że niewiele brakowało, by odwołał nasz wspólny weekend, bo miał masę pracy, nie chciał mnie jednak zawieść. Ocknął się po kilku godzinach i był ogromnie zawstydzony, że zasnął. Wziął mnie w ramiona i kochaliśmy się.

Spędziliśmy w łóżku niemal cały poranek, a po lunchu wróciliśmy do Londynu. Choć oznaczało to, że nie zobaczę Jacka cały następny tydzień, cieszyłam się, że zdołaliśmy znaleźć dla siebie choć odrobinę czasu w tym szaleństwie, jakim były przygotowania do ślubu. Ponieważ nie spotykałam się z Jackiem, mogłam wreszcie dokończyć obraz, który zaczęłam malować dwa miesiące wcześniej. Rzadko miałam okazję nad nim pracować, więc pogodziłam się już z myślą, że podaruję go Jackowi w prezencie ślubnym, a nie na Gwiazdkę, jak początkowo zamierzałam, ale skoro mój narzeczony wieczorami pracował, a ja nie musiałam już nigdzie wyjeżdżać, zdołałam skończyć obraz na Boże Narodzenie. Miałam nadzieję, że jeśli mu się spodoba, moje dzieło ozdobi ściany naszego nowego domu – wyobrażałam już sobie, jak wisi nad kominkiem, o którym wcześniej rozmawialiśmy.

Było to duże płótno. Na pierwszy rzut oka przedstawiało jedynie różne odcienie czerwieni przetykane maleńkimi plamkami srebra. Dopiero oglądając obraz z bliska, można było zauważyć, że czerwone obszary to w istocie setki maleńkich świetlików. Tylko Jack i ja wiedzieliśmy, że te kropeczki zostały wykonane nie farbą, lecz szminką, którą potem zabezpieczyłam bezbarwnym lakierem.

Nigdy nie mówiłam mu, że lubię malować, i nawet gdy podziwiał jedno z moich płócien wiszące w kuchni, nie wspomniałam, że jestem jego autorką. Kiedy więc powiedziałam mu na Boże Narodzenie – mając już pewność, że prezent mu się spodobał – że nie tylko sama namalowałam *Świetliki*, ale stworzyłam je, całując płótno setki razy ustami pomalowanymi szminką w różnych odcieniach czerwieni, obsypał mnie komplementami. Cieszył się, że potrafię malować, i powiedział mi, że gdy wprowadzimy się do naszego domu, powiesimy w nim moje dzieła.

Udało mi się szybko sprzedać swoje mieszkanie. Chciałam, by Jack pokrył z tych pieniędzy część kosztów zakupu domu, który znalazł w Spring Eaton, ale odmówił, przypominając mi, że to ma być prezent ślubny dla mnie. Odkrył senne miasteczko Spring Eaton, gdy pewnej niedzieli wracał od Adama i Diane. Uznał, że jest nie tylko bardzo ładne, ale i doskonale położone – około trzydziestu kilometrów na południe od Londynu. Ponieważ trzeba było przeprowadzić jeszcze drobne prace remontowe, nie chciał, bym zobaczyła dom przed powrotem z podróży poślubnej. Wypytywałam go, jak wygląda, ale on uśmiechał się tylko i odpowiadał, że jest idealny. Chciałam też wiedzieć, czy wygląda jak dom, który razem narysowaliśmy, a on zapewniał mnie z powagą, że tak właśnie jest. Powiedziałam mu, że za pieniądze ze sprzedaży mieszkania chcę umeblować i wyposażyć nasz dom, co miało być moim prezentem ślubnym dla niego. Początkowo odmawiał, jednak po długich namowach dał się przekonać. Czułam się nieco dziwnie, kupując meble do wnętrz, których nigdy nie widziałam, ale Jack wiedział dokładnie, czego chce, a nie miałam powodów, by wątpić w jego gust.

Odeszłam z pracy miesiąc przed planowaną datą ślubu, a tydzień później, gdy poskarżyłam się Jackowi żartobliwie, że nie mogę przywyknąć do braku zajęć i nadmiaru wolnego czasu, pojawił się w drzwiach z pudłem przewiązanym czerwoną wstążką. Otworzyłam je i z wnętrza spojrzał na mnie trzymiesięczny labrador.

– Jack, jest cudowna! – zawołałam, podnosząc suczkę. – Skąd ją masz? Jest twoja?

– Nie, jest twoja – odparł. – Żebyś miała jakieś zajęcie.

– Ona już tego dopilnuje. – Roześmiałam się. Postawiłam szczeniaka na podłodze, a ten natychmiast zaczął węszyć po całym holu. – Nie wiem, co z nią zrobię, gdy wyjedziemy do Tajlandii. Moglibyśmy poprosić moich rodziców, żeby się nią zajęli, ale nie wiem, czy się zgodzą.

– Nie martw się, wszystko jest już załatwione. Znalazłem gosposię, która zajmie się domem na czas naszego wyjazdu. Nie chcę, żeby stał pusty, poza tym ma dojechać jeszcze trochę mebli, więc kobieta pomieszka tu do naszego powrotu. No i zaopiekuje się Molly.

– Molly? – Spojrzałam na szczeniaka. – Tak, pasuje do niej. Millie bardzo się ucieszy, zawsze chciała mieć psa. Millie i Molly... idealnie ze sobą współgrają!

– Tak właśnie myślałem. – Jack skinął głową.

– Millie będzie ją uwielbiać!

– A ty?

– Ja oczywiście też! – Wzięłam suczkę na ręce. – Już ją uwielbiam. – Roześmiałam się, gdy Molly polizała mnie po twarzy. – Smutno mi, że będę ją musiała zostawić, kiedy wyjedziemy do Tajlandii.

– Więc pomyśl o tym, jak się ucieszysz, gdy zobaczysz ją po powrocie. Już wyobrażam sobie to spotkanie – dodał z uśmiechem.

– Nie mogę się doczekać, kiedy pokażę ją Millie! Jesteś cudowny, Jack. – Pochyliłam się i pocałowałam go czule. – Trzeba mi właśnie takiej towarzyszki jak Molly podczas twoich całodniowych nieobecności. Mam nadzieję, że w Spring Eaton można znaleźć ładne miejsca na spacery.

– O tak, szczególnie nad rzeką.

– Naprawdę nie mogę się już doczekać. – Westchnęłam podekscytowana. – Nie mogę się doczekać, żeby zobaczyć dom i żeby za ciebie wyjść.

– Ja też – powiedział, oddając pocałunek. – Ja też.

*

Dzięki Molly nie mogłam już narzekać na brak zajęć i nawet nie zauważyłam, kiedy minęły ostatnie tygodnie dzielące mnie od ślubu. W przeddzień uroczystości odebrałam Millie ze szkoły i razem odwiozłyśmy Molly do Jacka, który miał ją zabrać do domu i zostawić z gosposią. Bardzo przeżywałam to rozstanie, ale Jack zapewniał mnie, że pani Johns – kobieta, która miała pilnować naszego domu – jest miłą i rozsądną osobą i że chętnie zaopiekuje się Molly do czasu naszego powrotu z Tajlandii. Kilka dni wcześniej przeniosłam się do pobliskiego hotelu, wyprawiwszy resztę swoich rzeczy do Spring Eaton, więc teraz pojechałyśmy z Millie do hotelu, by przygotować się na następny dzień. Przez cały wieczór przymierzałyśmy suknie i wypróbowywałyśmy kosmetyki do makijażu, które kupiłam specjalnie na tę okazję. Nie chciałam tradycyjnej sukni ślubnej, wybrałam zatem sukienkę z kremowego jedwabiu, która sięgała mi niemal do kostek i opinała mnie w odpowiednich miejscach, podkreślając figurę. Millie również zdecydowała się na kremową suknię, dodając do stroju różową wstęgę, dokładnie w takim kolorze, w jakim miał być jej bukiet.

Kiedy następnego ranka włożyłam suknię, czułam się piękniej niż kiedykolwiek dotąd. Wcześniej do hotelu dotarły bukiety ślubne – z różowych róż dla Millie i z ciemnoczerwonych dla mnie. Jack wynajął samochód, który miał nas zawieźć do urzędu stanu cywilnego. O jedenastej rozległo się pukanie do drzwi. Poprosiłam Millie, żeby otworzyła.

– Powiedz im, że będę za minutkę! – zawołałam, wchodząc do łazienki, by raz jeszcze przejrzeć się w lustrze. Zadowolona z tego, co zobaczyłam, wróciłam do sypialni i podniosłam bukiet.

– Wyglądasz olśniewająco.

Zdumiona, podniosłam wzrok i ujrzałam Jacka stojącego w drzwiach. Był tak przystojny w ciemnym garniturze i ciemnoczerwonej kamizelce, że zrobiło mi się gorąco.

– Niemal równie pięknie jak Millie – dodał.

Moja siostra, która stała u jego boku, klasnęła w dłonie z zachwytem.

– Co ty tu robisz?! – wykrzyknęłam, zaniepokojona i uradowana jednocześnie. – Coś się stało?

Podszedł i wziął mnie w ramiona.

– Po prostu nie mogłem się już ciebie doczekać, to wszystko. I mam coś dla ciebie. – Wypuścił mnie, sięgnął do kieszeni i wyjął czarne pudełeczko. – Poszedłem dziś rano do banku, żeby je odebrać.

Uchylił wieko, a ja zobaczyłam piękny perłowy naszyjnik ułożony na aksamitnej wyściółce i parę perłowych kolczyków obok.

– Jack, są cudowne!

– Należały do mojej matki. Przypomniałem sobie o nich dopiero wczoraj wieczorem. Pomyślałem, że może zechcesz je dzisiaj założyć, dlatego przyszedłem. Oczywiście nie musisz tego robić, jeśli nie chcesz.

– Będę zaszczycona – odparłam, podnosząc naszyjnik i rozpinając zameczek.

– Pozwól, że ci pomogę. – Wziął ode mnie klejnot i zapiął mi go na szyi. – Jak ci się podoba?

Odwróciłam się do lustra.

– Po prostu nie mogę uwierzyć, że tak idealnie pasuje do tej sukni. – Westchnęłam, dotykając pereł. – Są dokładnie w tym samym odcieniu. – Zdjęłam z uszu swoje złote kolczyki i wymieniłam je na kremowe perły.

– Grace ładna, bardzo, bardzo ładna! – Millie się roześmiała.

– Zgadzam się z tobą – oznajmił Jack poważnym tonem. Sięgnął do drugiej kieszeni i wyjął jeszcze jedno, nieco mniejsze pudełko. – Mam też coś dla ciebie, Millie.

Gdy moja siostra zobaczyła perłę w kształcie łezki zawieszoną na srebrnym łańcuszku, wydała z siebie okrzyk zachwytu.

– Dziękuję ci, Jack – powiedziała rozpromieniona. – Założę go.

– Jesteś dla nas taki dobry, Jack. – Uśmiechnęłam się do niego czule, kiedy zawieszał łańcuszek na szyję Millie. – Ale pewnie nie słyszałeś, że podobno pan młody nie powinien widzieć narzeczonej przed ślubem, bo to przynosi pecha?

– Cóż, zaryzykuję – odpowiedział z uśmiechem.

– A jak tam Molly? Zadomowiła się już?

– O tak, doskonale. Spójrzcie. – Wyjął z kieszeni telefon i pokazał nam zdjęcie Molly śpiącej smacznie w koszyku.

– Więc na podłodze są płytki. – Pokiwałam głową. – Wiem już przynajmniej jedną rzecz o swoim przyszłym domu.

– I na razie nie dowiesz się niczego więcej. – Jack schował telefon do kieszeni. – To jak, idziemy? Szofer bardzo się zdziwił, kiedy poprosiłem go, żeby zatrzymał się po drodze przy hotelu, więc jeśli nie wyjdziemy stąd wkrótce, pomyśli, że przyjechałem wszystko odwołać.

Ująwszy mnie i Millie pod ręce, zaprowadził nas do samochodu, a potem pojechaliśmy do urzędu stanu cywilnego.

Gdy dotarliśmy na miejsce, wszyscy już na nas czekali, również moi rodzice. Byli niemal gotowi do przeprowadzki do Nowej Zelandii, zamierzali wyjechać dwa tygodnie po naszym powrocie z miesiąca miodowego. Trochę mnie zaskoczyło, że tak się z tym spieszą, ale przecież czekali na ten dzień długie szesnaście lat. Poprzedniego tygodnia Jack i ja spotkaliśmy się z nimi na kolacji. Moi rodzice podpisali dokumenty, na mocy których staliśmy się prawnymi opiekunami Millie. Wszyscy byliśmy zadowoleni z tego układu, a oni, być może nieco zakłopotani faktem, że Jack ponosi wszelkie koszty, zapewnili nas o swojej pomocy w miarę ich możliwości. On jednak twierdził stanowczo, że w pełni zaopiekujemy się Millie i niczego nie będzie jej brakować.

Nasi goście byli zaskoczeni, widząc, jak Jack wysiada z samochodu ze mną i z Millie, a gdy wchodziliśmy po szerokich schodach do urzędu stanu cywilnego, żartowali z niego, że pewnie nie chciał przepuścić okazji do przejażdżki rolls-royce'em. Tata prowadził mnie, Jack prowadził Millie, a wuj Leonard, którego nie widziałam od kilku lat, trzymał pod rękę moją mamę. Byłam już prawie na górze, kiedy usłyszałam krzyk Millie. Odwróciłam się i zobaczyłam, jak moja siostra spada ze schodów.

– Millie! – krzyknęłam. Zanim zatrzymała się u podnóża stopni, byłam już w połowie drogi. Miałam wrażenie, że minęły wieki, nim przepchałam się przez tłum gapiów i uklękłam przy niej, nie dbając o to, czy pobrudzę suknię. Obchodziła mnie tylko moja ukochana siostra, która leżała nieruchomo.

– Spokojnie, Grace, oddycha – mówił kojącym tonem Adam. Klęczał po drugiej stronie Millie, podczas gdy ja gorączkowo szukałam jej pulsu. – Nic jej nie będzie, zobaczysz. Diane dzwoni właśnie po karetkę, przyjadą za minutę.

– Co się stało? – spytałam drżącym głosem. Kątem oka dostrzegłam mamę i tatę, którzy przykucnęli obok mnie. Delikatnie odgarnęłam włosy z twarzy siostry, nie ośmieliłam się jednak jej ruszyć.

– Grace, tak mi przykro. – Podniosłam wzrok i zobaczyłam Jacka. Był blady jak ściana. – Nagle się potknęła, chyba zawadziła obcasem o skraj sukienki, i nim zrozumiałem, co się dzieje, poleciała w dół. Próbowałem ją łapać, ale nie zdążyłem.

– W porządku – odparłam szybko. – To nie twoja wina.

– Powinienem był ją mocniej trzymać – mówił dalej, przeciągając dłonią przez włosy. – Powinienem był pamiętać, że czasami ma problemy na schodach.

– Ma dziwnie wygiętą nogę – zauważył cicho tata. – Wygląda na złamaną.

– O Boże – jęknęłam.

– Patrzcie, chyba odzyskuje przytomność. – Mama ujęła dłoń Millie.

– Wszystko dobrze, kochanie – powiedziałam łagodnie, kiedy się poruszyła. – Wszystko będzie dobrze.

Karetka przyjechała po kilku minutach. Chciałam jechać z Millie do szpitala, ale rodzice zadeklarowali swoją pomoc, przypominając mi, że właśnie wychodzę za mąż.

– Nie mogę teraz brać ślubu – wychlipałam, gdy ratownicy nieśli moją siostrę do karetki.

– Oczywiście, że możesz – odparła energicznie mama. – Millie zaraz dojdzie do siebie.

– Ma złamaną nogę. I może jeszcze jakieś inne obrażenia, o których nie wiemy.

– Nie będę miał do ciebie żalu, jeśli odwołasz ślub – powiedział cicho Jack.

– Po prostu nie jestem w stanie nic zrobić, dopóki się nie dowiem, co jej jest.

Ratownicy zachowali się wspaniale. Pełni zrozumienia dla mojej trudnej sytuacji, zbadali Millie na tyle dokładnie, na ile mogli to zrobić w karetce, i powiedzieli, że oprócz złamanej nogi nie ma innych obrażeń, a w razie czego rodzice mogą mnie na bieżąco informować o wszystkim. Millie zostanie zabrana na prześwietlenie, więc i tak nie mogłabym z nią zostać. Wciąż niezdecydowana, spojrzałam na Jacka, który stał z boku i rozmawiał z Adamem, a wyraz bólu i przygnębienia na jego twarzy pomógł mi podjąć decyzję. Wsiadłam na moment do karetki i ucałowałam siostrę na pożegnanie. Obiecawszy, że następnego ranka przyjdę do niej w odwiedziny, podałam rodzicom numer komórki Jacka – moja była już w walizce – i poprosiłam, żeby zadzwonili do mnie, gdy będą mieli jakieś wieści.

– Jesteś pewna, że chcesz kontynuować? – spytał Jack

z niepokojem po odjeździe karetki. – Chyba nikt nie ma ochoty na zabawę po tym, co stało się z Millie. Może powinniśmy poczekać, aż będziemy mieli całkowitą pewność, że nic się jej nie stało.

Spojrzałam na gości, którzy kręcili się niespokojnie przy schodach, czekając na ostateczną decyzję w sprawie ślubu.

– Myślę, że jeśli nam nie będzie to przeszkadzać, oni też nie będę mieli nic przeciwko. – Odwróciłam go delikatnie twarzą do siebie i spojrzałam mu w oczy. – Jack, nadal chcesz się ze mną ożenić?

– Oczywiście, że tak. Niczego nie pragnę bardziej, ale to twoja decyzja.

– Więc zróbmy to. Tego właśnie chciałaby Millie – skłamałam, wiedząc, że ona nie zrozumie, dlaczego pobraliśmy się bez niej. Na myśl o mojej zdradzie znów zebrało mi się na płacz, jednak powstrzymałam łzy, by nie zobaczył ich Jack. Miałam nadzieję, że już nigdy nie będę musiała wybierać między nim a Millie.

Goście ucieszyli się na wieść, że mimo wszystko ślub się odbędzie. Dwie godziny później zadzwoniła mama z informacją, że oprócz złamanej nogi Millie nie ma innych obrażeń. Odetchnęłam z ulgą. Chciałam skrócić przyjęcie i pojechać do niej jeszcze tego samego wieczoru, ale mama nie widziała w tym większego sensu. Millie dostała potężną dawkę środków przeciwbólowych, śpi jak kamień i prawdopodobnie nie obudzi się do rana. Ponieważ mama miała zostać u niej na noc, zapewniłam ją, że wpadniemy do szpitala następnego ranka, w drodze na lotnisko.

Choć był to całkiem udany wieczór, ucieszyłam się, gdy pożegnaliśmy z Jackiem ostatnich gości i mogliśmy pojechać do hotelu. Samochód Jacka był jeszcze w Londynie, więc Moira i Giles pożyczyli nam jedno ze swoich aut, byśmy mogli bez problemów dotrzeć na lotnisko, a po powrocie z Tajlandii dojechać do Spring Eaton. Mieli w garażu kilka innych samochodów, więc uznali, że ten na razie nie będzie im potrzebny. Mogliśmy go oddać w dogodnej dla nas chwili.

Po przyjeździe do hotelu, w którym mieliśmy spędzić noc poślubną, poszłam prosto do łazienki i wzięłam gorącą kąpiel. Jack czekał na mnie, popijając whisky. Leżałam w wannie, wciąż wracając myślami do Millie, i cieszyłam się, że ten trudny dzień już się skończył. Gdy woda zaczęła stygnąć, wyszłam z wanny i wytarłam się szybko, ciekawa, jak zareaguje Jack, widząc mnie w kremowej koszulce i majteczkach, które kupiłam specjalnie na tę okazję. Włożyłam je szybko, po czym drżąc z ekscytacji, otworzyłam drzwi i weszłam do sypialni.

TERAZ

Po powrocie do domu od Millie mówię Jackowi, że wkrótce będę musiała zadzwonić do Diane i odwołać lunch z nią i Esther. – Wręcz przeciwnie, uważam, że powinnaś pójść – odpowiada. Ponieważ mówił to samo już wiele razy, te słowa nic dla mnie nie znaczą. – Przecież już dwa razy odwoływałaś spotkanie z Diane. – Ta odpowiedź również o niczym nie świadczy, więc nie robię sobie większych nadziei. Jednak gdy w piątek rano mówi mi, bym włożyła swoją najładniejszą sukienkę, zastanawiam się, czy wreszcie nadeszła chwila, na którą tak długo czekałam. Wybiegam myślami daleko, by ostatecznie przypomnieć sobie, ile to już razy przeżyłam podobne rozczarowanie. Nawet wsiadając do samochodu i zajmując miejsce obok Jacka, wciąż nie chcę robić sobie fałszywych nadziei. Lecz gdy wjeżdżamy do miasta, zaczynam wierzyć, że tym razem los się do mnie uśmiechnął. Rozmyślam gorączkowo, co powinnam zrobić, by nie zmarnować tej okazji. Dopiero kiedy Jack parkuje przed restauracją i wysiada razem ze mną, uświadamiam sobie, że znów dałam się oszukać.

Diane i Esther już czekają przy stoliku. Diane macha do mnie. Ruszam w jej stronę, maskując uśmiechem gorzkie rozczarowanie. Jack nie zdejmuje dłoni z mojego ramienia.

– Bardzo się cieszę, że tym razem udało ci się dotrzeć – mówi Diane, ściskając mnie na powitanie. – Jack, jak to miło, że wpadłeś się z nami przywitać. Masz teraz przerwę na lunch?

– Dziś pracuję w domu – odpowiada. – A w biurze muszę być dopiero późnym popołudniem, więc pomyślałem, że wproszę się na wasze spotkanie. Oczywiście funduję.

– W takim razie chętnie cię przyjmiemy – mówi Diane ze śmiechem. – To stolik dla czterech osób, powinieneś się zmieścić. Żaden problem.

– Mimo że teraz nie będziemy mogły o tobie rozmawiać – żartuje Esther.

Kiedy Jack sięga po krzesło stojące przy innym stoliku, uświadamiam sobie, że gdyby nawet Esther chciała powiedzieć coś bardziej uszczypliwego, nie byłaby w stanie niczego znaleźć. Ale nie ma to znaczenia.

– Na pewno macie mnóstwo tematów dużo bardziej interesujących niż moja skromna osoba – zauważa z uśmiechem Jack, sadzając mnie naprzeciwko Esther i pokazując kelnerce, by przyniosła jeszcze jedno nakrycie.

– Grace i tak mówiłaby o tobie w samych superlatywach, więc rzeczywiście mogłybyśmy się szybko znudzić. – Diane wzdycha.

– Och, na pewno znalazłaby choć kilka drobnych niedoskonałości. – Esther spogląda na mnie wyzywająco. – Prawda, Grace?

– Wątpię – odpowiadam. – Jak sama widzisz, Jack jest chodzącym ideałem.

– Och, daj spokój, nie ma ludzi idealnych! Musi mieć jakieś wady!

Marszczę brwi, udając, że się głęboko zastanawiam, a po chwili kręcę z żalem głową.

– Nie, przykro mi, naprawdę nic nie przychodzi mi na myśl. Chyba że kupowanie zbyt wielu kwiatów. Czasami brakuje mi wazonów.

Diane parska głośno.

– To nie jest wada, Grace. – Odwraca się do Jacka. – Może mógłbyś podpowiedzieć Adamowi, jak powinien rozpieszczać żonę?

– Nie zapominaj, że Grace i Jack to w porównaniu z nami niemal nowożeńcy – przypomina przyjaciółce Esther. – Do tego nie mają dzieci. Gdy w związku pojawiają się dzieci i rutyna, zwykle nie ma już miejsca na galanterię. – Po krótkiej pauzie pyta: – Długo mieszkaliście ze sobą, nim się pobraliście?

– Nie mieliśmy na to czasu – tłumaczy Jack. – Pobraliśmy się po niecałym pół roku znajomości.

Esther unosi brwi.

– Boże, to bardzo szybko!

– Kiedy już wiedziałem, że Grace jest mi przeznaczona, nie chciałem zwlekać ani chwili dłużej, niż było to konieczne. – Jack bierze mnie za rękę.

Esther spogląda na mnie i uśmiecha się lekko.

– A kiedy już się pobraliście, nie znalazłaś żadnych trupów w szafie?

– Ani jednego.

Biorę menu, które podaje mi kelnerka, i otwieram je szybko, bo nie chcę odpowiadać na kolejne pytania Esther dotyczące mojego związku z Jackiem, a poza tym naprawdę jestem głodna. Przeglądam listę dań i widzę, że podają steki z polędwicy wołowej z grzybami, cebulą i frytkami. Doskonale.

– Czy ktoś zamawia coś choćby odrobinę tuczącego? – pyta Diane z nadzieją.

Esther kręci głową.

– Przykro mi. Ja biorę sałatkę.

– Ja wezmę stek z polędwicy – odpowiadam. – Z frytkami. A na deser chyba ciastko czekoladowe – dodaję, wiedząc, że to właśnie chciałaby usłyszeć.

– W takim razie wesprę was obie i wezmę sałatkę, a na deser ciastko czekoladowe – mówi Diane zadowolona.

– Ktoś ma ochotę na wino? – pyta Jack, wczuwając się w rolę gospodarza.

– Nie, dziękuję – mówi Diane. Z żalem decyduję się na bezalkoholowy lunch, bo mój mąż nigdy nie pije w środku dnia.

– Ja chętnie wypiłabym lampkę – zgłasza się nieoczekiwanie Esther. – Ale tylko jeśli ty i Grace też się napijecie.

– Muszę odmówić. – Jack wzdycha. – Mam dziś jeszcze mnóstwo pracy.

– Więc napiję się z Grace – mówi Esther. – Wolisz białe czy czerwone?

Czekając na zamówienie, rozmawiamy o miejscowym festiwalu muzycznym odbywającym się co roku w lipcu i przyciągającym ludzi z wielu odległych miejscowości. Wszyscy zgadzamy się co do tego: mieszkamy w miejscu, które umożliwia nam łatwy dostęp do koncertów, a jednocześnie nie jest narażone na niedogodności związane z najazdem tysięcy fanów. Choć Diane i Adam chodzą na festiwal co roku, Jack i ja jeszcze nigdy na nim nie byliśmy, więc Diane wkrótce planuje wspólne wyjście. Rozmawiając o festiwalu, dowiadujemy się, że Esther gra na pianinie, a Rufus na gitarze. Gdy przyznaję, że mam dość blade pojęcie o muzyce, Esther pyta, czy lubię czytać. Potwierdzam, zastrzegając jednocześnie, że mam na to mało czasu. Rozmawiamy o literaturze, a Esther wspomina o wydanym niedawno bestsellerze i pyta, czy ktoś z nas już go czytał. Okazuje się, że nikt nawet nie słyszał o tej książce.

— Chętnie ci ją pożyczę, chcesz? — pyta Esther, kiedy kelnerka przynosi zamówione dania.

— O tak, proszę. — Jestem tak wzruszona faktem, że zaproponowała to mnie, a nie Diane, że zapominam się na moment.

— Podrzucę ją jeszcze dziś po południu – mówi. – W piątki nie uczę.

— Wrzuć ją, proszę, do skrzynki na listy – odpowiadam, wracając do rzeczywistości. – Prawdopodobnie będę wtedy w ogrodzie i nie usłyszę dzwonka.

— Bardzo chciałabym kiedyś zobaczyć twój ogród. – Esther się ożywia. – Zwłaszcza po tym, co twój mąż mówił o twoich talentach.

— Nie musisz się z tym fatygować taki kawał drogi – mówi Jack, pomijając aż nazbyt czytelną aluzję z jej strony. – Grace może po prostu kupić sobie tę książkę.

— To żaden problem. — Esther spogląda z uznaniem na swoją sałatkę. – No, no, to wygląda naprawdę bardzo apetycznie.

— Właściwie możemy się po nią wybrać zaraz po lunchu. Księgarnia jest przecież za rogiem.

— Nie pracujesz tylko w piątki? – pytam, by zmienić temat.

– Nie, jeszcze we wtorki. Dzielimy się zajęciami z inną nauczycielką.

– Też bym tak chciała. – Diane wzdycha z żalem. – Trudno wychowywać dzieci, kiedy pracuje się na pełny etat. Ale nie chciałabym też całkiem rezygnować z pracy, a w mojej firmie w grę wchodzi tylko taka alternatywa.

Esther spogląda na mnie.

– Trudno mi uwierzyć, że nie brakuje ci pracy. Przed ślubem miałaś przecież bardzo ciekawe zajęcie.

Przez moment skupiam się wyłącznie na krojeniu mięsa, bo nie umiałabym inaczej ukryć emocji wywołanych wspomnieniami mojego dawnego życia.

– Nie jest tak źle – mówię w końcu. – Mam masę innych zajęć.

– Więc czym się zajmujesz oprócz malowania, czytania i uprawiania ogrodu?

– Och, tym i owym – odpowiadam wymijająco, choć zdaję sobie sprawę, jak kiepsko to brzmi.

– Grace nie mówiła ci jeszcze, że często sama szyje sobie ubrania – wtrąca Jack. – Niedawno uszyła śliczną sukienkę.

– Naprawdę? – Esther spogląda na mnie z nowym zainteresowaniem.

Jak zawsze czujna, błyskawicznie wchodzę w nową rolę.

– Och, to nic specjalnego – tłumaczę. – Sukienka do chodzenia po domu. Nie szyję ubrań wieczorowych ani niczego skomplikowanego.

– Nie wiedziałam, że masz do tego talent – mówi Diane z błyskiem w oku. – Bardzo chciałabym umieć szyć.

– Ja też – dorzuca Esther. – Nie miałabyś ochoty mnie trochę pouczyć, Grace?

– Możemy nawet założyć jakieś małe kółko krawieckie, a ty byłabyś naszą nauczycielką – dołącza do niej Diane.

– Nie jestem w tym wcale taka dobra – protestuję. – Dlatego nie wspominałam wam o tym wcześniej. Boję się, że ludzie będą chcieli zobaczyć coś, co uszyłam.

– Cóż, jeśli szyjesz równie dobrze, jak gotujesz, to na pewno twoje suknie są po prostu przepiękne!

– Kiedyś będziesz musiała nam coś pokazać – mówi Esther.

– Pokażę – obiecuję. – Jednak od razu zastrzegam, że nie odważę się uszyć niczego dla was.

Jestem tak spięta i zmęczona ciągłymi unikami, że zastanawiam się, czy nie zrezygnować z deseru, czego na pewno nie zrobiłabym w innych okolicznościach. Lecz jeśli go nie zamówię, Diane też tego nie zrobi, więc posiłek lada moment dobiegnie końca i będziemy musiały się rozstać. Rozważam wszystkie za i przeciw, ale w końcu zwycięża pokusa ciasta czekoladowego. Sączę powoli wino, modląc się w duchu, by Esther nie zadawała mi więcej pytań i zajęła się raczej Diane.

Jakby czytając w moich myślach, Esther pyta przyjaciółkę o syna. Jego nawyki żywieniowe to jeden z ulubionych tematów Diane, mogę więc rozluźnić się na kilka minut, kiedy rozmowa skupia się na wychowaniu dzieci i na tym, jak nakłonić je do jedzenia warzyw, których nie lubią. Jack słucha z uwagą, jakby ten temat rzeczywiście go interesował, a ja wracam myślami do Millie. Zastanawiam się, co zrobi, jeśli nie odwiedzę jej w następny weekend. Nie wiem już, jak tłumaczyć jej się z ciągłych nieobecności. Wcześniej nigdy nie marzyłam o tym, żeby była inna. Teraz nieustannie myślę, jak dobrze byłoby, gdyby nie miała zespołu Downa, gdyby nie była ode mnie zależna, gdyby mogła żyć samodzielnie, a nie była zdana na moją opiekę.

Do rzeczywistości przywołuje mnie Diane, która zamawia dla mnie deser. Esther pyta, nad czym się tak zadumałam, więc odpowiadam, że myślałam o Millie. Diane chce wiedzieć, czy odwiedzałam ją ostatnio. Mówię, że widzieliśmy się z nią w minioną niedzielę i że Jack zabrał nas na wspaniały lunch. Czekam, aż ktoś zapyta, czy wybieramy się do niej ponownie w ten weekend, ale nikt tego nie robi, więc nadal nic nie wiem.

– Na pewno nie może się już doczekać, kiedy z wami zamieszka – mówi Esther, gdy kelnerka przynosi deser.

– O tak – przyznaję.

Jack się uśmiecha.

– My też bardzo się na to cieszymy.

– A jak podoba jej się dom?

Sięgam po kieliszek.

– Prawdę mówiąc, jeszcze go nie widziała.

– Ale wprowadziliście się tam już rok temu, prawda?

– Owszem, niemniej chcemy, żeby wszystko wyglądało idealnie, zanim go zobaczy – wyjaśnia Jack.

– Moim zdaniem już wygląda idealnie – zauważa Esther.

– Jej pokój nie jest jeszcze gotowy. Muszę go do końca urządzić i świetnie się przy tym bawię, prawda, kochanie?

Czuję, jak łzy napływają mi do oczu. Pochylam głowę przerażona, bo wiem, że Esther pilnie mnie obserwuje.

– W jakim będzie kolorze? – pyta Diane.

– Czerwonym – odpowiada Jack. – To jej ulubiony. – Wskazuje głową na ciastko. – Jedz, kochanie.

Biorę do ręki łyżeczkę, ale nie wiem, czy będę w stanie przełknąć choćby kęs.

– Wygląda pysznie – mówi Esther. – Pewnie nie masz ochoty podzielić się ze mną, co?

Waham się przez moment, mimo że nie ma to sensu, bo i tak nie oszukam Jacka.

– Ależ proszę, poczęstuj się – mówię, podając jej widelczyk.

– Dziękuję. – Nabiera kawałek. – Przyjechaliście osobno?

– Nie, razem.

– Więc mogę cię podrzucić, jeśli chcesz.

– Nie ma potrzeby, odwiozę Grace, zanim wrócę do biura – mówi Jack.

– To chyba nie po drodze, prawda? – Esther marszczy brwi. – Stąd możesz wyjechać prosto na autostradę do Londynu. Ja zawiozę ją do domu, Jack, to naprawdę żaden problem.

– To bardzo uprzejme z twojej strony, ale tak czy inaczej, muszę zabrać parę dokumentów, których potrzebuję na spotkanie z klientem. – Po chwili dodaje: – Szkoda, że nie wziąłem ich od razu, bo chętnie wysłałbym Grace z tobą.

– Trudno, może kiedy indziej. – Esther odwraca się do mnie. – Grace, może wymienimy się numerami telefonu? Chciałabym cię zaprosić na kolację, ale muszę najpierw uzgodnić termin z Rufusem. Wkrótce wyjeżdża służbowo do Berlina, ale nie wiem, kiedy dokładnie.

– Oczywiście. – Podaję jej nasz numer domowy. Esther wpisuje go do komórki.

– A twoja komórka?

– Nie mam.

Spogląda na mnie ze zdumieniem.

– Nie masz komórki?

– Nie.

– Dlaczego?

– Bo jej nie potrzebuję.

– Ale teraz mają je nawet dziesięciolatki. Każdy ma komórkę, niektórzy nawet kilka!

– Cóż, a ja nie – odpowiadam, mimo wszystko rozbawiona jej reakcją.

– To niewiarygodne, prawda? – wtrąca się Diane. – Próbowałam ją namówić, żeby sobie kupiła choćby najprostszy aparat, ale ona nie jest zainteresowana.

– Więc jak ludzie się z tobą kontaktują, kiedy nie ma cię w domu? – dziwi się Esther.

Wzruszam ramionami.

– Nie kontaktują się.

– I bardzo dobrze – zauważa cierpkim tonem Diane. – Ja nie mogę spokojnie wyjść na zakupy, bo zaraz dzwoni Adam albo któreś z dzieciaków i każą sobie coś kupić albo wypytują, kiedy wrócę. Nie zliczę już, ile razy stałam przy kasie w Tesco i próbowałam spakować zakupy, rozwiązując jednocześnie jakiś problem w domu.

– No dobrze, a jeśli masz jakieś kłopoty? – wypytuje Esther, wciąż ogromnie zadziwiona.

– Dawniej ludzie jakoś sobie radzili bez komórek – odpowiadam.

– Jasne, w średniowieczu. – Odwraca się do Jacka. – Jack, kup żonie komórkę, na miłość boską!

Mój mąż rozkłada ręce w geście rezygnacji.

– Chętnie bym to zrobił, ale wiem, że i tak nie będzie jej używać.

– Nie wierzę. Zacznie używać, gdy tylko się przekona, jakie to praktyczne.

– Jack ma rację, nie używałabym jej – potwierdzam.

– Proszę, powiedz mi, że masz przynajmniej komputer.

– Tak, oczywiście, że mam.

– A możesz mi podać swój adres e-mailowy?

– Jasne. Jackangel-małpa-court-kropka-com.

– Czy to nie adres Jacka?

– Mój też.

Podnosi głowę i obdarza mnie kolejnym, pełnym zdumienia spojrzeniem.

– Nie masz własnego adresu?

– Po co? Jack i ja nie mamy przed sobą żadnych tajemnic, a jeśli ktoś do mnie pisze, to głównie po to, żeby zaprosić mnie na przyjęcie albo jakieś inne spotkanie, które dotyczy również Jacka, więc nawet lepiej, że widzi moje wiadomości.

– Tym bardziej że Grace często zapomina mi o czymś powiedzieć – dodaje Jack, uśmiechając się do mnie czule.

Esther przygląda nam się badawczo.

– Prawdziwe z was papużki nierozłączki, co? No cóż, skoro nie masz komórki, to pewnie będziesz musiała uciec się do tradycyjnych metod i zapisać mój numer na kartce. Masz długopis?

Wiem, że nie mam.

– Chyba tak – odpowiadam, gotowa odegrać odpowiedni spektakl. Sięgam po torbę, którą przewiesiłam przez poręcz krzesła, ale Esther podnosi ją pierwsza i podaje mi.

– Boże, jaka ona lekka, jakby była całkiem pusta!

– Noszę tylko najpotrzebniejsze rzeczy. – Otwieram torebkę i zaglądam do środka. – Niestety, nie wzięłam nic do pisania.

– Nie ma problemu, ja zapiszę. – Jack wyjmuje swoją komórkę. – Mam już od Rufusa wasz numer domowy, więc podaj mi tylko swoją komórkę, dobrze?

Kiedy Esther podaje mu numer, staram się go zapamiętać, ale gubię się pod koniec. Zamykam oczy i bezskutecznie próbuję przypomnieć sobie ostatnie cyfry.

– Dzięki – mówi Jack. Otwieram oczy i napotykam zaintrygowany wzrok Esther. – Przepiszę go Grace, kiedy wrócimy do domu.

– Chwileczkę, w środku jest siedem jeden dwa czy siedem dwa jeden? – Esther marszczy brwi. – Nigdy nie pamiętam. Końcówka jest łatwa, dziewięć jeden cztery sześć, zawsze myli mi się początek. Mogłabyś to sprawdzić, Diane?

Diane wyjmuje telefon i odszukuje numer Esther.

– Siedem jeden dwa – informuje.

– O tak. Zero siedem pięć jeden siedem jeden dwa dziewięć jeden cztery sześć. Tak zapisałeś, Jack?

– Tak, już mam. No dobrze, ktoś napije się kawy?

Rezygnujemy jednak z kawy, bo Diane musi już wracać do pracy, a Esther odmawia. Jack prosi o rachunek, podczas gdy Diane i Esther wychodzą do toalety. Chętnie poszłabym z nimi, ale nawet nie próbuję. Potem żegnamy się i wracamy z Jackiem na parking.

– No i jak, podobało ci się, moja idealna żono? – pyta, otwierając przede mną drzwi auta.

Wiem, jak wiele zależy od mojej odpowiedzi.

– Niezupełnie.

– Nawet deser, którego tak wyczekiwałaś?

Przełykam z trudem ślinę.

– Nie smakował mi tak bardzo, jak myślałam.

– Więc dobrze się złożyło, że Esther ci pomogła, prawda?

– I tak bym go zjadła – odpowiadam.

– I pozbawiła mnie przyjemności?

Przebiega mnie zimny dreszcz.

– Tak.

Unosi lekko brwi.

– Czyżby znów budziła się w tobie dawna hardość? Bardzo się cieszę. Prawdę mówiąc, ostatnio już się trochę nudziłem. – Spogląda na mnie z rozbawieniem. – Nie powstrzymuj się, Grace, czekam na ciebie.

KIEDYŚ

Tamtego wieczoru, w dzień mojego ślubu, kiedy wyszłam z łazienki do pokoju, stwierdziłam ze zdumieniem i konsternacją, że nikogo w nim nie ma. Pomyślałam, że Jack pewnie wyszedł gdzieś zadzwonić, i ogromnie mnie to zirytowało – nie mogłam zrozumieć, co może być ważniejsze od naszej nocy poślubnej. Irytacja szybko jednak zamieniła się w niepokój, gdy przypomniałam sobie, że Millie wciąż jest w szpitalu. W ciągu kilku sekund zdołałam wmówić sobie, że stało się jej coś strasznego, że mama zadzwoniła z tą wiadomością do Jacka, a on wyszedł z pokoju, bo nie chciał, bym usłyszała ich rozmowę.

Podbiegłam do drzwi i otworzyłam je gwałtownie. Byłam przekonana, że zobaczę Jacka, który przechadza się nerwowo po korytarzu i zastanawia się, jak przekazać mi tragiczne wieści. Lecz korytarz był pusty. Uznałam, że zszedł do lobby, ale by nie tracić czasu na dalsze poszukiwania, wróciłam do pokoju, wyjęłam komórkę z walizki, którą wcześniej dostarczył tu szofer, i zadzwoniłam do mamy. W tym samym momencie przyszło mi do głowy, że jeśli właśnie rozmawia z Jackiem, i tak się z nią nie połączę. Miałam się już rozłączyć i wybrać numer taty, gdy usłyszałam sygnał, a potem jej głos.

– Mamo, co się stało?! – krzyknęłam, zanim zdążyła się ze mną przywitać. – Jakieś komplikacje? Zapaść?

– Nie, nic się nie dzieje – odparła mama, wyraźnie zaskoczona.

– Więc u Millie wszystko w porządku?

– Tak, śpi jak suseł. – Umilkła na moment. – A co u ciebie? Wydajesz się zdenerwowana.

Odetchnęłam głośno z ulgą i usiadłam na łóżku.

– Jack zniknął, więc pomyślałam, że może zadzwoniłaś do niego z jakimiś złymi wiadomościami, i chciał porozmawiać z tobą na osobności – wyjaśniłam.

– Jak to „zniknął”?

– Nie ma go w pokoju. Poszłam do łazienki wziąć kąpiel, a kiedy wyszłam, już go nie było.

– Pewnie zszedł po coś do recepcji. Na pewno za chwilę wróci. Jak się udał ślub?

– Świetnie, naprawdę, szczególnie biorąc pod uwagę, że ciągle myślałam o Millie. Nie mogłam znieść myśli, że jej nie ma na uroczystości. Będzie ogromnie rozczarowana, jak się dowie, że wzięliśmy ślub bez niej.

– Na pewno to zrozumie – próbowała uspokoić mnie mama, ale tylko mnie rozzłościła, bo uświadomiłam sobie, jak słabo zna Millie, która z pewnością nie zrozumiałaby naszej decyzji. Z przerażeniem stwierdziłam, że jestem bliska płaczu; po wszystkim, co wydarzyło się tego dnia, zniknięcie Jacka było ostatnią kroplą goryczy. Poinformowałam mamę, że zobaczymy się nazajutrz w szpitalu, poprosiłam, by ucałowała ode mnie Millie, i zakończyłam rozmowę.

Powinnaś zachować spokój, mówiłam sobie, wybierając numer komórki Jacka. Nie kłóciliśmy się nigdy dotąd, nie sądziłam więc, bym mogła osiągnąć cokolwiek krzykiem i złością. Pewnie któryś z jego klientów miał problemy, a Jack musiał się tym zająć przed wyjazdem do Tajlandii. Na pewno irytował się tak samo jak ja, że ktoś przeszkadza mu nawet w dzień ślubu.

Odetchnęłam z ulgą, słysząc sygnał. Zatem nie rozmawiał z nikim, a ów pilny problem, który zmusił go do opuszczenia hotelu, został już rozwiązany. Nie odebrał, więc zgrzytnęłam tylko zębami w bezsilnej złości i zostawiłam wiadomość na poczcie głosowej: „Jack, gdzie ty się podziewasz, do licha?! Zadzwoń do mnie, jak tylko będziesz mógł, dobrze?".

Odłożyłam komórkę i zaczęłam przechadzać się nerwowo po pokoju. Zastanawiałam się wciąż, dokąd mógł pójść. Spojrzałam odruchowo na zegar na stoliku nocnym. Dochodziła dziewiąta. Próbowałam sobie wyobrazić, dlaczego Jack nie odebrał telefonu i dlaczego nie oddzwania. Pomyślałam, że być może któryś z jego partnerów przyjechał do hotelu, by porozmawiać z nim o ważnej, niecierpiącej zwłoki sprawie. Po dziesięciu minutach ponownie wybrałam jego numer. Tym razem natychmiast włączyła się poczta głosowa.

„Jack, oddzwoń, proszę", powiedziałam ostrym tonem, domyślając się, że wyłączył komórkę po moim ostatnim telefonie. „Muszę wiedzieć, co się z tobą dzieje".

Położyłam walizkę na łóżku, otworzyłam ją i wyjęłam beżowe spodnie i koszulę, które zamierzałam włożyć na podróż. Ubrałam się szybko, wepchnęłam do kieszeni kartę do drzwi, zabrałam telefon i wyszłam na korytarz. Zbyt niespokojna, by czekać na windę, zeszłam po schodach na parter i niemal pobiegłam do recepcji.

– Pani Angel, prawda? – Młody recepcjonista uśmiechnął się do mnie uprzejmie. – Co mogę dla pani zrobić?

– Właściwie szukam męża. Widział go pan?

– Tak, zszedł tu jakąś godzinę temu, wkrótce po tym, jak się państwo zameldowali.

– Nie wie pan, dokąd poszedł? Może jest w barze?

Recepcjonista pokręcił głową.

– Nie, wyszedł na zewnątrz. Pomyślałem, że chce coś zabrać z samochodu.

– Widział pan, jak wraca?

– Prawdę mówiąc, nie. Ale byłem wtedy zajęty przyjmowaniem innego gościa, więc być może go nie zauważyłem. – Spojrzał na telefon, który trzymałam w dłoni. – Próbowała pani dodzwonić się do niego?

– Tak, ale ma wyłączoną komórkę. Pewnie siedzi w barze i upija się z żalu za utraconą wolnością. – Uśmiechnęłam się, próbując rozładować nieco napięcie. – Zajrzę tam.

Przeszłam do baru, tam jednak też go nie było. Zaglądałam do różnych sal, do siłowni i na basen. Idąc do restauracji, zadzwoniłam ponownie i zostawiłam kolejną wiadomość na poczcie głosowej.

– Dalej nic? – Recepcjonista spojrzał na mnie ze współczuciem, gdy wróciłam do lobby.

Pokręciłam głową.

– Niestety, nigdzie nie mogę go znaleźć.

– Sprawdzała pani, czy państwa samochód jest na parkingu? Przynajmniej wiedziałaby pani, czy gdzieś pojechał.

Wyszłam na zewnątrz i przeszłam na tyły hotelu, na parking. Samochodu Jacka nie było ani tam, gdzie go zostawił, ani nigdzie indziej. Nie chciałam znów wdawać się w rozmowę z recepcjonistą, więc skorzystałam z tylnego wejścia i wbiegłam po schodach na górę. Łudziłam się, że w czasie moich poszukiwań Jack wrócił do pokoju i czeka na mnie. Gdy okazało się, że apartament jest pusty, rozpłakałam się, sfrustrowana. Tłumaczyłam sobie, że teraz przynajmniej wiem, dlaczego nie odbierał telefonu – nigdy nie rozmawiał przez komórkę, prowadząc. Jeśli jednak musiał nagle pojechać do biura, to dlaczego nie zapukał do drzwi łazienki i nie powiedział mi o tym? A jeśli nie chciał mi przeszkadzać w kąpieli, to dlaczego nie zostawił choćby krótkiego listu?

Coraz bardziej zdenerwowana, wybrałam jego numer i łamiącym się głosem oznajmiłam, że jeśli w ciągu najbliższych dziesięciu minut nie dostanę od niego żadnej wiadomości, zadzwonię na policję. W rzeczywistości najpierw zadzwoniłabym do naszych wspólnych znajomych, choćby do Adama, miałam jednak nadzieję, że jak wspomnę o policji, Jack uświadomi sobie moje zdenerwowanie.

To było najdłuższe dziesięć minut w moim życiu. Kiedy miałam już wybierać numer Adama, komórka zabrzęczała cicho. Powoli wypuściłam powietrze z płuc i otworzyłam wiadomość. Zobaczyłam, że wysłał ją Jack, i do oczu napłynęły mi łzy wzruszenia i ulgi. Przez chwilę nie byłam w stanie odczytać jego SMS-a, ale to nie miało znaczenia, bo dobrze wiedziałam, co napisał: został nieoczekiwanie wezwany do biura i bardzo mu przykro, że się martwiłam, lecz nie mógł odebrać telefonu, bo był na spotkaniu, niedługo wróci i mnie kocha.

Wzięłam chusteczkę z pudełka stojącego na biurku, wytarłam oczy, wysmarkałam nos i spojrzałam ponownie na wiadomość. Jej treść brzmiała następująco: „Nie histeryzuj tak, to do Ciebie nie pasuje. Coś mi wypadło, zobaczymy się rano".

Zszokowana siedziałam nieruchomo na łóżku i czytałam w kółko wiadomość, wmawiając sobie, że czegoś nie zrozumiałam. Nie mogłam uwierzyć, że mój właśnie poślubiony mąż może być tak okrutny i napisać coś równie zjadliwego. Nigdy dotąd nie zwracał się do mnie w ten sposób, nigdy nawet nie podniósł na mnie głosu. Czułam się tak, jakby ktoś uderzył mnie w twarz. I dlaczego miał wrócić dopiero rano? Z pewnością był mi winien wyjaśnienie, a już na pewno przeprosiny. Ogarnięta nagłym gniewem, zadzwoniłam do niego ponownie. Dosłownie drżałam z wściekłości, czekając, aż odbierze, a kiedy tego nie zrobił, z trudem powstrzymałam się od pozostawienia wiadomości, której później mogłabym żałować.

Musiałam z kimś porozmawiać, komuś się wyżalić, lecz nagle uświadomiłam sobie, że nie mam nikogo takiego. Nie utrzymywałam z rodzicami relacji, które pozwoliłyby mi do nich zadzwonić i wyznać z płaczem, że Jack zostawił mnie samą w naszą noc poślubną, a wstydziłam się mówić o tym swoim przyjaciółkom. Dawniej zwierzyłabym się pewnie Kate lub Emily, lecz podczas ślubu zrozumiałam, jak bardzo je zaniedbywałam ostatnimi czasy, więc teraz byłoby głupio zwracać się do nich o pomoc. Zastanawiałam się, czy nie zadzwonić jednak do Adama z zapytaniem, dlaczego Jacka wezwano tak nagle do pracy, ale przypomniałam sobie, że specjalizują się w różnych dziedzinach i prawdopodobnie nie informują się o swoich problemach. Poza tym jemu też wstydziłabym się przyznać, że coś było dla Jacka ważniejsze niż nasza noc poślubna.

Ocierając raz po raz załzawione oczy, próbowałam zrozumieć. Jeśli był na ważnym spotkaniu, to nic dziwnego, że wyłączył telefon. Pewnie zamierzał do mnie zadzwonić, jak tylko będzie to możliwe, ale spotkanie nieoczekiwanie się przedłużyło. Może podczas krótkiej przerwy odsłuchał moją wiadomość i zirytowany ostrym tonem przesłał mi równie ostrą wiadomość. A może przypuszczał, że jeśli oddzwoni, uspokajanie mnie zajmie mu dużo czas i nie zdąży na drugą część spotkania.

Wszystko to wydawało się na tyle rozsądne i wiarygodne, że żałowałam teraz swojej histerycznej reakcji. Jack miał prawo się na mnie zdenerwować. Widziałam już wcześniej, jak jego praca wpływa na nasze relacje – Bóg jeden wie, ile razy był zbyt zmęczony lub zbyt zestresowany, by się ze mną kochać – i przepraszał mnie za to, błagał, bym zrozumiała, że ze względu na charakter jego pracy nie zawsze może być ze mną, fizycznie i psychicznie. Dotąd nigdy się nie kłóciliśmy, z czego byłam dumna, ale trafiłam właśnie na pierwszą przeszkodę.

Marzyłam jedynie o tym, by znów zobaczyć Jacka, by powiedzieć mu, jak bardzo mi przykro, przytulić się do niego i usłyszeć, że mi wybacza. Jack, pisząc o powrocie „rano", miał pewnie na myśli blady świt. Znacznie spokojniejsza, a jednocześnie ogromnie zmęczona, rozebrałam się i położyłam do łóżka, rozkoszując się myślą, że wkrótce zapewne obudzą mnie czułe pocałunki męża. Zdążyłam jeszcze pomyśleć ciepło o Millie, po czym zapadłam w głęboki sen.

Nie przyszło mi wtedy do głowy, że Jack może spędzać tę noc z inną kobietą, ale o tym właśnie pomyślałam, gdy obudziłam się około ósmej i stwierdziłam, że nadal jestem sama. Nie poddając się panice, sięgnęłam po telefon, przekonana, że znajdę w nim wiadomość od Jacka, ale nie było żadnego SMS-a. Pewnie wolał się zdrzemnąć godzinę czy dwie w biurze, więc nie chcąc mu przeszkadzać, postanowiłam do niego nie dzwonić i nie budzić go niepotrzebnie. Lecz nie mogłam się go już doczekać, i w końcu zadzwoniłam. Włączyła się poczta głosowa. Nabrałam głęboko powietrza i z trudem zachowując spokój, poprosiłam, by dał mi znać, kiedy się zjawi w hotelu. Przypomniałam mu również, że w drodze na lotnisko musimy wpaść do szpitala i odwiedzić Millie. Potem wzięłam prysznic i ubrałam się.

Czekając na Jacka, uświadomiłam sobie, że nie wiem nawet, o której mamy samolot. Wspominał coś o popołudniowym locie, ale tak czy inaczej, musieliśmy być na lotnisku przynajmniej dwie godziny wcześniej. Po godzinie oczekiwania dostałam od Jacka wiadomość. Znów zadziwiła mnie jej treść. SMS nie zawierał przeprosin ani wyjaśnień, jedynie krótkie polecenie, byśmy spotkali się na hotelowym parkingu o jedenastej. Jakiś czas później wsiadłam do windy, obarczona dwiema walizkami i bagażem podręcznym, czując nieprzyjemny, nerwowy ucisk w brzuchu. Oddałam klucz, zadowolona, że młodego recepcjonistę zastąpił inny mężczyzna, który nic nie wiedział o moich wieczornych perypetiach.

Odźwierny pomógł mi zanieść bagaż na parking. Powiedziałam mu, że mąż pojechał zatankować, i przysiadłam na najbliższej ławce, choć z pewnością w hotelu byłoby mi cieplej i wygodniej. Nie chciałam zabierać do Tajlandii kurtki ani płaszcza, a ponieważ zakładałam, że wyjdę na zewnątrz tylko na moment, przechodząc z hotelu do samochodu i z samochodu do terminalu, włożyłam jedynie cienki żakiet, który nie chronił mnie przed lodowatym wiatrem szalejącym po parkingu. Jack przyjechał dwadzieścia pięć minut później. Byłam sina z zimna i bliska płaczu. Zatrzymał samochód obok ławki, wysiadł i podszedł do mnie.

– Wsiadaj – rzucił, podnosząc walizki i ładując je do bagażnika.

Zbyt zziębnięta, by się z nim spierać, wgramoliłam się do auta i przywarłam do drzwi, chcąc się jak najszybciej rozgrzać. Czekałam, aż Jack się odezwie, powie coś, co pozwoli mi zrozumieć, dlaczego czuję się tak, jakbym siedziała obok zupełnie nieznanej mi osoby. Gdy jednak cisza przeciągała się w nieskończoność, zebrałam się na odwagę i spojrzałam na niego. Byłam zszokowana, ujrzawszy twarz pozbawioną wszelkich emocji. Spodziewałam się zobaczyć złość, napięcie lub irytację.

– Co się dzieje, Jack? – spytałam niepewnie.

Żadnej reakcji. Jakbym się w ogóle nie odezwała.

– Na miłość boską, Jack! – wybuchłam. – Co się dzieje, do cholery?

– Nie przeklinaj, proszę – odparł, krzywiąc się z niesmakiem.

Spojrzałam na niego zdumiona.

– A czego się spodziewasz? Znikasz bez słowa, zostawiasz mnie samą w noc poślubną, spóźniasz się pół godziny i każesz mi czekać na mrozie. Chyba mam prawo się denerwować!

– Nie – odpowiedział. – Nie masz żadnych praw.

– Nie gadaj bzdur! Masz kogoś, Jack? O to chodzi? Zakochałeś się w innej kobiecie? To u niej byłeś wczoraj w nocy?

– Teraz to ty gadasz bzdury. Jesteś moją żoną, Grace. Po co mi inna kobieta?

Pokonana, pokręciłam głową ze smutkiem.

– Nie rozumiem. Masz problemy w pracy? Coś, o czym nie możesz mi powiedzieć?

– Wytłumaczę ci wszystko, gdy będziemy w Tajlandii.

– Dlaczego nie teraz? Proszę, Jack, powiedz mi, co się dzieje.

– W Tajlandii.

Chciałam powiedzieć, że nie mam ochoty lecieć z nim do Tajlandii w takiej atmosferze, ale pocieszałam się faktem, że kiedy tam dotrzemy, dowiem się przynajmniej, dlaczego nasze małżeństwo rozpoczęło się tak fatalnie. Ponieważ wydawało się, że jego dziwne zachowanie wiąże się z jakimiś problemami w pracy, zaczęłam mieć obawy, czy podobne sytuacje nie będą się powtarzać w przyszłości. Pochłonięta rozmyślaniami o tym, jak przywyknę do życia u boku mężczyzny, którego do tej pory właściwie nie znałam, dopiero poniewczasie zauważyłam, że jedziemy prosto na lotnisko.

– A co z Millie?! – zawołałam. – Mieliśmy ją odwiedzić!

– Obawiam się, że już nie zdążymy – odpowiedział. – Powinniśmy byli skręcić parę kilometrów wcześniej.

– Przecież napisałam ci w SMS-ie, że musimy wstąpić do szpitala!

– Cóż, nie wspomniałaś o tym, wsiadając do samochodu, więc pomyślałem, że zmieniłaś zdanie. Poza tym naprawdę nie mamy już na to czasu.

– Wylatujemy dopiero po południu!

– O trzeciej, a to znaczy, że musimy się odprawić o dwunastej.

– Ale ja jej obiecałam! Powiedziałam Millie, że odwiedzimy ją dziś rano!

– Kiedy? Kiedy jej to powiedziałaś? Bo ja tego nie pamiętam.

– Jak leżała w karetce!

– Była wtedy nieprzytomna, więc i tak niczego nie pamięta.

– Przecież nie o to chodzi! Poza tym mówiłam mamie, że wpadniemy do Millie, a ona na pewno jej to przekazała.

– Gdybyś najpierw spytała mnie, powiedziałbym ci, że to niemożliwe.

– Jak miałam cię to o spytać, skoro nie miałam z tobą kontaktu?! Jack, proszę, zawróć, mamy jeszcze sporo czasu. Odprawa zacznie się o dwunastej, ale na pewno potrwa przynajmniej z półtorej godziny. Nie będę u Millie długo, obiecuję, chcę ją tylko zobaczyć.

– Niestety, to nie wchodzi w grę.

– Dlaczego tak się zachowujesz?! – zawołałam. – Wiesz, jaka jest Millie. Wiesz, że nie zrozumie, dlaczego nie przyjechaliśmy.

– Więc zadzwoń do niej i wytłumacz jej wszystko. Zadzwoń i powiedz, że się pomyliłaś.

Sfrustrowana, wybuchłam nagle płaczem.

– Wcale się nie pomyliłam – wyszlochałam. – Mamy jeszcze mnóstwo czasu, dobrze o tym wiesz!

Nigdy dotąd nie płakałam w jego obecności i choć teraz wstydziłam się łez, miałam nadzieję, że dzięki temu zrozumie, jak niedorzecznie się zachowuje. A ponieważ nagle zjechał na stację benzynową, otarłam oczy i wysmarkałam nos, przekonana, że zamierza zawrócić.

– Dziękuję – powiedziałam, gdy zatrzymał samochód.

Tymczasem Jack zgasił silnik i odwrócił się do mnie.

– Posłuchaj mnie, Grace, posłuchaj mnie uważnie. Jeśli chcesz pojechać do Millie, możesz to zrobić. Możesz wysiąść teraz z auta i pojechać taksówką do szpitala. Ale ja jadę na lotnisko, więc jeśli wybierzesz wizytę u Millie, nie polecisz ze mną do Tajlandii. Prosta sprawa.

Pokręciłam głową, a po moich policzkach znów pociekły strumienie łez.

– Nie wierzę ci – wychlipałam. – Gdybyś mnie kochał, nie kazałbyś mi wybierać między tobą i Millie.

– Ale to właśnie robię.

– Nie mogę podjąć takiej decyzji. – Spojrzałam na niego, przejęta bólem. – Kocham was oboje!

Jack westchnął ciężko, zirytowany.

– Przykro mi, że robisz z tego taką aferę. Przecież to powinno być całkiem oczywiste. Naprawdę zamierzasz zniszczyć nasze małżeństwo tylko dlatego, że nie chcę zawrócić do szpitala, kiedy jesteśmy już w drodze na lotnisko? Naprawdę tak niewiele dla ciebie znaczę?

– Nie, oczywiście, że nie – odparłam, przełykając łzy.

– I nie uważasz, że byłem dotąd bardzo cierpliwy? Przecież nigdy nie narzekałem, że musimy co weekend spędzać tyle czasu z Millie.

– Tak, byłeś – przyznałam cicho.

Skinął głową usatysfakcjonowany.

– Więc jak będzie, Grace? Lotnisko czy szpital? Mąż czy siostra? – Umilkł na moment, po czym dodał: – Ja czy Millie?

– Ty, Jack – odpowiedziałam. – Ty, oczywiście.

– Świetnie. Gdzie masz paszport?

– W torebce – wymamrotałam.

– Możesz mi go dać?

Sięgnęłam po torebkę, wyjęłam paszport i podałam go Jackowi.

– Dziękuję – powiedział, wsuwając dokument do wewnętrznej kieszeni marynarki. Bez słowa uruchomił silnik, wrzucił bieg i wyjechał ponownie na autostradę.

Mimo tego, co wydarzyło się przed chwilą, nie mogłam uwierzyć, że nie zabierze mnie do Millie. Może był to swego rodzaju test, a skoro wybrałam jego, to miałam nadzieję, że zawrócimy do szpitala. Zmierzaliśmy jednak prosto na lotnisko. Ogarnęła mnie rozpacz. Czułam się fatalnie nie tylko z powodu Millie, ale i dlatego, że nie znałam Jacka od tej strony. W ciągu naszej półrocznej znajomości nigdy tak nie postępował. Nigdy nie przyszło mi do głowy, że może zachowywać się inaczej niż najmilszy, najrozsądniejszy mężczyzna, z jakim kiedykolwiek zetknął mnie los. Instynkt podpowiadał, że powinnam go poprosić, by zatrzymał samochód i mnie wypuścił, ale obawiałam się dalszego rozwoju wypadków. Był w złym nastroju. Rzeczywiście mógł spełnić swoją groźbę i polecieć do Tajlandii beze mnie. Co stałoby się wtedy z naszym małżeństwem? Co stałoby się ze mną? Zanim dojechaliśmy na lotnisko, byłam chora ze zdenerwowania.

Gdy staliśmy w kolejce do odprawy, Jack zaproponował, bym zadzwoniła do mamy z wiadomością, że nie zdążymy wpaść do szpitala. Im szybciej to zrobię, tym lepiej dla wszystkich zainteresowanych. Wciąż zdumiona jego zachowaniem zrobiłam, co kazał, a połączywszy się z pocztą głosową, nie wiedziałam, czy mam się cieszyć, czy martwić. W końcu doszłam do wniosku, że może tak będzie lepiej, zostawiłam więc wiadomość, tłumacząc, że pomyliłam godzinę naszego wylotu i nie zdołamy już przyjechać do szpitala.

Poprosiłam mamę, by ucałowała od nas Millie i przekazała jej, że skontaktujemy się po powrocie z Tajlandii. Gdy wyłączyłam telefon, Jack uśmiechnął się do mnie i wziął mnie za rękę, ale ja po raz pierwszy miałam ochotę ją cofnąć. Podeszliśmy do stanowiska odpraw. Jack tak czarował urzędniczkę opowieścią, że jesteśmy nowożeńcami i mieliśmy przykry wypadek na ślubie, bo druhna z zespołem Downa spadła ze schodów i złamała nogę, że przeniosła nas do pierwszej klasy. Ale to wcale nie poprawiło mi humoru – wręcz przeciwnie, fakt, że wykorzystał dramat biednej Millie dla własnej korzyści, budził we mnie oburzenie i odrazę. Jack, którego znałam przed ślubem, nigdy nie zrobiłby czegoś takiego, a perspektywa dwutygodniowych wakacji spędzonych w towarzystwie kogoś, kto stał mi się zupełnie obcy, była przerażająca. W takim samym stopniu przerażało mnie jednak alternatywne rozwiązanie – rezygnacja z wyjazdu do Tajlandii i samotny powrót do domu. Kiedy przechodziliśmy przez kontrolę paszportową, nie mogłam się pozbyć uczucia, że popełniam największy błąd w życiu.

Czułam się jeszcze bardziej zdezorientowana w poczekalni, gdy Jack siedział i czytał gazetę, obejmując mnie, jakby nic się nie stało. Poczęstowano nas szampanem, ale odmówiłam, chcąc dać w ten sposób Jackowi do zrozumienia, że nie jestem w nastroju do świętowania. On jednak chętnie przyjął kieliszek, ignorując moją reakcję i przepaść, która nas teraz dzieliła. Próbowałam sobie wmawiać, że właściwie nic się nie stało, że to jedynie sprzeczka zakochanych, drobne potknięcie na drodze do długiego i szczęśliwego małżeństwa, lecz w głębi duszy wiedziałam, że to coś poważniejszego. Zdesperowana, próbowałam zrozumieć, co doprowadziło do tej sytuacji. Odtwarzałam w myślach wszystkie wydarzenia rozgrywające się od wczorajszego wieczoru, odkąd wyszłam z łazienki. Przypomniawszy sobie rozpaczliwe wiadomości, które zostawiłam na jego poczcie głosowej, zastanawiałam się przez moment, czy to ja jestem wszystkiemu winna. Wiedziałam jednak, że to nieprawda; wina leżała po stronie Jacka. Ale byłam zbyt zmęczona, by to należycie przeanalizować. Nie mogłam się już doczekać wejścia na pokład. Miałam nadzieję, że po czternastu godzinach spędzonych pod troskliwą opieką stewardes, w Tajlandii poczuję się znacznie lepiej i będę w stanie trzeźwo myśleć.

Ponieważ nie chciałam niczego zjeść w poczekalni, po zajęciu miejsca w samolocie poczułam się bardzo głodna. Jack był dla mnie niezwykle miły i troskliwy, upewniał się kilkakrotnie, czy niczego mi nie brakuje, więc powoli odzyskiwałam wiarę w nasz związek. Gdy tylko nieco się rozluźniłam, oczy same mi się zamknęły.

– Zmęczona? – spytał Jack.

– Tak. – Skinęłam głową. – I bardzo głodna. Jeśli zasnę, obudzisz mnie na kolację?

– Oczywiście.

Zapadłam w sen, zanim samolot wystartował. Kiedy ponownie uniosłam powieki, w kabinie było ciemno, a wszyscy pasażerowie spali – z wyjątkiem Jacka, który czytał gazetę.

Spojrzałam na niego z irytacją.

– Przecież prosiłam cię, żebyś obudził mnie na kolację, prawda?

– Pomyślałem, że lepiej ci nie przeszkadzać. Ale nie martw się, za kilka godzin będą podawać śniadanie.

– Nie mogę czekać kilku godzin. Nie jadłam nic od wczoraj!

– Więc poproś stewardesę, żeby ci coś przyniosła.

Przez chwilę wpatrywałam się w niego w milczeniu. W naszym innym życiu, nim zostaliśmy małżeństwem, sam zadzwoniłby po stewardesę. Gdzie się podział ten idealny dżentelmen, za którego go miałam? Czy była to jedynie poza, czy do tej pory ukrywał prawdziwe „ja" za pozorami łagodności i życzliwości, by mi zaimponować? Musiał poczuć mój wzrok, bo odłożył gazetę i spojrzał na mnie.

– Kim jesteś, Jack? – spytałam cicho.

– Twoim mężem – odparł. – Jestem twoim mężem. – Ujął moją dłoń, podniósł do ust i pocałował. – Na dobre i na złe. W zdrowiu i w chorobie. Dopóki śmierć nas nie rozłączy.

Puścił moją rękę i nacisnął guzik, przywołując stewardesę. Pojawiła się niemal natychmiast.

– Czy mogłaby pani przynieść mojej żonie coś do jedzenia? Niestety, przespała kolację.

– Oczywiście, proszę pana – odpowiedziała z uśmiechem.

– I już. – Westchnął, gdy stewardesa odeszła. – Zadowolona?

Ponownie podniósł gazetę i wbił w nią wzrok. Cieszyłam się, że nie zauważył łez żałosnej wdzięczności, które pojawiły się w moich oczach. Zjadłam szybko podany mi posiłek, a ponieważ nie miałam ochoty rozmawiać z Jackiem, ponownie ułożyłam się do snu. Obudziłam się dopiero, gdy samolot podchodził do lądowania w Bangkoku.

Jack nalegał, że to on zaplanuje nasz miesiąc miodowy, bo chce zrobić mi niespodziankę. Był już kilkakrotnie w Tajlandii i wiedział, gdzie warto się zatrzymać, więc choć sugerowałam Ko Samui, nie miałam pojęcia, dokąd właściwie jedziemy. Nie potrafiłam ukryć rozczarowania, widząc, że zamiast do hali lotów krajowych, prowadzi mnie na postój taksówek. Wkrótce jechaliśmy do centrum Bangkoku, a niezwykła energia tego miasta, natłok dźwięków i barw obudziły we mnie ekscytację, dzięki której zapomniałam na chwilę o swoich obawach. Gdy taksówka zwolniła przed hotelem Złota Świątynia, ucieszyłam się jeszcze bardziej, bo był to jeden z najpiękniejszych hoteli, jakie kiedykolwiek widziałam. Ale samochód zatrzymał się mniej więcej trzysta metrów dalej, przed dobrym, choć mniej luksusowym obiektem. Hol wyglądał lepiej niż fasada budynku, kiedy jednak weszliśmy do naszego pokoju i okazało się, że w mikroskopijnej łazience ledwie wystarcza miejsca dla jednej osoby, byłam przekonana, że Jack natychmiast zrezygnuje z tego hotelu i poszuka czegoś lepszego.

– Idealnie – oświadczył, zdejmując marynarkę i wieszając ją w szafie. – W sam raz.

– Jack, chyba nie mówisz poważnie? – odparłam, rozglądając się po pokoju. – Na pewno stać nas na coś lepszego.

– Czas się obudzić, Grace.

Wypowiedział te słowa z wielką powagą, co zmusiło mnie do zastanowienia, dlaczego nie przyszło mi dotąd głowy, że stracił pracę. Im dłużej o tym myślałam, tym bardziej uświadamiałam sobie, że to właśnie tłumaczyłoby nagłą zmianę jego nastroju. Jeśli poinformowano go o tym w piątek wieczorem, prawdopodobnie pojechał do biura w sobotę, kiedy się kąpałam, by ustalić szczegóły ze swoimi partnerami przed naszą podróżą poślubną. Oczywiście nie chciał mi o tym powiedzieć podczas ślubu, a moja wizyta u Millie musiała mu się wydawać drobnostką w porównaniu z tym, przez co sam przechodził! Nic dziwnego, że chciał powiedzieć mi o tym dopiero po przylocie do Tajlandii. Pewnie nie miał już szans na odzyskanie posady, skoro tak szybko zmienił rezerwację, wybierając tańszą opcję.

– Co się stało? – spytałam.

– Obawiam się, że piękny sen dobiegł końca.

– To nieważne – odpowiedziałam krzepiącym tonem, wmawiając sobie jednocześnie, że być może właśnie tak będzie dla nas najlepiej. – Poradzimy sobie.

– Co masz na myśli?

– Jestem pewna, że bez trudu znajdziesz inną pracę, albo nawet założysz własną firmę. Poza tym ja też mogę wrócić do pracy. Może nie zdołałabym odzyskać starego stanowiska, ale bez wątpienia coś by się dla mnie znalazło.

Spojrzał na mnie z rozbawieniem.

– Ja nie straciłem pracy, Grace.

– Więc o co w tym wszystkim chodzi? – spytałam zdumiona.

Pokręcił głową z żalem.

– Powinnaś była wybrać Millie, naprawdę powinnaś była to zrobić.

Zimny dreszcz przebiegł mi po plecach.

– Co się dzieje? – spytałam ponownie, starając się mówić spokojnie. – Dlaczego tak się zachowujesz?

– Zdajesz sobie sprawę z tego, co zrobiłaś? Zdajesz sobie sprawę, że sprzedałaś mi duszę? I Millie, skoro już o tym mowa. Szczególnie Millie – dodał po krótkiej pauzie.

– Przestań! – rzuciłam ostro. – Przestań tak ze mną pogrywać!

– To nie jest żadna gra. – Chłodny spokój, z jakim wypowiadał te słowa, budził we mnie panikę. Mimowolnie rozglądałam się, szukając jakiejś drogi ucieczki. – Za późno – powiedział, wyczuwając mój strach. – O wiele za późno, żeby się wycofać.

– Nie rozumiem – wykrztusiłam, dławiąc szloch. – Czego ty właściwie chcesz?

– Dokładnie tego, co już mam: ciebie i Millie.

– Nie masz Millie i na pewno nie masz mnie. – Sięgnęłam po torebkę i spojrzałam na niego gniewnie. – Wracam do Londynu.

Pozwolił mi dojść do drzwi.

– Grace?

Odwracałam się bardzo powoli, bo nie byłam pewna, jak zareaguję, kiedy powie mi, że to był tylko głupi żart. Nie chciałam też, żeby zobaczył, z jaką ulgą to przyjmuję, ponieważ wolałam sobie nawet nie wyobrażać, co by się stało, gdyby pozwolił mi przekroczyć próg pokoju.

– Co? – spytałam chłodno.

Włożył rękę do kieszeni i wyjął z niej paszport.

– Nie zapomniałaś o czymś? – Trzymając dokument między kciukiem i palcem wskazującym, pomachał nim przed moimi oczami. – Nie możesz wrócić do Anglii bez tego. Właściwie nigdzie nie możesz się bez tego wybrać.

Wyciągnęłam rękę.

– Oddaj mi to, proszę.

– Nie.

– Oddaj mi paszport, Jack! Mówię poważnie!

– Nawet gdybym oddał ci paszport, jak dotarłabyś na lotnisko bez pieniędzy?

– Mam pieniądze – odparłam wyniośle, zadowolona, że przed wyjazdem kupiłam trochę bahtów. – Mam też kartę kredytową.

– Nie – powiedział, kręcąc głową z udawanym smutkiem. – Nie masz. Już nie.

Rozpięłam szybko torebkę i przekonałam się, że nie ma w niej mojego portfela ani telefonu.

– Gdzie jest mój portfel i komórka? Co z nimi zrobiłeś?!

Rzuciłam się do jego torby podróżnej i zaczęłam przerzucać jej zawartość, szukając swoich rzeczy.

– Nie znajdziesz ich tutaj – parsknął z rozbawieniem. – Tracisz tylko czas.

– Naprawdę myślisz, że możesz mnie więzić? Że nie zdołam uciec, jeśli zechcę?

– I tu właśnie pojawia się kwestia Millie – oświadczył z powagą.

– Co masz na myśli? – spytałam, ogarnięta nagłym lękiem.

– Ujmijmy to w ten sposób: jak myślisz, co się z nią stanie, jeśli przestanę opłacać jej czesne? Może trafi do przytułku?

– Ja będę za nią płacić. Mam dość pieniędzy ze sprzedaży domu.

– Przecież oddałaś te pieniądze mnie, miałem kupić za nie meble do naszego nowego domu, co też zrobiłem. A reszta, która została, należy teraz do mnie. Ty nie masz nic, Grace, nic a nic.

– Więc wrócę do pracy. A ciebie pozwę o zwrot reszty pieniędzy – dodałam z wściekłością.

– Nie, nie zrobisz tego. Po pierwsze, nie wrócisz do pracy.

– Nie możesz mnie powstrzymać.

– Oczywiście, że mogę.

– Jak? Mamy dwudziesty pierwszy wiek. Jeśli to wszystko dzieje się naprawdę, jeśli nie jest to jakiś głupi, chory żart, to chyba nie sądzisz, że nadal pozostaniemy małżeństwem.

– Owszem, pozostaniemy, bo nie masz wyboru. Usiądź, a powiem ci dlaczego.

– Nie interesuje mnie to. Oddaj mi paszport i tyle pieniędzy, żebym mogła wrócić do Anglii, i potraktujmy to jak przykry błąd. Możesz tu zostać, jeśli chcesz, a kiedy wrócisz, powiemy wszystkim, że dopiero tutaj uświadomiliśmy sobie, jak wiele nas dzieli, i postanowiliśmy się rozejść.

– To bardzo wielkoduszne z twojej strony. – Zamilkł na moment, jakby rozważając moją propozycję, a ja mimowolnie wstrzymałam oddech. – Problem w tym, że ja nie popełniam błędów. Nigdy tego nie robiłem i nigdy nie zrobię.

– Proszę, Jack – przemówiłam błagalnym tonem. – Proszę, pozwól mi odejść.

– Powiem ci, co zrobię. Jeśli usiądziesz, wytłumaczę ci wszystko, tak jak obiecałem. A potem, kiedy już mnie wysłuchasz i nadal będziesz chciała odejść, pozwolę ci to zrobić.

– Obiecujesz?

– Masz moje słowo.

Szybko rozważyłam wszystkie opcje, a zrozumiawszy, że właściwie nie mam wyboru, usiadłam na skraju łóżka, jak najdalej od Jacka, i westchnęłam ciężko:

– No dobrze, mów – rzuciłam.

Skinął głową.

– Ale zanim zacznę, zdradzę ci pewien mały sekret. Dzięki temu zrozumiesz, że wcale nie żartuję.

Spojrzałam na niego nieufnie.

– Jaki sekret?

Pochylił się do mnie i z drwiącym uśmieszkiem wyszeptał:

– Nie ma żadnej gosposi.

TERAZ

Gdy wracamy do domu po lunchu z Diane i Esther, jak zawsze idę na górę, prosto do swojego pokoju. Słyszę zgrzyt klucza przekręcanego w zamku, a kilka minut później terkot zasuwanych żaluzji – dodatkowego zabezpieczenia, na wypadek gdyby udało mi się pokonać zamknięte drzwi i zejść do holu na parterze. Moje uszy, wyczulone na każdy, najcichszy nawet dźwięk – bo nie słyszę tu niczego innego, żadnej muzyki, dźwięków telewizora czy radia ani głosów innych ludzi – wychwytują delikatny szum otwierającej się bramy, a potem chrzęst opon na żwirowym podjeździe. Zwykle takie odgłosy budzą mój niepokój, ale dziś nie przejmuję się nimi zbytnio, bo jadłam lunch. Kiedyś nie wracał przez trzy dni, więc byłam już tak głodna, że mogłabym zjeść mydło.

Rozglądam się po pokoju, który od pół roku jest całym moim domem. Właściwie nie ma tu na czym zawiesić oka – cztery ściany, łóżko, zakratowane okno i dwoje drzwi. Jedne prowadzą na schody, drugie do małej łazienki, jedynego wyjścia do innego świata. Znajduje się tu prysznic, umywalka i muszla klozetowa, a za całą dekorację służą kawałek mydła i ręcznik.

Choć znam na pamięć każdy centymetr tych dwóch pomieszczeń, wciąż wodzę wzrokiem po ścianach i sprzętach, łudząc się, że nie dostrzegłam dotąd czegoś, co uczyniłoby moje życie znośniejszym, może gwoździa, którym mogłabym wyryć coś na krawędzi łóżka, zostawić jakiś ślad swojej egzystencji, na wypadek gdybym pewnego dnia zniknęła. Nie znajduję jednak niczego takiego. Poza tym wiem, że Jack nie pragnie wcale mojej śmierci. Zaplanował dla mnie coś subtelniejszego, a na samą myśl o jego zamiarach, modlę się, by zginął w wypadku samochodowym, wracając z pracy, jeśli nie dziś, to przed końcem czerwca, zanim zamieszka z nami Millie. Bo potem będzie już za późno.

W moim pokoju nie ma książek, nie ma też choćby kartki czy długopisu, które pozwoliłyby mi zająć czymś myśli. Spędzam bezczynnie całe dnie, ludzka drobina zawieszona w czasie. Przynajmniej tak to widzi Jack. W rzeczywistości czekam na właściwy moment, na tę jedną jedyną okazję, która musi przecież nadejść – jak mogłabym przetrwać, gdybym w to nie wierzyła? Jak mogłabym odgrywać tę farsę, w którą zamieniło się moje życie?

Przez chwilę łudziłam się, że ta szansa nadejdzie właśnie dzisiaj, co teraz mogę uznać tylko za przejaw skrajnej naiwności. Jak mogłam przypuszczać, że Jack pozwoli mi pojechać samej na lunch, stwarzając mi tym samym doskonałą okazję do ucieczki? Dałam się nabrać, bo nigdy dotąd nie zabrał mnie na takie spotkanie, lecz co najwyżej mnie mamił. Pewnego razu – później udawałam przed Diane, że zapomniałam o wspólnym lunchu – wiózł mnie już do restauracji, ale w połowie drogi zawrócił i śmiał się do rozpuku, gdy rozczarowana, omal się nie popłakałam.

Często myślę o tym, że chętnie bym go zabiła, ale nie mogę tego zrobić. Przede wszystkim, nie mam jak. Nie mam dostępu do lekarstw, noży czy innych narzędzi, które mogłyby mi posłużyć za broń. Jeśli poproszę go o aspirynę na ból głowy, a on zechce tę prośbę spełnić, przynosi mi tabletkę i czeka, aż ją połknę, bym nie mogła uzbierać większego zapasu, żeby spróbować go otruć. Wszystkie posiłki podaje mi na plastikowych talerzach, z plastikowymi sztućcami i kubkami. Kiedy przygotowuję jedzenie na przyjęcia, towarzyszy mi cały czas, obserwuje mnie i sprawdza, czy odkładam noże na miejsce, świadom, że mogłabym któryś ukryć i zaatakować go przy najbliższej okazji. Bywa też, że sam kroi i sieka potrzebne składniki, nie pozwalając mi dotknąć ostrych narzędzi. Nie zabiłabym go jednak, nawet gdybym miała taką możliwość. Cóż by mi z tego przyszło? Co stałoby się z Millie, gdybym trafiła do więzienia? Ale nie zawsze byłam taka bierna. Zanim w pełni zrozumiałam beznadziejność swojej sytuacji, próbowałam uciec, na różne sposoby. Ostatecznie tylko na tym straciłam – cena, którą musiałam zapłacić za każdą z nieudanych prób, była bardzo wysoka.

Wstaję z łóżka i spoglądam przez okno na ogród. Pręty w oknie są zamontowane blisko siebie. Nie zdołałabym się między nimi przecisnąć, a nie mam przecież żadnych narzędzi, którymi mogłabym je przepiłować lub wykruszyć. Nawet gdyby udało mi się coś znaleźć podczas jednej z tych rzadkich chwil, kiedy wolno mi przebywać na parterze, nie mogłabym zabrać takiego przedmiotu, bo Jack zawsze jest przy mnie.

Jest moim nadzorcą, katem, strażnikiem więziennym. Nie mogę się ruszyć bez niego, nawet do toalety w restauracji.

On myśli, że gdyby spuścił mnie z oka choćby na kilka sekund, wykorzystałabym okazję, by opowiedzieć komuś o swoim nieszczęściu, by poprosić o pomoc albo uciec. Ale nie zrobiłabym tego, nie mając stuprocentowej pewności, że ktoś mi uwierzy, bo muszę myśleć o Millie. To właśnie z jej powodu nie wzywam pomocy na ulicy czy w restauracji – a także dlatego, że Jack jest znacznie bardziej wiarygodny niż ja. Próbowałam kiedyś i zostałam uznana za obłąkaną. Wszyscy współczuli Jackowi, że musi znosić napady szaleństwa żony.

W moim pokoju nie ma zegara, nie mam też zegarka na rękę, ale nauczyłam się już dość precyzyjnie rozpoznawać pory dnia. Łatwiej przychodzi mi to zimą, gdy mrok zapada wcześniej, latem trudno nieraz określić, o której dokładnie godzinie Jack wraca z pracy – równie dobrze może to być siódma, jak i dziesiąta wieczorem. Choć może wydawać się to dziwne, cieszę się z jego powrotów. Od czasu, kiedy nie pojawiał się przez trzy dni z rzędu, boję się śmierci głodowej. Dał mi wtedy porządną nauczkę. Już się nauczyłam, że wszystko, co robi i mówi, jest starannie zaplanowane i służy określonym celom. Szczyci się tym, że mówi tylko prawdę, a jednocześnie bawi go fakt, że jedynie ja rozumiem, co właściwie kryje się za jego słowami.

Uwaga, którą wygłosił podczas kolacji u nas – że towarzystwo Millie nada naszemu życiu nowy wymiar – to tylko jeden z przykładów takiej dwuznaczności. Innym posłużył się, mówiąc, że zobaczył we mnie kobietę swoich marzeń, gdy uświadomił sobie, że jestem gotowa zrobić wszystko dla Millie.

Tego wieczoru wraca, jak mi się wydaje, około ósmej. Słyszę, jak otwiera i zamyka drzwi frontowe, potem dochodzi mnie brzęk kluczy odkładanych na półkę. Po chwili słyszę, jak otwierają się drzwi garderoby, w której Jack wiesza marynarkę. Znam go dość dobrze, by wiedzieć, że teraz pójdzie prosto do kuchni i naleje sobie whisky. Wiem to, bo mój pokój znajduje się dokładnie nad kuchnią, i nauczyłam się już rozróżniać dźwięki składające się na jego cowieczorne rytuały.

I rzeczywiście, minutę czy dwie minuty później – w tym czasie przeglądał pewnie pocztę – słyszę, jak wchodzi do kuchni, otwiera szafkę, wyjmuje szklaneczkę, zamyka szafkę, podchodzi do zamrażarki, otwiera drzwi, wysuwa szufladę, wyjmuje tackę z lodem, wygina ją lekko, by wyjąć kostki, wrzuca dwie do szklaneczki, jedną po drugiej. Następnie odkręca kran, uzupełnia wodą puste miejsca na tacce, odkłada ją do zamrażarki, zasuwa szufladę, sięga po butelkę whisky, odkręca ją, napełnia szklaneczkę alkoholem, zamyka butelkę, odstawia ją na blat, podnosi szklaneczkę i porusza nią lekko, by wymieszać whisky z lodem. Nie słyszę, jak pociąga pierwszy łyk, wyobrażam sobie jednak, jak to robi, bo zawsze mija kilka sekund, nim przechodzi przez kuchnię do holu, a potem do swojego gabinetu. Być może przyniesie mi kolację, ale dzięki temu, że zjadłam obfity lunch, nie będę szczególnie zmartwiona, jeśli tego nie zrobi.

Nigdy nie dostaję posiłków o regularnych porach. Czasami przynosi mi coś rano, czasami wieczorem, a czasami w ogóle. Jeśli dostaję śniadanie, zwykle są to płatki z mlekiem i kubek soku lub kawałki owoców i woda. Wieczorem może to być trzydaniowy posiłek i kieliszek wina albo kanapka i trochę mleka. Jack wie, że stały porządek dnia daje namiastkę spokoju, więc dba o to, bym nie doświadczyła nawet tej namiastki. Nie ma jednak pojęcia, że w rzeczywistości wyświadcza mi przysługę. Pozbawiona stałych punktów zaczepienia, nie popadam w rutynę, dzięki czemu wciąż potrafię samodzielnie myśleć, co jest mi bardzo potrzebne.

To straszne, kiedy człowiek jest całkowicie uzależniony od innego człowieka, nawet w kwestii zaspokajania podstawowych potrzeb. Dzięki dostępowi do wody w swojej małej łazience przynajmniej nie muszę się obawiać śmierci z pragnienia. Chociaż mogę umrzeć z nudów, bo nie mam niczego, czym dałoby się wypełnić puste, ciągnące się w nieskończoność dni. Wieczorne przyjęcia, których niegdyś tak się obawiałam, są teraz mile widzianą odmianą. Bawią mnie nawet wyzwania, które stawia przede mną Jack, przygotowując wymyślne menu na te proszone kolacje, bo gdy udaje mi się wyjść z nich obronną ręką, czuję satysfakcję, choć odrobinę ubarwiającą moją szarą egzystencję. Tak właśnie wygląda moje życie.

Mniej więcej pół godziny po przyjeździe Jacka słyszę jego kroki na schodach, a potem pod drzwiami. Klucz obraca się w zamku. Drzwi otwierają się powoli, ukazując mojego przystojnego psychopatycznego męża. Spoglądam z nadzieją na jego ręce, ale nie trzyma w nich tacy.

– Dostaliśmy e-mail od dyrekcji szkoły Millie, chcieliby się z nami spotkać. – Przygląda mi się przez chwilę. – Ciekaw jestem, o czym chcą z nami rozmawiać.

Czuję, jak robi mi się zimno.

– Nie mam pojęcia – odpowiadam, próbując zapanować nad nagłym drżeniem rąk.

– Cóż, będziemy musieli tam pojechać i przekonać się, prawda? Janice najwyraźniej powiedziała pani Goodrich, że zamierzamy odwiedzić Millie w tę niedzielę, zaproponowała więc, żebyśmy przyjechali trochę wcześniej i zamienili kilka słów. – Robi krótką pauzę. – Mam nadzieję, że wszystko jest w porządku.

– Oczywiście, że tak – zapewniam go ze spokojem, którego wcale nie czuję.

– Lepiej, żeby tak było.

Wychodzi i zamyka za sobą drzwi na klucz. Choć cieszę się, że pani Goodrich wysłała Jackowi e-mail – bo oznacza to, że na pewno zobaczę się z siostrą – czuję też pewien niepokój. Nigdy dotąd nie wzywano nas do szkoły. Millie wie, że nie wolno jej mówić ani słowa, ale czasami się zastanawiam, czy to rozumie. Nie ma pojęcia, o jaką stawkę toczy się ta gra, bo nigdy przecież nie mogłam jej tego powiedzieć.

Konieczność znalezienia wyjścia z koszmaru, w którym się znalazłyśmy – w który ja nas wpakowałam – spędza mi sen z powiek, a teraz przytłacza mnie nagle z taką siłą, że muszę wziąć kilka głębokich oddechów, by nie wpaść w panikę. Przypominam sobie, że mam prawie cztery miesiące, by znaleźć tę jedną jedyną okazję i uratować siebie oraz Millie, bo nikt inny nam nie pomoże. Jedyni ludzie, którzy mogliby to zrobić – bo instynkt rodzicielski być może podpowiedziałby im, że mam problemy – są teraz po drugiej stronie globu, gdzie przenieśli się za namową Jacka jeszcze szybciej, niż zamierzali.

Jack jest sprytny, bardzo sprytny. Wykorzystał przeciwko mnie wszystko, co kiedykolwiek zdradziłam mu o sobie. Żałuję, że powiedziałam mu o reakcji rodziców na wieść o upośledzeniu Millie. I o tym, jak odliczali dni do momentu, kiedy przejmę nad nią opiekę, by mogli przenieść się do Nowej Zelandii. Dzięki temu mógł wykorzystać ich obawy, że wycofam się z obietnicy, a oni będą musieli troszczyć się o Millie. Chciał ich odwiedzić nie po to, by poprosić o moją rękę, lecz by im powiedzieć, że chcę, aby zabrali Millie ze sobą do Nowej Zelandii, bo zamierzam założyć własną rodzinę. Gdy mój ojciec, zszokowany tą nowiną, omal nie dostał zawału, Jack zasugerował, by przenieśli się za ocean wcześniej, niż planowali. W ten sposób skutecznie pozbył się jedynych, którzy mogliby mi pomóc.

Siadam na łóżku, zastanawiając się, jak przetrwam resztę wieczoru i całą noc. Na pewno nie zasnę, nie pozwoli mi na to świadomość rychłego spotkania z panią Goodrich. Można by przypuszczać, że to doskonała okazja do wyjawienia całej prawdy, do powiedzenia, że Jack więzi mnie we własnym domu i że chce wyrządzić Millie niewyobrażalną krzywdę, do błagania o pomoc i wezwania policji. Ale już przez to przechodziłam, już to robiłam i przekonałam się na własnej skórze, że Jack bierze pod uwagę taki scenariusz, potrafi go wykorzystać, a potem surowo mnie ukarać. Skończy się tylko na kolejnych upokorzeniach i cierpieniach. Trzymam ręce przed sobą, a niekontrolowane drżenie dłoni uświadamia mi to, co Jack wie od dawna – że nic nie pozbawia nas sił równie skutecznie jak strach.

KIEDYŚ

– Co chcesz przez to powiedzieć? – spytałam, siedząc na krawędzi łóżka i zastanawiając się, dlaczego mimo tego, co zaszło w nocy po naszym ślubie, gdy kazał mi wybierać między wizytą u Millie a wyjazdem do Tajlandii, nadal wierzyłam w jego dobre intencje.

– Dokładnie to, co powiedziałem. Nie ma żadnej gosposi.

Westchnęłam ciężko, zbyt zmęczona, aby bawić się w rozwiązywanie jego szarad.

– Co takiego chciałeś mi opowiedzieć?

– Historię. O pewnym chłopcu. Chcesz jej wysłuchać?

– Jeśli wtedy pozwolisz mi odejść, to owszem, chętnie jej wysłucham.

– Świetnie.

Przyciągnął do siebie krzesło i usiadł naprzeciwko mnie.

– Był sobie kiedyś chłopiec, który mieszkał z rodzicami na wsi, daleko, daleko stąd. Jako bardzo młody człowiek bał się swojego silnego i potężnego ojca, a kochał matkę. Gdy jednak zrozumiał, że matka jest słaba i bezużyteczna, że nie potrafi obronić go przed ojcem, zaczął nią pogardzać. Bawił go strach widoczny w jej oczach, kiedy ojciec zaciągał ją do piwnicy i zamykał tam ze szczurami.

Świadomość, że ojciec może budzić w innym człowieku takie przerażenie, sprawiła, że chłopiec przestał się go bać, a zaczął podziwiać i naśladować. Krzyki matki wydobywające się spod desek pokoju brzmiały w jego uszach jak muzyka, zapach jej strachu wydawał mu się piękniejszy od aromatu najdroższych perfum. Po jakimś czasie uzależnił się od tych doznań jak od narkotyku i kiedy ojciec zostawiał go samego, chłopiec zaciągał matkę do piwnicy, a jej błagalne krzyki i płacz budziły w nim jeszcze większą ekscytację. Później, sycąc się odgłosami i zapachem jej strachu, pragnął zatrzymać ją tam na zawsze.

Pewnej nocy, gdy chłopiec miał około trzynastu lat, podczas nieobecności ojca, który pracował w polu, matce udało się uciec z piwnicy. Chłopiec wiedział jednak, że jeśli pozwoli jej odejść, nigdy już nie usłyszy jej krzyku, uderzył ją więc, żeby ją zatrzymać. Kiedy krzyknęła, zadał kolejny cios. A potem jeszcze jeden. Im bardziej krzyczała, tym mocniej ją bił. Nie mógł się powstrzymać, nawet gdy upadła już na ziemię. W końcu spojrzał na jej zmasakrowaną, zakrwawioną twarz i pomyślał, że nigdy nie wyglądała piękniej.

Ojciec, zaalarmowany krzykami matki, wrócił z pola i odciągnął syna. Ale było już za późno; matka nie żyła. Ojciec był zły i uderzył chłopca, a ten mu oddał. Po przyjeździe policji chłopak zeznał, że to ojciec zabił matkę, on próbował jej bronić. I tak ojciec, ku zadowoleniu chłopca, trafił do więzienia.

Gdy chłopiec nieco podrósł, zapragnął mieć na własność kogoś, w kim mógłby budzić przerażanie, kogoś, kogo mógłby trzymać w ukryciu i kogo nikt by nie szukał. Wiedział, że nie będzie mu łatwo znaleźć takiego człowieka, ale był przekonany, że jeśli się postara i uzbroi w cierpliwość, w końcu mu się uda. Szukając, starał się jednocześnie zaspokoić swoje pragnienia w inny sposób. Wiesz, co zrobił?

Pokręciłam głową, zszokowana i oszołomiona.

– Został prawnikiem, który specjalizował się w sprawach przemocy domowej. A wiesz, co zrobił potem? – Pochylił się i wyszeptał mi prosto do ucha: – Ożenił się z tobą, Grace.

Nie byłam w stanie oddychać. Przez cały czas, kiedy do mnie mówił, nie chciałam wierzyć, że jest chłopcem z opowieści. Teraz dotarła do mnie ta straszliwa prawda i zadrżałam na całym ciele. Gdy próbowałam zapanować nad emocjami, Jack rozsiadł się wygodniej na krześle, wyciągnął przed siebie nogi i spojrzał na mnie zadowolony.

– I jak, podobała ci się moja historyjka?

– Nie – odparłam drżącym głosem. – Ale wysłuchałam jej, więc czy teraz mogę już pójść? – Chciałam się podnieść, lecz on pchnął mnie z powrotem na łóżko.

– Obawiam się, że to niemożliwe.

Ogarnęła mnie panika, do oczu napłynęły łzy.

– Obiecałeś.

– Czyżby?

– Proszę. Proszę, pozwól mi odejść. Nie powtórzę nikomu tego, co mi powiedziałeś, obiecuję.

– Oczywiście, że powtórzysz.

Pokręciłam energicznie głową.

– Nie, nie zrobię tego.

Milczał przez chwilę, jakby zastanawiał się nad moimi słowami.

– Rzecz w tym, Grace, że nie mogę pozwolić ci odejść, bo cię potrzebuję. – Widząc strach w moich oczach, przykucnął obok mnie i wciągnął powietrze przez nos. – Idealnie – wyszeptał.

W tonie jego głosu było coś, co przeraziło mnie jeszcze bardziej. Kierowana odruchem, odsunęłam się od niego.

– Nie martw się, nie zrobię ci krzywdy – powiedział, wyciągając rękę i głaszcząc mnie po policzku. – Nie po to cię tu przywiozłem. Ale wróćmy do mojej opowieści. Czekając na odpowiednią osobę, starałem się zyskać powszechny szacunek i uznanie. Najpierw postanowiłem zmienić nazwisko. Uznałem, że Angel to doskonały wybór. Właściwie chciałem nazwać się Gabriel Angel, jednak doszedłem do wniosku, że to byłaby przesada, przeprowadziłem więc małe badania i przekonałem się, że w wielu filmach pozytywny bohater ma na imię Jack. I proszę bardzo, tak właśnie narodził się Jack Angel! Potem znalazłem sobie idealną pracę. – Pokręcił głową z rozbawieniem. – Chyba nigdy nie przestanie mnie to zdumiewać: Jack Angel, obrońca maltretowanych kobiet. Potrzebowałem również idealnego życia... kiedy mężczyzna zbliża się do czterdziestki i nadal jest samotny, ludzie zaczynają zadawać pytania... więc możesz sobie wyobrazić, jak się poczułem, zobaczywszy w parku ciebie i Millie, moją idealną żonę i moją...

– Nigdy! – przerwałam mu gwałtownie. – Nigdy nie będę twoją idealną żoną. Jeśli myślisz, że zostanę z tobą po tym wszystkim, co mi powiedziałeś, że urodzę ci dzieci...

Jack parsknął śmiechem, a ja umilkłam, zbita z tropu.

– Dzieci! Wiesz, co było dla mnie najtrudniejsze? Wcale nie zabicie matki ani wsadzenie ojca do więzienia. Właściwie obie te rzeczy sprawiły mi przyjemność. Nie, najtrudniejszą rzeczą, jaką kiedykolwiek musiałem zrobić, było uprawianie z tobą seksu. Jak mogłaś się tego nie domyślić? Jak mogłaś ignorować moje wymówki? I jak mogłaś nie dostrzec, że seks z tobą sprawia mi trudności, że to dla mnie coś odrażającego, nienaturalnego? Właśnie dlatego zostawiłem cię samą ostatniej nocy. Wiedziałem, że będziesz chciała się ze mną kochać... w końcu to była nasza noc poślubna... i nie mogłem znieść myśli, że będę musiał to robić tylko dla zachowania pozorów. Zatem, jak już się chyba domyślasz, nie chcę mieć z tobą dzieci. Kiedy ludzie zaczną o to pytać, powiemy, że mamy drobne problemy. Potem nie będą już pytać przez grzeczność. Chcę, żebyś była moją żoną, ale tylko pro forma. W rzeczywistości wcale nie chodzi mi o ciebie, Grace, tylko o Millie.

Spojrzałam na niego ze zdumieniem.

– O Millie?

– Tak, o Millie. To właśnie ona spełnia wszystkie moje wymagania. Za szesnaście miesięcy będzie moja. I wreszcie będę mógł zrobić to, czego odmawiałem sobie przez tak długi czas. Tylko tobie na niej zależy i tylko ty mogłabyś jej szukać. Oczywiście nie zamierzam jej zabijać, raz już popełniłem ten błąd.

Zerwałam się na równe nogi.

– Naprawdę myślisz, że pozwolę, by Millie spadł choć jeden włos z głowy?

– A ty naprawdę myślisz, że zdołasz mnie powstrzymać? Podbiegłam do drzwi i chwyciłam za klamkę.

– Są zamknięte na klucz. – Westchnął z irytacją.

– Pomocy! – krzyknęłam, waląc pięścią w drzwi. – Pomocy!

– Zrób to jeszcze raz, a nigdy już nie zobaczysz Millie! – warknął. – Wracaj i siadaj.

Spanikowana, nadal waliłam pięściami w drzwi i krzyczałam ile sił w płucach.

– Ostrzegam cię, Grace. Pamiętasz, co mówiłem o oddaniu Millie do przytułku? Wiesz, jak szybko i łatwo mogę to zorganizować? – Pstryknął palcami. – Właśnie tak.

Odwróciłam się gwałtownie w jego stronę.

– Moi rodzice nigdy by na to nie pozwolili!

– Naprawdę myślisz, że porzucą swoje wygodne życie w Nowej Zelandii i popędzą jej na ratunek? Jakoś nie chce mi się w to wierzyć. Nikt nie może jej uratować, Grace, nawet ty.

– Jestem jej prawnym opiekunem! – krzyknęłam.

– Ja też. Mam na to odpowiednie dokumenty.

– Nigdy nie zgodziłabym się, żeby oddano ją do przytułku!

– A jeśli ty również zostaniesz uznana za niepoczytalną? Jako twój mąż będę odpowiedzialny za was obie i będę mógł zrobić z wami, co tylko zechcę. – Wskazał na drzwi. – Proszę bardzo, możesz się dalej awanturować i wrzeszczeć, tym łatwiej będzie mi dowieść, że jesteś obłąkana.

– To ty jesteś obłąkany – wycedziłam.

– Oczywiście. – Wstał z krzesła, podszedł do stolika nocnego i wyjąwszy z kieszeni scyzoryk, przeciął kabel telefonu stacjonarnego. – Dam ci trochę czasu na przemyślenie wszystkiego, co ci powiedziałem, a kiedy wrócę, znów porozmawiamy. Chodź tu i siadaj na łóżku.

– Nie.

– Och, przestań nudzić.

– Nie zamkniesz mnie tutaj!

Jack podszedł do mnie powoli.

– Nie chcę robić ci krzywdy z tego prostego powodu, że jak zacznę, być może nie będę mógł przestać. Ale jeśli mnie do tego zmusisz... – Podniósł ręce w groźnym geście, a ja, wystraszona, cofnęłam się o krok. – A co stałoby się z Millie, gdybyś umarła?

Zesztywniałam, gdy położył mi dłonie na ramionach. Bałam się, że przesunie je wyżej, ku mojej szyi, ale on obrócił mnie tylko w miejscu i pchnął w stronę łóżka. Opadłam na nie ciężko i leżałam przez moment w bezruchu, dziękując w myślach opatrzności, że mnie nie udusił. Z bezwładu wyrwał mnie dźwięk otwieranych drzwi. Zerwałam się na równe nogi, ale nim dopadłam wyjścia, on był już za progiem i zatrzasnął mi drzwi przed nosem. Znów zaczęłam w nie walić pięściami i wołać, by mnie wypuścił. Słysząc oddalające się kroki, wrzeszczałam jeszcze głośniej, wzywając pomocy. Nie doczekawszy się żadnej reakcji, w końcu osunęłam się zrozpaczona na podłogę i wybuchłam płaczem.

Potrzebowałam sporo czasu, żeby wreszcie wziąć się w garść. Wstałam z podłogi i podeszłam do przesuwnych drzwi prowadzących na balkon, lecz choć ciągnęłam za nie z całych sił, nie ustępowały. Przekrzywiłam głowę i wyjrzałam za krawędź balkonu, ale widziałam tylko błękitne niebo i dachy pobliskich budynków. Nasz pokój znajdował się na szóstym piętrze, na końcu długiego korytarza, co oznaczało, że sąsiaduje z nami tylko jeden apartament. Przeszłam do ściany po drugiej stronie pomieszczenia i kilkakrotnie zastukałam w nią mocno, nikt mi jednak nie odpowiedział. Domyśliłam się, że nasi sąsiedzi wyszli do miasta. Przecież był wczesny wieczór.

Czułam, że muszę coś zrobić, wróciłam więc do pozostawionych na łóżku walizek i przejrzałam ich zawartość. Miałam nadzieję, że znajdę coś, co pomoże mi wydostać się z pokoju. Na próżno. Zarówno moje nożyczki do paznokci, jak i pęseta zniknęły. Nie miałam pojęcia, jak Jack zdołał zabrać je niepostrzeżenie z mojej kosmetyczki – dopiero po chwili uświadomiłam sobie, że musiał to zrobić jeszcze w Anglii, gdy brałam kąpiel i szykowałam się do nocy poślubnej. Łzy ponownie napłynęły mi do oczu na myśl, że niecałą dobę wcześniej z entuzjazmem myślałam o naszym wspólnym życiu i nie miałam bladego pojęcia, że zamiast radosnych uniesień czeka mnie niewyobrażalny koszmar.

Przez moment zmagałam się z rozpaczą i paniką, które mogły zupełnie pozbawić mnie sił, aż w końcu zmusiłam się do racjonalnego myślenia, co powinnam zrobić. Dopóki nikt nie pojawi się w sąsiednim pokoju, walenie w ścianę czy drzwi nic nie da. Zastanawiałam się, czy napisać krótki list z prośbą o pomoc, a potem wysunąć go przez szparę pod drzwiami – może ktoś zobaczyłby go z daleka i był na tyle uprzejmy – albo ciekawski – by podejść bliżej i go przeczytać. Lecz okazało się, że moje pióro zniknęło, podobnie jak kredki do oczu i szminki. Jack przewidział każdy mój ruch.

Gorączkowo przeszukiwałam pokój w nadziei znalezienia czegoś – czegokolwiek – co mogłoby mi się przydać. Moje starania spełzły jednak na niczym. Zniechęcona opadłam ciężko na łóżko. Gdybym nie słyszała drzwi otwieranych i zamykanych w innej części hotelu, mogłabym pomyśleć, że cały budynek jest pusty, i choć te dźwięki przynosiły mi pewną otuchę, czułam się straszliwie osamotniona i zdezorientowana. Nie mogłam uwierzyć, że to wszystko dzieje się naprawdę, przyszło mi nawet do głowy, że biorę udział w jakimś idiotycznym telewizyjnym show, w którym uczestnicy znaleźli się w strasznej sytuacji, a cały świat obserwuje, jak sobie z nią radzą.

Z zupełnie niezrozumiałego powodu myśl, że oglądam siebie na ekranie, a wraz ze mną oglądają to miliony ludzi, pozwoliła mi ochłonąć i spojrzeć obiektywnie na swoje możliwości. Wiedziałam, że zastanawiając się nad tą okropną historią, którą mi opowiedział, nie zdołam zachować z takim trudem osiągniętego spokoju.

Położyłam się na łóżku i myślałam o tym, co zrobię, kiedy wróci Jack, co mu powiem, jak będę się zachowywać. Czułam, że zasypiam, i choć próbowałam z tym walczyć, gdy otworzyłam oczy, było już ciemno. Hałas nocnego życia dobiegający z ulicy świadczył o tym, że jest późny wieczór. Przespałam kilka godzin. Wstałam z łóżka i podeszłam do drzwi.

Nie wiem, dlaczego – może byłam jeszcze zaspana i nie myślałam trzeźwo – sięgnęłam odruchowo do klamki i nacisnęłam ją. Gdy ustąpiła pod moją dłonią, a drzwi się otworzyły, byłam tak zszokowana, że na chwilę zastygłam w bezruchu. Stałam tam, próbując ogarnąć myślami sytuację, i wtedy przyszło mi do głowy, że nie słyszałam, by Jack zamykał drzwi na klucz. Po prostu tak założyłam i nawet nie starałam się ich otwierać. Co więcej, nie wspomniał, że zamierza mnie zamknąć: sama doszłam do takiego wniosku. Wracając pamięcią do sytuacji, kiedy wpadłam w panikę, kiedy waliłam w drzwi i ścianę, poczułam się zawstydzona i ośmieszona. W wyobraźni widziałam, jak Jack śmieje się ze mnie, odchodząc korytarzem.

Łzy bezsilnej wściekłości przesłoniły mi na moment świat. Ocierając oczy, przypomniałam sobie, że on wciąż jest w posiadaniu moich pieniędzy i paszportu, więc zasadniczo nadal byłam jego więźniem, ale przynajmniej mogłam wyjść z pokoju.

Powoli otworzyłam drzwi i wyjrzałam na zewnątrz pełna obaw, że przyczajony gdzieś pod ścianą Jack w każdej chwili może na mnie naskoczyć. Korytarz był jednak pusty. Wróciłam do pokoju, włożyłam buty, zabrałam torebkę i wyszłam. Ruszyłam biegiem do windy, lecz na myśl, że w kabinie mogę zastać Jacka, skręciłam na schody. Zbiegłam na dół, przesadzając po dwa stopnie naraz. Wciąż nie mogłam uwierzyć, że straciłam kilka cennych godzin, tkwiąc w błędnym przekonaniu, że jestem zamknięta na klucz. Gdy dotarłam do pełnego gości lobby, odetchnęłam z ulgą. Wciągnęłam głęboko powietrze do płuc i podeszłam do recepcji, gdzie zaledwie kilka godzin wcześniej się meldowaliśmy. Byłam szczęśliwa, że mój koszmar dobiegł końca.

– Dobry wieczór, czym mogę służyć? – Młoda recepcjonistka uśmiechnęła się do mnie uprzejmie.

– Chciałabym zatelefonować do brytyjskiej ambasady – odparłam, siląc się na spokój. – Muszę wrócić do Anglii, a zgubiłam paszport i pieniądze.

– Och, bardzo mi przykro. – Recepcjonistka naprawdę wyglądała na zakłopotaną. – Mogę spytać panią o numer pokoju?

– Niestety, nie pamiętam numeru, ale nazywam się Grace Angel i zameldowałam się tu kilka godzin temu z mężem.

– Pokój sześćset jeden – potwierdziła, spoglądając na monitor. – Mogę spytać, gdzie zgubiła pani paszport? Na lotnisku?

– Nie, miałam go jeszcze tutaj, w hotelu. – Uśmiechnęłam się niepewnie. – Właściwie to go nie zgubiłam, mój mąż zabrał mi paszport i portfel, a teraz nie mogę wrócić do domu. – Spojrzałam na nią błagalnie. – Naprawdę bardzo potrzebuję pani pomocy.

– Gdzie jest pani mąż, pani Angel?

– Nie mam pojęcia. – Miałam jej już powiedzieć, że zamknął mnie na klucz w pokoju, ale w porę się powstrzymałam, przypominając sobie, że właściwie tylko mi się tak wydawało. – Wyszedł kilka godzin temu, zabrał ze sobą mój paszport i pieniądze. Może pani zadzwonić do ambasady brytyjskiej? Bardzo proszę.

– Zechce pani poczekać, skonsultuję się z kierownikiem hotelu.

Obdarzywszy mnie krzepiącym uśmiechem, podeszła do mężczyzny, który stał za kontuarem kilka kroków dalej. Kiedy tłumaczyła mu, na czym polega problem, spojrzał w moją stronę, a ja uśmiechnęłam się do niego blado. Dopiero teraz uświadomiłam sobie, że mój wygląd nie budzi zaufania, i pożałowałam, że nie zmieniłam przed wyjściem przepoconych i wymiętych po podróży ubrań. Kierownik wysłuchał recepcjonistki, kiwając głową, uśmiechnął się do mnie, sięgnął po telefon i wybrał numer.

– Może zechce pani usiąść do czasu, kiedy wyjaśnimy całą sprawę – zaproponowała młoda kobieta, wracając do mnie.

– Nie, dziękuję, zresztą prawdopodobnie sama będę musiała porozmawiać z kimś z ambasady. – W tym momencie zauważyłam, że kierownik odłożył słuchawkę, więc podeszłam do niego. – I co powiedzieli? – spytałam.

– Wszystko już załatwione, pani Angel. Może zechce pani usiąść i poczekać?

– Zatem przyjedzie tu ktoś z ambasady?

– Proszę usiąść, dobrze?

– Grace? – Odwróciłam się na pięcie i zobaczyłam Jacka spieszącego w moją stronę. – Już dobrze, Grace, wszystko będzie dobrze, jestem tu.

– Nie dotykaj mnie! – krzyknęłam, ogarnięta przerażeniem. Odwróciłam się do recepcjonistki, która patrzyła na mnie dziwnym wzrokiem. – Proszę mi pomóc, ten człowiek jest niebezpieczny!

– Wszystko będzie dobrze, Grace – powtarzał Jack kojącym tonem. – Dziękuję, że dał mi pan znać, gdzie mogę ją znaleźć – zwrócił się do kierownika hotelu, uśmiechając się smutno. – Grace, kochanie, może wrócimy teraz do naszego pokoju i prześpimy się trochę? – mówił łagodnie, jak do dziecka. – Na pewno poczujesz się znacznie lepiej, kiedy odpoczniesz.

– Nie chcę spać, chcę wrócić do Anglii! – Zauważyłam, że coraz więcej ludzi przygląda nam się z ciekawością, zniżyłam więc głos niemal do szeptu. – Oddaj mi paszport, Jack. I portfel. I komórkę. – Wyciągnęłam do niego rękę. – Natychmiast.

– Dlaczego zawsze musisz to robić? – jęknął głucho.

– Chcę dostać swój paszport, Jack.

Pokręcił powoli głową.

– Oddałem ci paszport na lotnisku, jak zawsze, a ty schowałaś go do torebki, jak zawsze.

– Dobrze wiesz, że go tam nie ma. – Położyłam torebkę na kontuarze i otworzyłam ją. – Proszę spojrzeć – powiedziałam do recepcjonistki głosem drżącym z emocji. Wysypałam zawartość na blat. – Nie ma tu ani mojego paszportu, ani portfela. Zabrał je i... – Urwałam raptownie, zszokowana, gdy z torebki wysunął się paszport i portfel, a za nimi kosmetyczka, szczotka do włosów, paczka nawilżanych chusteczek, buteleczka tabletek, których nigdy wcześniej nie widziałam, oraz moja komórka. – Włożyłeś je tam z powrotem! – krzyknęłam na Jacka oskarżycielskim tonem. – Wróciłeś, kiedy spałam, i włożyłeś je tam! – Odwróciłam się do kierownika hotelu. – Nie było ich tam przedtem, przysięgam. Zabrał je, a potem wyszedł i urządził wszystko tak, bym uwierzyła, że jestem zamknięta w pokoju na klucz.

Mężczyzna wyglądał na zdezorientowanego.

– Ale przecież można otworzyć drzwi od środka.

– Tak, ale on zrobił wszystko, żebym pomyślała, że jestem zamknięta! – Już wypowiadając te słowa, uświadomiłam sobie, jak histerycznie i niewiarygodnie brzmią dla postronnych świadków.

– Myślę, że wiem już, co się stało. – Jack podniósł buteleczkę i potrząsnął nią lekko. – Zapomniałaś wziąć lekarstwo, prawda?

– Nie biorę żadnych lekarstw! To nie moja buteleczka, ty musiałeś ją tam włożyć! – zawołałam.

– Dość tego, Grace – oświadczył Jack stanowczym tonem. – Wygadujesz bzdury!

– Czy mogę państwu jakoś pomóc? – spytał kierownik hotelu z troską w głosie. – Może podać szklankę wody?

– Owszem, może pan pomóc, proszę zadzwonić po policję! Ten człowiek jest niebezpiecznym przestępcą! – W holu zapanowała pełna zdumienia cisza. – To prawda! – dodałam, świadoma, że ludzie dokoła zaczynają szeptać między sobą. – Zabił własną matkę! Proszę zadzwonić na policję!

– Właśnie przed tym pana ostrzegałem. – Jack westchnął, wymieniając porozumiewawcze spojrzenia z kierownikiem. – Niestety, zdarza się to nie po raz pierwszy. Chodź, Grace – dodał, ujmując mnie pod łokieć.

Odtrąciłam jego rękę.

– Czy zechce pani łaskawie zadzwonić na policję? – Młoda recepcjonistka, z którą rozmawiałam po zejściu do holu, spojrzała na mnie niepewnie. – Proszę! To wszystko prawda! – mówiłam błagalnym tonem.

– Posłuchaj, Grace. – Tym razem w głosie Jacka pobrzmiewała irytacja. – Jeśli naprawdę chcesz dzwonić na policję, możesz to zrobić, proszę bardzo. Ale pamiętasz, co stało się ostatnim razem? Nie mogliśmy wyjechać, dopóki nie skończyli śledztwa, a kiedy się zorientowali, że szukają wiatru w polu, zagrozili, że pozwą cię za składanie fałszywych zeznań i marnowanie czasu policji. A to było przecież w Ameryce. Nie sądzę, żeby tutejsza policja była równie wyrozumiała.

– Jakim ostatnim razem? – spytałam zdumiona.

– Naprawdę radzę pani nie mieszać w to policji – powiedział kierownik hotelu z przejęciem. – Chyba że są ku temu konkretne powody.

– Owszem, bardzo konkretne! Ten człowiek jest niebezpieczny!

– Jeśli pani Angel rzeczywiście chce wyjechać, a ma już paszport, może wezwiemy taksówkę, która zawiezie ją na dworzec – zaproponowała niepewnie młoda recepcjonistka.

Spojrzałam na nią z wdzięcznością.

– Tak, proszę to zrobić! – Zaczęłam wkładać swoje rzeczy do torebki. – Proszę jak najszybciej zadzwonić po taksówkę.

– Naprawdę tego chcesz? – spytał Jack z rezygnacją.

– Oczywiście!

– W takim razie nie będę cię dłużej powstrzymywał. – Odwrócił się do kierownika hotelu. – Bardzo przepraszam za całe zamieszanie. Może któryś z pana pracowników pojedzie z moją żoną na górę i pomoże jej zabrać walizkę.

– Oczywiście. Kiko, zaprowadź, proszę, panią Angel do jej pokoju, a ja zadzwonię w tym czasie po taksówkę.

– Dziękuję. – Uśmiechnęłam się z wdzięcznością i ruszyłam za Kiko do windy. Wciąż byłam ogromnie zdenerwowana, nogi trzęsły się pode mną tak mocno, że z trudem utrzymywałam równowagę. – Bardzo pani dziękuję.

– Proszę bardzo, pani Angel – odparła uprzejmie.

– Pewnie myśli pani, że zwariowałam, ale zapewniam panią, że jestem całkiem normalna – mówiłam dalej, czując, że jestem jej winna kilka słów wyjaśnienia.

– Wszystko w porządku, pani Angel, nie musi się pani tłumaczyć. – Uśmiechnęła się i nacisnęła guzik przywołujący windę.

– Musi pani zadzwonić na policję – powtórzyłam raz jeszcze. – Kiedy już wyjadę, proszę zadzwonić na policję i powiedzieć, że mój mąż, pan Angel, jest niebezpiecznym przestępcą.

– Jestem pewna, że nasz szef wszystkim się zajmie.

Przyjechała winda i weszłyśmy razem do kabiny. Wiedziałam, że recepcjonistka nie wierzyła w to, co mówiłam o Jacku, ale nie przejmowałam się tym szczególnie, bo sama zamierzałam zadzwonić na policję, gdy tylko wsiądę do taksówki.

Wjechałyśmy na szóste piętro i poszłyśmy do mojego pokoju. Wyjęłam z torebki klucz, otworzyłam drzwi i cofnęłam się o krok, nagle ogarnięta strachem. Ale nie było powodów do obaw: wszystko wyglądało dokładnie tak, jak przed moim wyjściem. Podeszłam do walizki i poszukałam czystych ubrań.

– Zaraz wracam – rzuciłam do recepcjonistki, znikając w łazience. – Tylko się przebiorę.

Rozebrałam się szybko, umyłam i przebrałam. Czułam się fizycznie odświeżona i silniejsza duchowo. Nie chcąc tracić ani chwili, zwinęłam brudne ubrania w tobołek i otworzyłam drzwi. Zanim jednak przekroczyłam próg, silna męska dłoń wciągnęła mnie do środka, a druga zakryła mi usta, tłumiąc okrzyk strachu.

– Podobało ci się to małe przedstawienie, które urządziłem na twoją cześć? – spytał Jack, pochylając się ku mnie. – Bo mnie bardzo. Przy okazji udało mi się upiec dwie pieczenie na jednym ogniu. Po pierwsze i najważniejsze, dowiodłaś przy dziesiątkach świadków, że jesteś niezrównoważona. W tej właśnie chwili kierownik hotelu pisze raport o tym, co się stało, więc cała historia będzie udokumentowana. Po drugie, zrozumiałaś już zapewne, że zawsze będę cię wyprzedzał o krok. – Zrobił krótką pauzę, by podkreślić wagę tych słów. – Powiem ci, co teraz zrobisz. Zdejmę dłoń z twoich ust, a jeśli choćby piśniesz, zmuszę cię do połknięcia śmiertelnej dawki tabletek nasennych. Będzie to wyglądało na samobójstwo niezrównoważonej młodej kobiety. Jeśli tak się stanie, jako jedyny opiekun prawny Millie dotrzymam obietnicy, którą jej daliśmy, i sprowadzę ją do naszego ślicznego nowego domu. Tyle że ciebie tam nie będzie, a kto ją wtedy obroni? Czy wyraziłem się jasno? – Skinęłam głową. – Świetnie.

Zsunął dłoń z moich ust, a potem wywlókł mnie z łazienki i rzucił na łóżko.

– A teraz posłuchaj mnie uważnie. Za każdym razem, gdy spróbujesz uciec, gdy będziesz walić w drzwi, wzywać pomocy, rozmawiać z kimś i tak dalej, zapłaci za to Millie. Na przykład, z powodu tego, co zrobiłaś dzisiaj, nie odwiedzimy jej w weekend po naszym powrocie, jak jej obiecaliśmy. Jeśli jutro znów zrobisz coś głupiego, nie pojedziemy do niej także w następny weekend. I tak dalej. Powiemy, że masz problemy żołądkowe, bo złapałaś wyjątkowo paskudne choróbsko, wirusa, który będzie cię męczył tak długo, jak będzie mi to pasowało. Więc jeśli chcesz zobaczyć się z Millie w rozsądnym terminie, a nie za kilka miesięcy, radzę ci, żebyś robiła wszystko, co ci każę.

Drżałam niepowstrzymanie na całym ciele, nie tylko ze strachu przed Jackiem, ale i dlatego, że wracając na górę po bagaże, straciłam jedyną szansę na ucieczkę. Nie potrzebowałam walizki, mogłam wyjechać bez niej, lecz kiedy Jack wspomniał o walizce, takie posunięcie wydało mi się całkiem rozsądne. Gdyby nie poprosił, by ktoś mi towarzyszył po bagaż, mogłabym nabrać podejrzeń. A gdybym uświadomiła sobie wcześniej, że drzwi nie są zamknięte na klucz, i nie zasnęła, nie mógłby z powrotem włożyć do mojej torebki paszportu, telefonu i portfela.

– Zastanawiasz się, jak wyglądałaby teraz twoja sytuacja, gdybyś zachowała się inaczej, prawda? – spytał rozbawiony. – Pozwól, że uwolnię cię od tych myśli. Odpowiedź brzmi: tak samo. Ostatecznie znalazłabyś się w tym samym punkcie. Gdybyś zeszła do holu, zanim miałem okazję włożyć do twojej torebki paszport i całą resztę, po prostu schowałbym je do twojej walizki zaraz po twoim wyjściu z pokoju... bo chyba już się zorientowałaś, że przez cały czas cię obserwowałem... i zasugerowałbym przy wszystkich, że przełożyłaś je gdzie indziej. Poprosiłbym wtedy kierownika hotelu, by poszedł z tobą i poszukał ich. Rzecz w tym, Grace, że dobrze wiem, jak będziesz się zachowywać i co powiesz. Wiem nawet, że przed naszym wyjazdem znów spróbujesz uciec, co będzie bardzo głupie z twojej strony. Ale w końcu nauczysz się posłuszeństwa, bo nie będziesz miała innego wyjścia.

– Nigdy – wyszlochałam. – Nigdy się nie poddam.

– Cóż, zobaczymy. A teraz powiem ci, jak będzie wyglądać nasza najbliższa przyszłość. Teraz pójdziemy spać, jutro rano zejdziemy na śniadanie, a kiedy będziemy mijać recepcję, przeprosisz za swoje dzisiejsze zachowanie i powiesz, że oczywiście nie chcesz wracać do Anglii. Po śniadaniu, gdy będziesz patrzeć mi z miłością w oczy, zrobię ci kilka ładnych zdjęć przed hotelem, żeby nasi przyjaciele i znajomi widzieli, jaka tu byłaś szczęśliwa. Potem, kiedy ja wyjdę do miasta w interesach, ty, moja droga, będziesz się wygrzewać na balkonie, żeby po powrocie do Anglii pochwalić się piękną opalenizną. – Pochylił się i rozsznurował buty. – Po tych wszystkich przygodach poczułem się nagle bardzo zmęczony.

– Nie będę spać z tobą w jednym łóżku!

– To śpij na podłodze. I nie próbuj więcej uciekać, naprawdę nie warto.

Zdjęłam z łóżka narzutę, owinęłam się nią i usiadłam na podłodze, ledwie przytomna ze strachu. Choć instynkt podpowiadał mi, bym uciekała przy najbliższej okazji, rozum mówił, że znacznie łatwiej będzie uwolnić się od niego po powrocie do Anglii. Wolałam nawet nie myśleć o tym, co mi zrobi, jeśli spróbuję uciec ponownie tutaj, w Tajlandii. Myślał, że mnie zna, że wie, jak się będę zachowywać, przewidział nawet, że ponownie podejmę próbę ucieczki. Jedyne, co mogłam w tej sytuacji zrobić, to uśpić jego czujność, sprawić, by uznał, że się poddałam. Choć niczego nie pragnęłam bardziej, niż odzyskać wolność, musiałam myśleć przede wszystkim o powrocie do Anglii, do Millie.

TERAZ

Gdy w niedzielę rano jedziemy do szkoły Millie, jestem ogromnie zestresowana czekającym nas spotkaniem z panią Goodrich. Chyba po raz pierwszy cieszę się, że Jack nie przyniósł mi śniadania. Wczoraj też nic nie dostałam, zatem nie jadłam od piątkowego lunchu. Nie wiem, dlaczego postanowił mnie nie karmić, może dlatego, że Esther pomogła mi dokończyć deser, co uznał zapewne za oszustwo, dobrze wiedząc, że nie będę w stanie nic zjeść po tym, jak wspomniał o pokoju Millie. W chorym świecie, który stworzył dla mnie Jack, nie mogę robić wielu różnych rzeczy, a jedną z nich jest marnowanie jedzenia.

Wchodzimy do gabinetu pani Goodrich, moje serce bije jak młot, szczególnie kiedy dosiada się do nas Janice, wyjątkowo poważna i milcząca. Nie widzieliśmy się jeszcze z Millie, więc pewnie nie wie, że przyjechaliśmy. Okazuje się jednak, że bałam się na wyrost: chcą nam tylko powiedzieć, że ponieważ Millie ma problemy z zasypianiem, co odbija się na jej samopoczuciu, szkolny lekarz przepisał jej odpowiednie środki.

– Ma pani na myśli tabletki nasenne? – pytam.

– Tak – potwierdza pani Goodrich. – Które będziemy podawać... za państwa pozwoleniem, oczywiście... jeśli i kiedy będzie ich potrzebować.

– Ja nie widzę przeszkód, kochanie, a ty? – mówi Jack, odwracając się do mnie. – To przecież dla dobra Millie.

– Jeśli lekarz uważa, że ich potrzebuje, ja też nie mam nic przeciwko – odpowiadam powoli. – Nie chcę tylko, żeby się od nich uzależniła.

– Nie przepisał jej chyba nic mocnego, prawda? – upewnia się Jack.

– Ależ skąd, można kupić te środki bez recepty. – Pani Goodrich otwiera teczkę leżącą na biurku, wyjmuje z niej kartkę i podaje Jackowi.

– Dziękuję. Zapiszę sobie nazwę, jeśli pani pozwoli.

– Prawdę mówiąc, dałam jej jedną wczoraj wieczorem, bo była wyjątkowo niespokojna – wtrąca Janice, gdy Jack wpisuje nazwę leku do telefonu. – Mam nadzieję, że postąpiłam właściwie.

– Oczywiście – zapewniam ją. – Ma pani moją pisemną zgodę na podejmowanie wszelkich działań, które uzna pani za właściwe.

– Zastanawiałyśmy się – kontynuuje pani Goodrich – czy są może jakieś konkretne powody, dla których Millie ma nagle kłopoty z zasypianiem. – Robi krótką pauzę. – Czy podczas państwa ostatniej wizyty wydawała się szczególnie niespokojna albo podekscytowana?

Jack kręci głową.

– Moim zdaniem nie zachowywała się inaczej niż zwykle.

– Moim też – dodaję. – Choć była trochę rozczarowana, że nie pojechaliśmy na lunch do hotelu. Sama nie wiem

dlaczego, ale to chyba jej ulubione miejsce, podczas gdy ja
i Jack wolimy restaurację nad jeziorem. Ale szybko się
rozchmurzyła.

Pani Goodrich wymienia porozumiewawcze spojrzenie
z Janice.

– Zastanawiałyśmy się, czy to nie dlatego, że nie widziała
jeszcze nowego domu – mówi.

– Wątpię – odpowiadam szybko. – Wie, że wolimy, by
zobaczyła już wyremontowane wnętrza, a nie kurz, drabiny
i płachty folii malarskiej. Chyba że wspominała o tym tobie,
kochanie? – zwracam się do Jacka.

– Nie, ani słowem – zaprzecza. – Ale jeśli rzeczywiście
ją to dręczy, może do nas przyjechać, jak tylko jej pokój
będzie gotowy. Obawiam się jedynie, że od razu się w nim
zakocha i nie będzie chciała tu wrócić – dorzuca ze śmiechem.

– Przypuszczam, że martwi się raczej zbliżającym się
odejściem ze szkoły – sugeruję, choć smutek ściska mi serce. – W końcu od siedmiu lat to jej dom i czuje się tu bardzo
szczęśliwa.

– Ma pani rację. – Janice kiwa głową. – Powinnam była
o tym pomyśleć.

– Jest też bardzo przywiązana właśnie do pani. Byłoby
dobrze, gdyby zapewniła ją pani, że pozostaniecie w kontakcie
i będziecie się regularnie widywać – tłumaczę. – To znaczy,
o ile pani zechce.

– Oczywiście, że tak! Millie jest dla mnie jak siostra!

– Cóż, jeśli powie jej pani, że będzie ją odwiedzać, kiedy się
do nas przeprowadzi, na pewno poradzi sobie ze swoimi lękami.

Jack uśmiecha się promiennie, choć dobrze wie, co właśnie
zrobiłam.

– A jeśli Millie powie cokolwiek, choćby na pozór mało istotnego, co uzna pani za niepokojące, proszę dać nam znać – dodaje. – Zależy nam tylko na jej szczęściu.

– Cóż, Millie rzeczywiście ma ogromne szczęście, że może na państwa liczyć – mówi pani Goodrich.

– To raczej my mamy szczęście, że możemy jej pomagać – poprawia ją Jack skromnym tonem. – Właściwie dzięki Grace i Millie mogę się uważać za wyjątkowego szczęśliwca. – Wstaje z krzesła. – A teraz może zabierzemy Millie na lunch. Pewnie znów będzie rozczarowana, że nie pójdziemy do hotelu, ale zarezerwowałem już stolik w nowej restauracji. Podobno mają tam wyśmienite jedzenie.

Przyjmuję tę wiadomość bez większych nadziei. Jeśli Jack zabiera nas w jakieś nowe miejsce, to zapewne już je sprawdził.

– Idziemy dziś do hotelu? – pyta Millie z nadzieją, gdy wychodzimy ze szkoły.

– Prawdę mówiąc, chciałem zabrać cię do nowej restauracji – odpowiada Jack.

– Hotel lubię najbardziej. – Moja siostra się krzywi.

– Innym razem. Chodźmy.

Millie jest nadąsana w drodze do samochodu, najwyraźniej ma Jackowi za złe, że znów nie zabierze jej do hotelu. Udaje mi się dyskretnie uścisnąć jej dłoń. Domyśla się, że proszę ją o ostrożność, i rozchmurza się nieco.

Podczas kolacji Jack pyta, dlaczego nie może spać w nocy, a ona mówi mu, że słyszy muchy latające w jej głowie. Potem Jack pyta, czy pomogła jej tabletka, którą dostała od Janice poprzedniego wieczoru. Millie potwierdza. Owszem, spała bardzo dobrze, „jak dziecko", więc Jack informuje ją, że zgodziliśmy się, by zażywała je nadal w miarę potrzeby. Moja siostra pyta, czy Molly już wróciła, a ponieważ mnie zbiera się nagle na płacz, jak zawsze, kiedy myślę o Molly, to Jack tłumaczy jej łagodnie, że prawdopodobnie już nie odzyskamy suczki, pewnie przygarnęła ją jakaś dziewczynka, która teraz bardzo ją kocha. Obiecuje, że jak tylko Millie się do nas wprowadzi, będzie mogła sama wybrać następnego szczeniaka. Moja siostra promienieje ze szczęścia, a ja z trudem opieram się pokusie, która każe mi złapać za nóż leżący na stole i wbić go głęboko w serce Jacka. Chyba to wyczuwa, bo kładzie dłoń na mojej dłoni, a kelnerka, która przychodzi właśnie zebrać talerze, uśmiecha się na widok tego czułego gestu.

Po deserze Millie mówi, że musi iść do toalety.

– Więc idź – odpowiada Jack.

Siostra spogląda na mnie.

– Idziesz, Grace?

Wstaję od stołu.

– Tak, ja też muszę.

– Pójdziemy wszyscy – postanawia Jack.

Idziemy za nim do toalety, która wygląda dokładnie tak, jak się spodziewałam: jedna kabina dla kobiet i jedna dla mężczyzn, drzwi obok siebie. Damska toaleta jest zajęta, więc czekamy, stojąc obok Jacka, aż się zwolni. Z kabiny wychodzi kobieta, a Jack ściska mnie mocno za łokieć, przypominając tym samym, że lepiej, bym nie poskarżyła się na męża psychopatę.

Gdy Millie wchodzi do toalety, kobieta odwraca się i uśmiecha do nas. Wiem, że w tym momencie widzi jedynie dwoje młodych ludzi stojących obok siebie i najwyraźniej w sobie zakochanych. To uświadamia mi po raz kolejny beznadziejność mojej sytuacji. Zaczynam już tracić nadzieję, że ktokolwiek kiedykolwiek nabierze podejrzeń wobec naszego nieprawdopodobnie idealnego związku. Podczas spotkań z przyjaciółmi, nie mogę się nadziwić naiwności, a wręcz głupocie, która każe im wierzyć, że Jack i ja naprawdę nigdy się nie kłócimy, że mamy dokładnie takie same poglądy we wszystkich kwestiach, że ja, inteligentna trzydziestoczterolatka bez dzieci i bez zobowiązań, jestem zadowolona z życia ograniczonego niemal wyłącznie do opieki nad domem i ogrodem.

Chciałabym w końcu poznać kogoś, kto będzie zadawał pytania, kto nie da sobie tak łatwo zamydlić oczu. Moje myśli natychmiast wędrują do Esther. Czy nie powinnam jednak uważać na swoje marzenia? Jeśli ciągłe pytania Esther zaniepokoją Jacka, uzna on zapewne, że ją sprowokowałam, a moje życie zamieni się w jeszcze większe piekło. Gdyby nie Millie, pewnie dawno już poszukałabym ukojenia w chłodnych objęciach śmierci. Ale gdyby nie Millie, w ogóle nie znalazłabym się w tej sytuacji. Jack sam przecież przyznał, że chodzi mu o nią, nie o mnie.

KIEDYŚ

Tamtego ranka w Tajlandii, zrozumiawszy już, że poślubiłam potwora, modliłam się, by Jack wstał jak najpóźniej. Wiedziałam, że kiedy to nastąpi, będę musiała odegrać rolę swojego życia. Przez większość nocy przygotowywałam się do niej psychicznie, pogodziłam się z myślą, że jeśli mam wrócić szybko i bezpiecznie do Anglii, muszę udawać kobietę załamaną i przerażoną. Naprawdę się bałam, więc nie musiałam odgrywać roli przerażonej, nie wiedziałam jednak, czy dobrze odegram załamanie nerwowe, bo nigdy nie poddawałam się bez walki. Skoro Jack przewidywał, że spróbuję uciec ponownie jeszcze w Tajlandii, nie powinnam tego robić. Zależało mi, by uznał, że skapitulowałam.

Słysząc, jak ziewa i przeciąga się na łóżku, otuliłam się szczelniej narzutą i udawałam, że śpię. Dzięki temu chciałam zyskać trochę czasu. Oparta o ścianę, słyszałam, jak wstaje i podchodzi do mnie. Czułam na sobie jego wzrok. Moje ramiona pokryły się gęsią skórką, serce waliło jak szalone, byłam pewna, że Jack bez trudu wyczuwa mój strach. Wreszcie odsunął się ode mnie, ale dopiero gdy usłyszałam dźwięk otwieranych drzwi łazienki i szum prysznica, odważyłam się unieść powieki.

– Wiedziałem, że udajesz – powiedział. Krzyknęłam wystraszona. Stał tuż obok mnie. – No już, wstawaj, masz dziś sporo do zrobienia. Musisz przeprosić wiele osób, pamiętasz?

Biorąc prysznic i ubierając się pod jego czujnym okiem, pocieszałam się myślą, że – jak sam przyznał poprzedniego wieczoru – nie interesuję go jako przedmiot pożądania.

– Dobrze. – Skinął z aprobatą głową, zobaczywszy wybraną przeze mnie na ten dzień sukienkę. – A teraz się uśmiechnij.

– Kiedy będziemy na dole – mruknęłam, grając na czas.

– Natychmiast! – warknął groźnie. – Chcę, żebyś patrzyła na mnie jak zakochana kobieta.

Przełknęłam ciężko ślinę i odwróciłam się do niego. Nie sądziłam, że będę w stanie to zrobić, lecz widząc, jak ciepło na mnie patrzy, poczułam taką błogość, jakby wydarzenia ostatnich czterdziestu ośmiu godzin nigdy się nie rozegrały. Nie umiałam ukryć tęsknoty za utraconą miłością, a gdy uśmiechnął się do mnie promiennie, mimo woli również odpowiedziałam uśmiechem.

– Tak lepiej. – Skinął głową. – Chcę, żebyś tak samo wyglądała przy śniadaniu.

Na sekundę zapomniałam, kim naprawdę jest ten człowiek, i przerażona, zaczerwieniłam się ze wstydu.

Jack roześmiał się drwiąco.

– Spójrz na to z tej strony, Grace: skoro najwyraźniej nadal ci się podobam, łatwiej będzie ci odgrywać rolę kochającej żony.

Odwróciłam się, by ukryć łzy wstydu i upokorzenia. Nie mogłam pogodzić się z myślą, że jego uroda tak bardzo kontrastuje ze szpetotą jego duszy. Skoro potrafił oszukać mnie, sprawić, bym choć na chwilę zapomniała o wszystkim, co o nim wiem, to jak zdołam kiedykolwiek przekonać innych ludzi, że jest wilkiem w owczej skórze?

Zjechaliśmy windą do holu. W pobliżu recepcji pchnął mnie lekko w stronę kierownika hotelu i trzymał mocno w objęciach, gdy przepraszałam za wczorajsze zachowanie, tłumacząc, że ze względu na zmianę czasu zapomniałam zażyć tabletek o wyznaczonej godzinie. Zdawałam sobie sprawę, że Kiko obserwuje mnie w milczeniu zza kontuaru, i modliłam się w duchu, by wyczuła w jakiś sposób – może dzięki kobiecej intuicji – że to, co wczoraj powiedziałam, jest prawdą. Może nabrała podejrzeń, gdy Jack pojawił się nagle w pokoju – przebierałam się wówczas w łazience – i kazał jej wracać na dół. Wygłosiwszy przeprosiny, zerknęłam na nią ukradkiem w nadziei, że się domyśli, o co chodzi, i zadzwoni do ambasady. Jednak ona uparcie unikała mojego wzroku.

Mężczyzna zignorował moje przeprosiny, zaprowadził nas na taras i usadowił przy nasłonecznionym stoliku. Choć nie byłam głodna, zmusiłam się do jedzenia, świadoma, że powinnam zachować siły i zdrowie. Podczas śniadania Jack opowiadał bez przerwy, jak spędzimy dzień, na tyle głośno, żeby usłyszeli goście przy sąsiednich stolikach. W rzeczywistości nie zrobiliśmy ani jednej z wymienionych przez niego rzeczy. Po śniadaniu zabrał mnie do pięciogwiazdkowego hotelu, który widziałam poprzedniego dnia, zrobił mi parę zdjęć przed wejściem, każąc się uśmiechać do aparatu – udało mi się przybrać radosną minę, przywołując kilka miłych wspomnień z Millie – a potem zaprowadził mnie z powrotem do naszego pokoju.

– Chciałabym zadzwonić do Millie – powiedziałam, gdy zamknął za nami drzwi. – Mogę dostać swój telefon?

Pokręcił z powagą głową.

– Niestety, to niemożliwe.

– Obiecałam mamie, że zadzwonię – nalegałam. – I chcę się dowiedzieć, jak czuje się Millie.

– A ja chcę, żeby twoi rodzice myśleli, że doskonale się bawisz i że nie pamiętałaś nawet o tym, by zadzwonić do Millie.

– Proszę, Jack. – Nie znosiłam się za ten błagający ton, ale bardzo chciałam się dowiedzieć, jak się czuje Millie. Co zaskakujące, pragnęłam też usłyszeć głos mamy, by przypomnieć sobie, że gdzieś istnieje normalny świat.

– Nie.

– Nienawidzę cię – wycedziłam przez zaciśnięte zęby.

– Oczywiście, że mnie nienawidzisz. – Skinął głową. – A teraz wyjdę na chwilę, podczas gdy ty poopalasz się na balkonie. Zabierz ze sobą wszystko, czego potrzebujesz, bo jak już wyjdziesz, nie będziesz mogła wrócić.

Milczałam przez moment, nie wierząc własnym uszom.

– Chyba nie zamierzasz zamknąć mnie na balkonie?!

– Owszem.

– Dlaczego nie mogę siedzieć w pokoju?

– Bo nie mogę zamknąć cię w nim na klucz.

Spojrzałam na niego z odrazą.

– A jeśli będę musiała wyjść do toalety?

– Nie będziesz mogła, więc lepiej idź teraz.

– Jak długo cię nie będzie?

– Dwie albo trzy godziny. Może cztery. Nie radzę ci też wzywać pomocy z balkonu. Będę w pobliżu, więc wszystko usłyszę. Nie rób nic głupiego, Grace, ostrzegam cię.

Powiedział to takim tonem, że zimny dreszcz przebiegł mi po plecach, lecz po jego wyjściu kusiło mnie, by wychylić się przez barierkę i wezwać pomoc. Próbowałam sobie wyobrazić, co by się wtedy stało, i doszłam do wniosku, że nawet gdyby ktoś się tu pojawił, pojawiłby się także Jack, uzbrojony w przekonującą historyjkę o mojej chorobie psychicznej. I nawet gdyby ten ktoś postanowił sprawdzić, czy mówię prawdę, minęłoby zapewne kilka tygodni, nim udałoby się tej prawdy dowieść.

Mogłam powtórzyć historię usłyszaną od Jacka. Może policja odszukałaby tę sprawę, dotarłaby do ojca Jacka, który potwierdziłby, że to syn dopuścił się morderstwa, ale prawdopodobnie nikt by mu nie uwierzył po trzydziestu latach od tamtych wydarzeń. Nie mogłam też wykluczyć, że ojciec Jacka nie żyje. Poza tym nie wiedziałam, czy ta historia jest prawdziwa. Brzmiała przerażająco wiarygodnie, ale może wymyślił ją tylko po to, by mnie zastraszyć.

Balkon, na którym miałam spędzić kilka następnych godzin, wychodził na taras na tyłach hotelu. Widziałam wczasowiczów kręcących się przy basenie, pluskających się w błękitnej wodzie, szukających dobrego miejsca do opalania. Zrozumiawszy, że Jack bez trudu może się ukryć wśród nich i dostrzec mnie o wiele łatwiej niż ja jego, odsunęłam się od barierki. Na balkonie stały dwa krzesła z drewnianych wąskich listewek, które przy dłuższym siedzeniu wpijały się w uda. Był również mały stolik, ale brakowało wygodnego leżaka, co pozwoliłoby mi spędzić tych kilka godzin w przyzwoitych warunkach. Na szczęście wzięłam ręcznik, więc położyłam go na jednym z krzeseł. Jack dał mi tylko czas na wzięcie bikini, olejku do opalania i okularów przeciwsłonecznych.

Nie pomyślałam o zabraniu którejś z przywiezionych ze sobą książek. Chociaż właściwie nie miało to większego znaczenia – wiedziałam, że nie będę w stanie się nad nią skupić, bez względu na to, jak byłaby ekscytująca. Już po kilku minutach spędzonych na balkonie czułam się jak lew w klatce i marzyłam jedynie o ucieczce. Cieszyłam się, że pokój obok jest pusty, bo inaczej nie oparłabym się pokusie i próbowałabym prosić sąsiadów o pomoc.

Następny tydzień był prawdziwą męczarnią.

Czasami Jack zabierał mnie na śniadanie, a czasami schodził do holu sam. Sądząc po tym, jak traktował go kierownik, bywał w tym hotelu wielokrotnie i zdobył zaufanie obsługi. Kiedy szliśmy na śniadanie oboje, po posiłku Jack prowadził mnie prosto do pokoju i zamykał na balkonie. Po powrocie wpuszczał mnie do pokoju, żebym mogła skorzystać z toalety i zjeść to, co przyniósł mi na lunch. Następnie, zwykle mniej więcej po godzinie, zamykał mnie ponownie na balkonie i spędzał gdzieś wieczór.

Choć było to okropne doświadczenie, dziękowałam losowi za kilka rzeczy: zawsze mogłam znaleźć na balkonie odrobinę cienia, miałam też kilka butelek z wodą, które wyprosiłam u Jacka, ale musiałam ją sobie reglamentować. Nigdy nie zostawiał mnie na dłużej niż cztery godziny, lecz czas płynął mi straszliwie powoli. Kiedy miałam już dość wszystkiego – nudy, strachu, rozpaczy – zamykałam oczy i myślałam o Millie.

Siedzenie na balkonie zamieniało się nieraz w udrękę i było ogromnym stresem, więc gdy Jack mnie stamtąd zabierał – nie z dobrego serca, tylko po to, żeby zrobić mi zdjęcia – właściwie cieszyłam się powrotem do pokoju. Pewnego wieczoru pojechaliśmy do wspaniałej restauracji, gdzie fotografował mnie niemal nieustannie podczas posiłku. Innego wieczoru zamówił taksówkę i w ciągu paru godzin zwiedziliśmy tyle miejsc, ile zwykle zwiedza się przez kilka dni. Wtedy również mnie fotografował, by udokumentować, jak świetnie się bawiliśmy.

Któregoś popołudnia zabrał mnie do jednego z najlepszych hoteli w Bangkoku i sobie tylko znanym sposobem wszedł na hotelową plażę, gdzie urządził mi kolejną sesję zdjęciową. Musiałam zmieniać komplety bikini, co miało dowodzić, że zdjęcia wykonano w różne dni. Rozmyślałam, czy właśnie na tej plaży spędzał całe dnie, podczas gdy ja siedziałam na balkonie. Miałam nadzieję, że personel naszego hotelu zacznie się w końcu zastanawiać, dlaczego tak rzadko opuszczam pokój, ale gdy pewnego ranka zeszliśmy na śniadanie, a kierownik spytał z troską, czy czuję się już lepiej, wreszcie zrozumiałam, że Jack musiał naopowiadać im bzdur o mojej niedyspozycji spowodowanej zatruciem pokarmowym.

Najgorszą rzeczą, jaka wiązała się tymi krótkimi wycieczkami do normalności, była nadzieja, którą mi wtedy dawał, bo przy innych zmieniał się w czarującego mężczyznę sprzed ślubu. Czasami – na przykład podczas posiłku – kiedy odgrywał rolę troskliwego i kochającego męża, zapominałam, kim naprawdę jest. Może gdyby nie był tak miłym kompanem, łatwiej byłoby mi pamiętać o jego podwójnej naturze, ale nawet przypominając sobie o tym, nie potrafiłam do końca uwierzyć, że to wszystko dzieje się naprawdę.

Powrót do rzeczywistości zawsze był bolesny, nie tylko z powodu rozczarowania, ale i wstydu wywołanego faktem, że znów poddałam się urokowi męża potwora. W takich chwilach rozglądałam się gorączkowo, szukając jakiegoś wyjścia, drogi ucieczki, kogoś, komu mogłabym się zwierzyć. Widząc moje zachowanie, Jack uśmiechał się drwiąco i zachęcał do działania.

– Uciekaj – mówił. – Śmiało, idź, powiedz o wszystkim temu człowiekowi, a może tamtemu. Powiedz im, że cię więżę, że jestem mordercą, potworem. Ale najpierw rozejrzyj się wokół siebie. Rozejrzyj się po tej pięknej restauracji, do której cię przyprowadziłem, pomyśl o tym pysznym jedzeniu na twoim talerzu i wybornym winie w kieliszku. Czy naprawdę wyglądasz na więźnia? Czy ja wyglądam na mordercę, zwyrodnialca? Chyba nie. Jeśli jednak chcesz spróbować, nie będę cię zatrzymywał. Chętnie się trochę rozerwę.

Przełykałam wtedy łzy i przypominałam sobie, że kiedy wrócimy do Anglii, wszystko będzie łatwiejsze.

Na początku drugiego tygodnia pobytu w Tajlandii, byłam już tak zdesperowana, że myślałam niemal wyłącznie o ucieczce. Przygnębiała mnie perspektywa kolejnych sześciu dni spędzonych na balkonie, coraz lepiej zdawałam sobie też sprawę z beznadziejności mojego położenia. Nie miałam już takiej pewności, czy po powrocie do kraju będzie mi łatwiej uciec, choćby dlatego, że w kraju chroniła go reputacja doskonałego prawnika. Kiedy zastanawiałam się, komu mogłabym w Anglii powiedzieć o jego prawdziwej naturze, coraz częściej dochodziłam do wniosku, że pewnie prędzej znalazłabym pomoc w brytyjskiej ambasadzie w Tajlandii.

Co więcej, przez ostatnie trzy dni Jack wpuszczał mnie wieczorem do pokoju, a potem znów wychodził, ostrzegając, że wkrótce wróci, a jeśli spróbuję uciec, natychmiast się o tym dowie. Świadomość, że mogę w każdej chwili otworzyć drzwi i wyjść, była nieznośna, musiałam wytężać całą siłę woli, by nie uciec. I dobrze się stało. Pierwszego wieczoru wrócił po dwudziestu minutach, drugiego po godzinie, trzeciego zaś dopiero przed jedenastą. Wtedy uświadomiłam sobie, że stopniowo wydłuża czas, kiedy zostaję sama. Był to wystarczająco długi czas, bym mogła dostać się do ambasady, więc może powinnam to zrobić.

Nie mogłam liczyć na pomoc obsługi hotelu, a bez pomocy daleko nie zajdę. Przyszło mi jednak do głowy, że mogłabym poprosić o ratunek lokatorów z sąsiedniego pokoju, którzy mieszkali tu od tygodnia. Nie wiedziałam, jakiej są narodowości, bo zza ściany dochodziły tylko przytłumione głosy, lecz sądząc po rozbrzmiewającej w ich pokoju muzyce, byli dość młodzi. W ciągu dnia rzadko pojawiali się w hotelu – nikt nie przyjeżdża do Tajlandii, by całymi dniami siedzieć w pokoju, chyba że jest więźniem, jak ja – ale wieczorami, po powrocie, czasami jedno z nich wychodziło na balkon, by zapalić papierosa. Domyślałam się, że to mężczyzna, bo przez ściankę z matowego szkła widziałam jego sylwetkę. Słyszałam też, jak wołał do swojej partnerki po hiszpańsku lub portugalsku. Wyglądało na to, że większość wieczorów spędzają w pokoju, więc być może oni również przyjechali tu na miesiąc miodowy. W takich chwilach, gdy przez ścianę sączyła się delikatna muzyka, z trudem powstrzymywałam łzy, myśląc o tym, jak mogłoby wyglądać moje życie.

Kiedy czwartego wieczoru Jack nie wrócił do północy, miałam już pewność, że zostawia mnie na coraz dłużej w przekonaniu, że i tak nie ucieknię. Nie miałam pojęcia, dokąd chodził, ale ponieważ zawsze wracał w doskonałym humorze, przypuszczałam, że odwiedza burdel. Podczas długich godzin spędzanych na balkonie, mając mnóstwo czasu na rozmyślania, doszłam do wniosku, że jest homoseksualistą i przyjeżdża do Tajlandii, by oddawać się temu, czemu nie ośmielał się oddawać w Anglii w obawie przed szantażem. Czegoś w tej teorii brakowało, bo odmienna orientacja seksualna nie jest w dzisiejszych czasach niczym niezwykłym, lecz na razie nic nie przychodziło mi do głowy.

Piątej nocy, gdy pojawił się dopiero o drugiej, poważnie zastanawiałam się nad ucieczką. Do powrotu do Anglii zostało jeszcze pięć dni, co wydawało się nieznośnie długim okresem. Na dodatek obawiałam się, że nie wylecimy w umówionym terminie. Tego ranka, coraz bardziej zdenerwowana brakiem kontaktu telefonicznego z Millie, spytałam Jacka, czy możemy ją odwiedzić zaraz po powrocie. Odpowiedział, że doskonale się tutaj bawi i dlatego być może przedłuży nasz pobyt w Tajlandii. Nie umiałam powstrzymać łez żalu i złości. Tłumaczyłam sobie, że to tylko kolejne zagranie, które ma wytrącić mnie z równowagi, ale czułam się bezradna. Płakałam przez większość dnia.

Kiedy nadszedł wieczór, byłam już zdecydowana na ucieczkę. Może gdybym nie była pewna, że moi sąsiedzi to Hiszpanie, nie odważyłabym się podjąć takiej próby, ale ponieważ podczas wyjazdów służbowych do Argentyny nauczyłam się trochę hiszpańskiego, uznałam, że zdołam im wytłumaczyć swoją sytuację. Poza tym za ścianą była kobieta, co dodawało mi otuchy. Chyba domyślali się, że w naszym pokoju dzieje się coś złego, bo gdy po południu mężczyzna wyszedł na balkon i usłyszał mój płacz, powiedział o tym swojej partnerce. W obawie przed tym, że Jack zobaczy, jak próbują zajrzeć do mnie przez balkon, stłumiłam płacz, by pomyśleli, że wróciłam do pokoju. Ale może dzięki temu incydentowi uwierzą mi, gdy poproszę o pomoc.

Po wyjściu Jacka odczekałam trzy godziny i postanowiłam działać. Minęła jedenasta, wiedziałam jednak, że sąsiedzi nie śpią, bo słyszałam ich w pokoju. Pamiętając o tym, co wydarzyło się podczas poprzedniej próby ucieczki, przejrzałam torebkę, walizkę, cały pokój, by upewnić się, że nie ma tam moich rzeczy. Nie znalazłszy niczego takiego, podeszłam do drzwi pokoju i otworzyłam je powoli, modląc się, by Jack nie dostrzegł mnie, nadchodząc korytarzem. Nie było go, ale na myśl, że lada moment może się pojawić, zapukałam do drzwi hiszpańskiej pary głośniej, niż zamierzałam. Usłyszałam, jak mężczyzna mruczy coś pod nosem, zirytowany zapewne, że ktoś przeszkadza im o tak późnej porze.

– *¿Quién es?* – zapytał przez zamknięte drzwi.

– Jestem waszą sąsiadką, pomóżcie mi, proszę!

– *¿Qué pasa?*

– Może pan otworzyć drzwi? – Z głębi korytarza dobiegł dźwięk zatrzymującej się windy, zastukałam więc jeszcze mocniej. – Szybciej! – zawołałam przerażona. – Proszę się pospieszyć! – Słyszałam, jak mężczyzna odsuwa zasuwę i naciska klamkę, a ponieważ w tej samej chwili trzasnęły drzwi windy, bez namysłu wpadłam do pokoju sąsiadów. – Dziękuję, dziękuję, dziękuję... – powtarzałam. Lecz słowa podzięki zamarły mi na ustach, gdy ujrzałam przed sobą Jacka.

– Prawdę mówiąc, spodziewałem się ciebie wcześniej – powiedział, rozbawiony wyrazem przerażenia na mojej twarzy. – Zacząłem już myśleć, że jednak źle cię oceniłem i że posłuchałaś moich ostrzeżeń. Oczywiście dla ciebie byłoby lepiej, gdybyś nie próbowała uciekać, ale ja nie bawiłbym się wtedy tak dobrze. Przyznam, że byłbym rozczarowany, gdyby tyle mojej pracy poszło na marne.

Osunęłam się bezwładnie na podłogę, drżąc z szoku. Jack kucnął obok mnie.

– Myślałaś, że mieszka tu jakaś hiszpańska para, co? – powiedział. – Cóż, to tylko ja. Zauważ, że nigdy nie słyszałaś odpowiedzi kobiety, bo wszystkie dźwięki, oprócz mojego głosu, dochodziły z radia. Nie widziałaś jej też na balkonie, a mimo to byłaś pewna, że tu jest. Oczywiście nie wiedziałaś, że palę... zwykle tego nie robię... ani że mówię po hiszpańsku. – Umilkł na moment, po czym dodał szeptem: – Powiedziałem ci, że popełniłabyś wielkie głupstwo, próbując uciec ode mnie jeszcze przed wyjazdem z Tajlandii. Jak myślisz, co z tym zrobię?

– Rób, co chcesz – wyszlochałam. – Nic mnie to już nie obchodzi.

– Śmiała deklaracja, ale wcale tak nie myślisz. Sądzę, że byłabyś zrozpaczona, gdybym postanowił cię zabić, bo oznaczałoby to, że nigdy już nie zobaczysz Millie.

– Nie zabijesz mnie – odparłam z przekonaniem, choć wcale nie byłam tego pewna.

– Masz rację, nie zabiję, a przynajmniej jeszcze nie teraz. – Skinął głową. – Przede wszystkim chcę, żebyś zrobiła dla Millie to, czego ona sama zrobić nie może. – Podniósł się i spojrzał na mnie beznamiętnie. – Niestety, nie mogę ukarać cię tutaj, bo nie mam już czego cię pozbawić. Ale ponieważ próbowałaś dwukrotnie uciekać, nie odwiedzimy Millie ani w pierwszy, ani w drugi weekend po powrocie do Anglii.

– Nie możesz tego zrobić! – krzyknęłam.

– Oczywiście, że mogę. Ba, ostrzegałem cię, że to zrobię. – Wziął mnie za rękę i podniósł z podłogi. – Chodźmy. –

Otworzył drzwi i wypchnął mnie na korytarz. – Warto było zapłacić za drugi pokój – dodał, zamykając drzwi. – Pan Ho, kierownik hotelu, doskonale rozumiał, dlaczego mogę potrzebować oddzielnego lokum. Widział przecież, że jesteś niezrównoważona. A swoją drogą, jak się czujesz, wiedząc, że obserwowałem cię przez cały czas?

– Na pewno nie tak dobrze, jak poczuję się w dniu, gdy trafisz do więzienia – warknęłam.

– To, moja droga Grace, nigdy się nie wydarzy – odpowiedział, wpychając mnie do naszego pokoju. – A wiesz dlaczego? Bo jestem wzorowym obywatelem.

To był najgorszy moment mojego pobytu w Tajlandii – nie tyle dlatego, że znów nie udało mi się uciec, ale dlatego, że ponownie wpadłam w przemyślną pułapkę, którą zastawił na mnie Jack. Próbowałam zrozumieć, dlaczego zadał sobie tyle trudu, by mnie wrobić. Być może nudziła go moja uległość, a może kryło się za tym coś bardziej złowieszczego – skoro nie mógł złamać mnie fizycznie, bo nie sprawiało mu to przyjemności, chciał złamać mojego ducha, doprowadzić do rozpaczy. Na samą myśl, że chce zamienić moją niewolę w swego rodzaju grę psychologiczną, robiło mi się zimno ze strachu. Nawet gdybym ponownie miała okazję do ucieczki, bałabym się, że znów wszystko ukartował. Zrozumiałam też, że jeśli nie ucieknę zaraz po powrocie do Anglii, jeszcze na lotnisku, będzie mi znacznie trudniej tego dokonać, kiedy znajdziemy się już w domu.

Walcząc z rozpaczą, zmusiłam się do zebrania myśli i zastanowienia nad tym, co mogę zrobić, zarówno w samolocie, jak i po przylocie na Heathrow. Jeśli natychmiast po starcie powiedziałabym jednej ze stewardes, że Jack mnie więzi, to czy byłabym w stanie zachować spokój, gdyby oskarżył mnie o chorobę psychiczną? A jeśli na potwierdzenie swoich słów pokazałby raport sporządzony przez kierownika hotelu? Co bym wtedy zrobiła? A gdybym zdołała zachować spokój i powiedziała, że chce skrzywdzić mnie i moją siostrę, czy byłabym w stanie przekonać ich, by sprawdzili jego przeszłość jeszcze podczas lotu? I czy odkryliby wtedy, że jest oszustem, czy też dowiedzieliby się jedynie, że Jack Angel to odnoszący sukcesy prawnik, który broni maltretowanych kobiet? Nie miałam pojęcia, ale zamierzałam podjąć odpowiednie kroki, a w razie potrzeby narobić na lotnisku takiego zamieszania, by zabrali mnie do szpitala albo do komisariatu.

Kiedy zaraz po starcie poczułam się senna, uznałam, że to jedynie skutek zmęczenia, i postanowiłam uciąć sobie drzemkę. Następnego ranka jednak, po wylądowaniu, byłam tak osłabiona i oszołomiona, że opuszczałam samolot na wózku inwalidzkim. Z trudem wydobywałam z siebie głos, bełkotałam niezrozumiale. Choć nie słyszałam, co Jack powiedział lekarzowi, który mnie badał, dostrzegłam w jego dłoni buteleczkę z tabletkami. Świadoma, że tracę właśnie szansę na ucieczkę, próbowałam wzywać pomocy, gdy przewoził mnie przez kontrolę paszportową, ale z moich ust wypływały jedynie nieartykułowane dźwięki.

W samochodzie przypiął mnie do fotela. Opadłam bezwładnie na oparcie, poddając się senności, która pozbawiała mnie sił i woli walki. Ocknęłam się ponownie, kiedy Jack wlewał mi do ust kawę kupioną w automacie na stacji benzynowej. Otrzeźwiałam nieco, chociaż nadal byłam zdezorientowana i oszołomiona.

– Gdzie jesteśmy? – wybełkotałam, próbując usiąść prosto.

– Prawie w domu – odparł z radością, która obudziła we mnie najgorsze obawy.

Usiadł na swoim miejscu i ruszyliśmy w dalszą drogę. Próbowałam zorientować się w okolicy, ale nie znałam nazw mijanych miejscowości. Mniej więcej pół godziny później skręcił w boczną alejkę.

– Jesteśmy na miejscu, kochanie – powiedział, zwalniając. – Mam nadzieję, że ci się spodoba.

Zatrzymaliśmy się obok wielkiej czarnej dwuskrzydłowej bramy. Nieco dalej znajdowała się mniejsza, jednoskrzydłowa osadzona w murze, na którym zainstalowano dzwonek. Jack wyjął z kieszeni pilota i nacisnął guzik. Podwójna brama zaczęła się otwierać.

– Dom, który obiecałem ci dać w prezencie ślubnym. No i co o tym sądzisz?

Najpierw pomyślałam, że środki, którymi odurzył mnie w samolocie, powodują u mnie halucynacje, a następnie uświadomiłam sobie, że patrzę na dom, który narysowaliśmy w barze hotelu Connaught, dom, który obiecał dla mnie znaleźć, dokładnie taki, jak zaplanowaliśmy, łącznie z małym okrągłym oknem w dachu.

– Widzę, że odebrało ci mowę. – Roześmiał się, gdy przejechaliśmy przez bramę.

Zatrzymał się przed wejściem, wysiadł z auta, przeszedł na stronę pasażera i otworzył przede mną drzwi. Ponieważ nie ruszyłam się z miejsca, wsunął mi ręce pod ramiona, wyciągnął bezceremonialnie na zewnątrz i zawlókł na werandę. Potem otworzył drzwi i wepchnął mnie do holu.

– Witaj w domu – powiedział drwiącym tonem. – Mam nadzieję, że będziesz tu bardzo szczęśliwa.

Przedpokój był naprawdę piękny, wysoki i przestronny, z szerokimi schodami prowadzącymi na piętro. Wszystkie pomieszczenia po prawej stronie były zamknięte, podobnie jak wielkie podwójne drzwi po lewej.

– Na pewno chcesz, żebym cię oprowadził – mówił dalej Jack. – Ale nie chciałabyś najpierw zobaczyć Molly?

– Molly? – powtórzyłam w osłupieniu.

– Tak, Molly. Nie chcesz chyba powiedzieć, że całkiem o niej zapomniałaś?

– Gdzie ona jest? – spytałam, uświadomiwszy sobie z przerażeniem, że podczas pobytu w Tajlandii ani razu nie pomyślałam o suczce. – Gdzie jest Molly?

– W pralni. – Otworzył drzwi na prawo od schodów i włączył światło. – Na dole.

Gdy zeszłam za nim do piwnicy, rozpoznałam płytki ze zdjęcia ukazującego Molly w koszyku, które widziałam przed wyjazdem. Zatrzymał się przed następnymi drzwiami.

– Jest tutaj. Ale zanim do niej wejdziesz, weź lepiej to. – Zdjął z półki rolkę worków na śmieci, oderwał jeden i podał mi. – Może ci się przydać.

TERAZ

Choć dni upływają mi powoli, zawsze jestem zaskoczona, że niedziela nadchodzi tak szybko. Dziś czuję się przygnębiona, bo raczej nie mogę liczyć na wizytę u Millie. Jack nic o tym nie mówił, a ponieważ widzieliśmy się z nią tydzień i dwa tygodnie temu, trudno się spodziewać, by znów mnie do niej zabrał. Chociaż może spróbuje mnie zaskoczyć, więc na wszelki wypadek biorę prysznic i wycieram się dokładnie małym ręcznikiem, który mi udostępnia. Ręczniki kąpielowe i suszarka to luksus, o którym niemal już zapomniałam, podobnie jak wizyty u fryzjera. Choć w zimie trudno mi suszyć włosy, nie wyglądają wcale najgorzej; są długie i lśniące, udaje mi się też związać je w taki sposób, by mi nie przeszkadzały.

Nie zawsze było tak źle. Początkowo miałam znacznie większy i wygodniejszy pokój, wyposażony w różne sprzęty, lecz po każdej próbie ucieczki Jack pozbawiał mnie jednego z nich. Najpierw zabrał czajnik, potem radio, następnie książki. Pozbawiona jakichkolwiek rozrywek, zabijałam nudę, przekładając ubrania w szafie, kompletując je i dopasowując

145

kolorami. Lecz gdy sprzeciwiłam mu się po raz kolejny, przeniósł mnie do pakamery wyposażonej jedynie w łóżko, a do tego zamontował kraty w oknie. Nie miałam już dostępu do garderoby, co oznaczało, że to on przynosił mi co rano ubranie. Wkrótce straciłam prawo również do tego, więc jeśli danego dnia nie wychodzimy, przez cały dzień muszę nosić piżamę. Choć trzy razy w tygodniu przynosi mi świeży komplet, nic nie zmienia tej monotonii, tym bardziej że wszystkie piżamy wyglądają tak samo – mają ten sam krój i są czarne. Nie tak dawno spytałam go, czy mogłabym dla odmiany włożyć sukienkę. Przyniósł mi wtedy zasłonę, którą zabrałam ze swojego mieszkania, i powiedział, że sama mogę sobie coś uszyć. Uważał to chyba za świetny żart, bo doskonale wiedział, że nie mam nożyczek, igieł i nici, lecz gdy nazajutrz zobaczył, że noszę ten kolorowy materiał jak sarong, zadowolona nawet z takiej odmiany, zabrał mi go, zirytowany moją pomysłowością. Właśnie dlatego powiedział Esther i Diane, że jestem świetną krawcową i sama sobie szyję ubrania.

Po południu ktoś dzwoni do bramy, zeskakuję więc z łóżka i przyciskam ucho do drzwi. Jestem podekscytowana, bo rzadko zdarza się, by ktoś przychodził do nas bez zaproszenia. Czekam, aż Jack wpuści niespodziewanego gościa albo przynajmniej spyta, kto to i czego chce, lecz nie słyszę żadnego ruchu. Mój mąż najwyraźniej postanowił udawać, że nikogo nie ma w domu – zza bramy nie widać samochodu zaparkowanego na podjeździe. Gdy dzwonek dzwoni ponownie, tym razem dłużej, jakby z irytacją, moje myśli natychmiast zwracają się ku Esther.

Ostatnio często o niej rozmyślałam, głównie dlatego, że podczas lunchu w zeszłym tygodniu kilkakrotnie powtórzyła numer swojej komórki. Im dłużej się nad tym zastanawiam, tym jestem pewniejsza, że robiła to celowo, bym zapamiętała każdą cyfrę. Przypuszczam, że jeśli kiedykolwiek będę potrzebowała pomocy, dostanę ją raczej od Esther niż od Diane, którą znam dłużej. Straciłam wszystkie przyjaciółki, nawet Kate i Emily. Sądziłam, że zawsze będę mogła na nie liczyć, lecz ponieważ wysyłałam im tylko krótkie, nieregularne e-maile – dyktowane przez Jacka – w których piałam z zachwytu nad swoim małżeństwem i przepraszałam, że jestem zbyt zajęta, by się z nimi zobaczyć, ich wiadomości również były coraz rzadsze i coraz krótsze, aż całkiem przestały przychodzić. W tym roku nie dostałam od nich nawet kartki na urodziny.

Pozbywszy się moich przyjaciółek, Jack pozwala mi odpowiadać na inne e-maile zaadresowane wyłącznie do mnie – na przykład od rodziców lub Diane – uznając zapewne, że dzięki temu będą brzmiały bardziej autentycznie, choć trudno mi pisać cokolwiek od siebie, gdy on przez cały czas stoi nade mną i dyszy mi w kark. Mimo to cieszę się na te rzadkie okazje, kiedy mogę zejść na dół i posiedzieć w jego gabinecie, gdzie mam pod ręką komputer i telefon, a szanse na wezwanie pomocy są większe niż gdziekolwiek indziej.

Serce zawsze bije mi szybciej, gdy Jack sadza mnie przy biurku, przy komputerze i telefonie, bo przecież może się kiedyś zdarzyć, że coś zaprzątnie jego uwagę, a ja zdążę chwycić za słuchawkę, wybrać 999 i wezwać pomoc albo niepostrzeżenie wysłać błagalny e-mail. Kusi mnie, by podjąć taką próbę, ale on ani na moment nie traci czujności. Stoi nade mną i sprawdza każdą wiadomość, nim pozwoli mi ją wysłać.

Pewnego razu myślałam już, że wreszcie nadeszła moja szansa, bo ktoś zadzwonił do bramy w trakcie pisania przeze mnie e-maila, lecz zamiast podejść do domofonu, Jack po prostu zignorował dzwonek, podobnie jak ignoruje sygnał telefonu, kiedy siedzę przy komputerze. Oprócz frustracji wywołanej utraconą szansą, którą czuję wtedy, gdy Jack odprowadza mnie do pokoju, towarzyszy mi również uczucie bliskie zadowoleniu, szczególnie jeśli pisałam tego dnia do rodziców. Wówczas niemal wierzę w kłamstwa, które im opowiadam, historię o weekendowych wycieczkach z mężem albo wizytach w pięknych ogrodach i wiejskich rezydencjach, miejscach, w jakich nigdy nie byłam i nigdy nie będę, a mimo to potrafię je szczegółowo opisać. Później, gdy uniesienie mija, zderzenie z rzeczywistością jest wyjątkowo trudne, a ja czuję jeszcze większe przygnębienie.

Dzwonek u bramy nie rozbrzmiewa po raz trzeci, więc wracam do łóżka i kładę się. Czuję się tak niespokojna, że postanawiam trochę pomedytować, by ukoić nerwy. Nauczyłam się medytować wkrótce po tym, jak Jack przeniósł mnie do tego pokoju – bałam się, że jeśli całymi dniami nie będę miała czym zająć umysłu, w końcu oszaleję. Nabrałam już takiej wprawy, że czasami odrywam się od rzeczywistości na kilka godzin, a przynajmniej tak mi się wydaje, bo prawdopodobnie jest to znacznie krótszy czas. Zwykle na początku wyobrażam sobie, że siedzimy z Millie w pięknym ogrodzie, z małym psem u naszych stóp. Lecz nie jest to Molly – aby przenieść się na dobre do tego świata, dopuszczam do siebie wyłącznie szczęśliwe myśli. Dziś jednak nie mogę się zrelaksować, bo uparcie powraca do mnie obraz Esther odjeżdżającej spod naszej bramy. Przebywając tak długo w samotności, stałam się przesądna i uznaję to za znak, że niepotrzebnie robiłam sobie nadzieję, a Esther wcale nie chce mi pomóc.

Gdy mniej więcej godzinę później słyszę kroki Jacka na schodach, zastanawiam się, czy chce prowadzić ze mną jakąś nową grę, czy też po prostu niesie mi lunch. Otwiera drzwi; nie ma tacy z jedzeniem, przygotowuję się więc wewnętrznie na jedną z jego sadystycznych zagrywek. Nabieram pewności, że właśnie o to mu chodzi, kiedy dostrzegam w jego dłoni książkę. Mam ochotę rzucić się na nią, zabrać i schować, ale opieram się pokusie i zachowuję obojętny wyraz twarzy. Staram się nie patrzeć na niego, a jednocześnie zastanawiam się, w jaki sposób chce mnie dziś dręczyć. Dobrze wie, że marzę o czymś do czytania – wiele razy prosiłam go, by choć raz w tygodniu dawał mi gazetę, bo dzięki temu wiedziałabym, co dzieje się na świecie i nie wychodziłabym na kompletną idiotkę podczas tych rzadkich okazji, gdy się z kimś spotykamy. Jestem pewna, że teraz poda mi książkę, a jak tylko po nią sięgnę, cofnie rękę i roześmieje mi się w twarz.

– Mam coś dla ciebie – zaczyna.

– Co? – pytam z wystudiowaną obojętnością.

– Książkę. – I po krótkiej pauzie dodaje: – Chcesz?

Nienawidzę tego pytania, kiedy zadaje je Jack, bo bez względu na odpowiedź i tak przegram.

– To zależy – mówię wymijająco, wściekła na samą siebie, że przedłużam tę męczarnię, by zatrzymać go w pokoju, bo wtedy mam przynajmniej z kim porozmawiać.

– Od czego?

– Od tytułu. Jeśli to coś w rodzaju *Moje życie z psychopatą*, nie jestem zainteresowana.

Uśmiecha się lekko.

– Prawdę mówiąc, to książka, którą polecała ci Esther.

– I postanowiłeś mi ją kupić?

– Nie, ona ją przywiozła. – Znów robi krótką pauzę. – W innych okolicznościach wrzuciłbym ją od razu do kosza, ale Esther dołączyła do niej zaproszenie na kolację w przyszłą sobotę. Napisała w nim, że nie może się już doczekać, kiedy pozna twoją opinię o tej książce. Sugeruję więc, żebyś ją przeczytała do tej pory.

– Nie wiem, czy będę miała dość czasu, ale zrobię, co w mojej mocy – odpowiadam drwiąco.

– Nie przeginaj – ostrzega mnie. – Ostatnio tak sprawnie unikasz kary, że wystarczy mi najmniejszy pretekst.

Odchodzi, a ja natychmiast otwieram książkę i czytam pierwszą stronę. Od razu wiem, że mi się spodoba, choć zasmuca mnie myśl, że przeczytam ją w dzień lub dwa. Zastanawiam się, jak temu zaradzić, i postanawiam się ograniczyć do jednego rozdziału dziennie, a potem uświadamiam sobie, że Jack może mi ją zabrać w każdej chwili, więc siadam na łóżku, gotowa poświęcić kilka godzin najwspanialszej rozrywce, jaką mogę się cieszyć od bardzo długiego czasu. Mniej więcej po godzinie zauważam, że słowa „w porządku” na stronie, którą właśnie przeczytałam, wyróżniają się spośród pozostałych. Przyglądam się im uważniej i widzę, że zostały delikatnie zacieniowane ołówkiem.

Coś mi to przypomina, przewracam kilka kartek wstecz i odnajduję słowo „wszystko” zaznaczone w ten sam sposób, lecz tak delikatne, że nie zauważyłabym niczego, gdybym nie spodziewała się tego znaleźć. Cofam się o jeszcze kilka stron i natrafiam na zaznaczone słowo „czy”, na które wcześniej zwróciłam uwagę, choć wzięłam to za błąd w druku.

Składam słowa w całość: „Czy wszystko w porządku".

Serce zaczyna mi bić szybciej. Czy to Esther przesyła mi w ten sposób wiadomość? Jeśli tak, to pewnie napisała coś więcej. Coraz bardziej podekscytowana przeglądam pozostałe strony i znajduję zaznaczenia przy słowach „czy", „potrzebujesz" i – na przedostatniej stronie – „pomocy".

Radość wywołana myślą, że Esther przeczuwa, w jakiej jestem sytuacji, i chce mi pomóc, jest krótkotrwała, bo jak mogłabym jej odpowiedzieć, skoro nie mam dostępu do tak zwyczajnych przedmiotów jak ołówek? A nawet gdybym go jakoś zdobyła, nie wiedziałabym, co jej odpowiedzieć. Samo „tak" nie wystarczy, a „tak, zawiadom policję" nie miałoby sensu, bo przekonałam się już, że policja trzyma stronę Jacka. Podobnie jak pracownicy hotelu w Tajlandii, miejscowi policjanci uważają mnie za wariatkę, która oskarża swego troskliwego i oddanego męża, a przy tym świetnego prawnika, o niestworzone rzeczy. Nawet gdyby przyjechali tu niespodziewanie, bez ostrzeżenia, Jack bez trudu potrafiłby wyjaśnić, dlaczego ten pokój wygląda tak, a nie inaczej, wytłumaczyłby również wygląd kilku innych pomieszczeń w domu. Poza tym na pewno sprawdzi tę książkę, zanim odda ją Esther, tak jak przed każdym wyjściem sprawdza moją torebkę, by upewnić się, że jest pusta.

Nagle uświadamiam sobie, że przede wszystkim nie dałby mi tej książki, gdyby jej wcześniej nie przejrzał, to zaś oznacza, że na pewno widział podkreślone wyrazy. Przerażająca myśl, również dlatego, że sama Esther może znaleźć się teraz w niebezpieczeństwie. Oznacza to również, że muszę bardzo uważać na wszystko, co do niej powiem podczas naszego następnego spotkania, bo Jack będzie mnie uważnie słuchał, świadom, że mogę przekazać jej odpowiedź w inny, zawoalowany sposób. Pewnie będzie się spodziewał czegoś w rodzaju „Uważam, że pytania stawiane przez autora są bardzo trafne". Ale rozczaruję go. Kiedyś byłabym na tyle głupia, by to zrobić, lecz nie teraz. Wiem, że bardzo trudno będzie mi odpowiedzieć Esther, ale nie czuję przygnębienia. Jestem jej ogromnie wdzięczna, że tak szybko zrozumiała to, czego nie potrafił zrozumieć nikt inny – ani moi rodzice, ani Diane, ani Janice, ani policja.

Ta sytuacja daje mi jednak do myślenia, bo jeśli Esther podejrzewa, że Jack ma nade mną całkowitą kontrolę, to zapewne przypuszcza również, że on sprawdza wszystko, co do mnie trafia. Skoro zrozumiała już, że nie ma z nim żartów, to dlaczego podejmuje tak ryzykowną grę? Przecież nie ma żadnych dowodów, którymi mogłaby poprzeć swoje podejrzenia.

Wracam do lektury z nadzieją, że znajdę coś, co pomoże mi niepostrzeżenie nawiązać kontakt z Esther. Nie mogę jej zawieść po tym, jak zadała sobie tyle trudu, by do mnie dotrzeć.

Późnym wieczorem, gdy wciąż zastanawiam się, jak przekazać wiadomość Esther, słyszę na schodach kroki Jacka. Szybko zamykam książkę i odkładam ją z dala od łóżka.

– Skończyłaś już? – pyta, wskazując głową książkę.

– Prawdę mówiąc, kiepsko mi idzie – kłamię. – Zwykle nie czytam takich rzeczy.

– Dużo przeczytałaś?

– Niedużo.

— Pamiętaj, że masz ją skończyć do przyszłej soboty.

Wychodzi, a ja ponownie czuję dziwny niepokój. Już po raz drugi przypomniał mi, że mam przeczytać książkę przed spotkaniem z Esther, czyli wie o zakreśleniach i ma nadzieję, że sama wykopię sobie grób. Niemal się do tego przyznał, mówiąc, że szuka tylko pretekstu, by mnie ukarać, zatem musiał się ogromnie ucieszyć, znalazłszy ukrytą wiadomość. Jednak im dłużej się nad tym zastanawiam, tym większego nabieram przekonania, że coś przegapiłam. Dopiero gdy przypominam sobie, ile czasu minęło od ostatniego dzwonka przy bramie do chwili, kiedy Jack przyniósł mi książkę, dociera do mnie, że te zaznaczenia nie są dziełem zatroskanej przyjaciółki, lecz mojego psychopatycznego męża.

KIEDYŚ

Molly musiała umrzeć niedawno, bo jej ciało jeszcze nie uległo rozkładowi. Jack jak zwykle wszystko starannie zaplanował: zostawił jej wodę, ale nie tyle, by mogła przeżyć dwa tygodnie. Ujrzawszy ją martwą, doznałam szoku. Byłam przygotowana na niemiłe doznanie, ponieważ otwierając drzwi, Jack uśmiechał się złowrogo – przypuszczałam, że uwiązał suczkę na cały ten czas albo po prostu ją przepędził – lecz nie przyszło mi do głowy, że mógłby ją zostawić na pewną śmierć.

Przez chwilę łudziłam się jeszcze. Może to skutek działania środków, które podał mi wcześniej: okrutne przywidzenia. Gdy jednak uklękłam obok suczki, przekonałam się, że jej ciało jest sztywne i zimne. Wyobraziłam sobie, jak musiała cierpieć przed śmiercią. Właśnie wtedy poprzysięgłam sobie, że zabiję Jacka, ale przedtem sprawię, by męczył się równie straszliwie jak Molly.

Udał zdziwienie moją reakcją, bo przecież – jak tłumaczył z drwiącym uśmieszkiem – już w Tajlandii wspominał, że nie ma żadnej gosposi. Wówczas nie zwróciłam na to uwagi, za co byłam wdzięczna losowi, bo gdybym zrozumiała, do czego się to odnosi, chyba nie przetrwałabym tych dwóch tygodni.

– Bardzo się cieszę, że ją kochałaś – powiedział, kiedy szlochałam cicho, klęcząc przy Molly. – Miałem nadzieję, że tak będzie. Widzisz, to ważne, byś zrozumiała, o ile byłoby ci trudniej, gdyby zamiast Molly leżała tu Millie. A jeśliby Millie umarła, ty musiałabyś zająć jej miejsce. Pomyśl tylko: właściwie nikt by cię nie szukał, a jeśli nawet ktoś by o ciebie wypytywał, powiedziałbym, że po śmierci ukochanej siostry postanowiłaś przeprowadzić się do rodziców do Nowej Zelandii.

– Dlaczego nie mogę zająć miejsca Millie? – wyszlochałam. – Dlaczego jej potrzebujesz?

– Bo będzie ją znacznie łatwiej nastraszyć niż ciebie. Poza tym wtedy będę miał wszystko, czego potrzebuję tutaj, na miejscu, i nie będę musiał więcej latać do Tajlandii.

– Nie rozumiem – wymamrotałam, ocierając policzki wierzchem dłoni. – Nie jeździsz do Tajlandii, żeby uprawiać seks z mężczyznami?

– Seks z mężczyznami? – Wydawał się rozbawiony tą myślą. – Mógłbym robić to tutaj, gdybym chciał. Ale nie chcę. Widzisz, seks mnie nie interesuje. Wyjeżdżam do Tajlandii, żeby oddawać się mojej największej namiętności, choć sam nie brudzę sobie rąk, jeśli wiesz, o czym mówię. Nie, jestem raczej obserwatorem i słuchaczem. – Kiedy spojrzałam na niego pytająco, pochylił się ku mnie i dodał szeptem: – Strach. Nie ma nic wspanialszego. Uwielbiam na niego patrzeć, uwielbiam wdychać jego zapach. A już najbardziej lubię go słuchać. – Poczułam, jak przeciąga językiem po moim policzku. – Lubię też jego smak.

— Brzydzę się tobą — syknęłam. — Jesteś jednym z najbardziej zepsutych, odrażających ludzi, jacy kiedykolwiek chodzili po tym świecie. I dopadnę cię, Jack. Obiecuję, że w końcu cię dopadnę.

— Nie zrobisz tego, jeśli najpierw dostanę w swoje ręce Millie, co właśnie zamierzam zrobić.

— Więc chcesz ją zabić — powiedziałam łamiącym się głosem.

— Zabić ją? Co by mi z tego przyszło? Nie, nie chcę zabić Millie, Grace. Chcę ją tylko trochę nastraszyć. No dobrze, zamierzasz zakopać tego psa czy mam go wyrzucić do śmietnika?

Nie kiwnął nawet palcem, żeby mi pomóc, stał jedynie z boku i przyglądał się, jak owijałam Molly w czarny worek, a potem zapłakana niosłam ją po schodach, przez kuchnię i na taras, o który niegdyś go poprosiłam. Drżąc z zimna i szoku, rozejrzałam się po rozległym ogrodzie. Zastanawiałam się, gdzie powinnam ją pochować.

Wyboru dokonał za mnie Jack — wskazał na żywopłot po drugiej stronie ogrodu i powiedział, że mam ją tam zakopać. Gdy doszliśmy na miejsce, zobaczyłam łopatę wbitą w ziemię, a świadomość, że zostawiając Molly na pewną śmierć, przygotował jej już grób, przyprawiła mnie o nowy paroksyzm płaczu. Podczas naszego pobytu w Tajlandii tu sporo padało, więc ziemia była wilgotna i miękka, lecz chyba nie byłabym w stanie wykopać dołu dla Molly, gdybym nie wyobrażała sobie, że to grób Jacka. Skończywszy, wyjęłam Molly z worka i trzymałam ją przez chwilę w ramionach. Myślałam o Millie i o tym, jak powiem jej, że suczka nie żyje.

— Nie przywrócisz jej życia, choćbyś ją ściskała przez cały dzień — warknął. — Kończ z tym.

W obawie, że wyszarpnie ją z moich rąk i wrzuci bezceremonialnie do dołu, delikatnie ułożyłam drobne ciało w grobie i przysypałam ziemią. Dopiero wtedy uświadomiłam sobie w pełni grozę tego, co się właśnie wydarzyło. Rzuciłam łopatę, pobiegłam za drzewo i gwałtownie zwymiotowałam.

– Będziesz musiała przywyknąć do takich rozrywek – zauważył, kiedy ocierałam usta wierzchem dłoni.

Słysząc te słowa, wpadłam w panikę. Pobiegłam z powrotem do miejsca, w którym zostawiłam łopatę, pochwyciłam ją, podniosłam nad głowę niczym miecz i ruszyłam prosto na Jacka, gotowa zatłuc go na śmierć. Nie miałam jednak szans w tym starciu – nim zdążyłam zadać choćby jeden cios, złapał za łopatę i wyszarpnął mi ją. Omal się nie przewróciłam, lecz zdołałam odzyskać równowagę, a potem poderwałam się do biegu, krzycząc głośno i wzywając pomocy. Kiedy zobaczyłam między drzewami okna sąsiedniego domu, popędziłam w tamtą stronę, rozglądając się dokoła i szukając wyjścia z ogrodu. Zrozumiawszy, że ogrodzenie jest zbyt wysokie, bym zdołała je pokonać, nabrałam powietrza w płuca, gotowa wrzeszczeć z całych sił i wykorzystać tę, być może jedyną, szansę na ucieczkę. W tej samej chwili potężny cios w plecy powalił mnie na ziemię, a dłoń Jacka zamknęła mi usta. Potem poderwał mnie do góry i wykręcił mi rękę.

– Rozumiem, że nie spieszy ci się do spotkania z Millie – wydyszał, prowadząc mnie w stronę domu. – Za to, co robiłaś w Tajlandii, odłożyłem tę wizytę o dwa tygodnie, a po dzisiejszej próbie ucieczki dokładam trzeci tydzień. Jeśli znów spróbujesz mi się sprzeciwić, nie zobaczysz jej przez cały miesiąc.

Szarpałam się i wierzgałam, próbując wyrwać rękę z jego uścisku i odsłonić usta, ale byłam bezsilna.

– Biedna Millie. – Westchnął z udawanym żalem, popychając mnie w stronę kuchni. – Pomyśli, że ją porzuciłaś, że po ślubie nie masz już dla niej czasu. – W końcu mnie puścił i odepchnął od siebie. – Posłuchaj, Grace. Jeśli nie będziesz robić żadnych głupstw, będę traktował cię przyzwoicie, bo właściwie nie mam powodów, żeby postępować inaczej. Jeśli jednak będziesz mi się sprzeciwiać, bez wahania odbiorę ci wszystkie przywileje. Rozumiesz?

Oparta o ścianę, drżąca ze zmęczenia lub z szoku, mogłam tylko skinąć głową.

– Świetnie. A teraz, zanim obejrzysz resztę domu, pewnie chętnie weźmiesz prysznic.

W moich oczach pojawiły się żałosne łzy wdzięczności.

– Nie jestem potworem – powiedział, marszcząc brwi. – A przynajmniej nie w takim sensie. Chodź, zaprowadzę cię do łazienki, a jak już poczujesz się lepiej, pokażę ci resztę domu.

Poszłam za nim do holu i na górę, nie zwracając nawet uwagi na otoczenie. Otworzył drzwi i wpuścił mnie do jasnego, przestronnego pokoju utrzymanego w spokojnej jasnozielonej i kremowej tonacji. Na podwójnym łóżku leżały narzuty i poduchy, które wybrałam podczas naszej wspólnej wyprawy po meble i sprzęty do wymarzonego domu. W tym nowym, wrogim świecie jawiły mi się jako starzy dobrzy przyjaciele dodający otuchy i nadziei.

– Podoba ci się? – spytał.

– Tak – przyznałam niechętnie.

– To dobrze. – Wydawał się zadowolony. – Tam jest

łazienka, a ubrania znajdziesz w szafie, tutaj. – Spojrzał na zegarek. – Daję ci piętnaście minut.

Wyszedł, zamykając za sobą drzwi. Zaciekawiona, zajrzałam do wielkiej szafy zajmującej całą ścianę po lewej stronie. Odsunąwszy drzwi, znalazłam tam ubrania, które wysłałam przed wyjazdem do Tajlandii. Moje koszulki i swetry leżały starannie złożone na półkach, a bielizna w specjalnych szufladach. W innej części szafy, w przezroczystych plastikowych pudełkach, stały moje buty. Wszystko wyglądało tak normalnie, że po raz kolejny poczułam dziwne oderwanie od rzeczywistości. Nie umiałam połączyć tego pięknego pokoju, który przygotował dla mnie Jack, i obietnicy prysznica ze wszystkim, co zaszło wcześniej. Miałam wrażenie, że jeśli położę się na łóżku i zasnę, po przebudzeniu przekonam się, że to był jedynie koszmar senny.

Podeszłam do okna i wyjrzałam na zewnątrz. Roztaczał się stąd widok na ogród różany. Gdy podziwiałam piękno kwiatów i delektowałam się spokojem popołudnia, nagły poryw wiatru pochwycił czarny foliowy worek, który utknął na jednym z krzewów. Zrozumiawszy, że to worek, w którym niosłam wcześniej Molly, krzyknęłam przeraźliwie, odwróciłam się i podbiegłam do drzwi. Miałam już wybiec na korytarz i rzucić się do ucieczki, kiedy nagle natknęłam się na ramię Jacka, blokujące mi drogę.

– Wybierasz się gdzieś? – spytał uprzejmym tonem. Spojrzałam na niego z przestrachem, próbując uspokoić rozszalałe serce. – Chyba nie chciałaś stąd wyjść, prawda?

Pomyślałam o Millie i o tym, jak bardzo będzie przygnębiona, kiedy nie pojawimy się u niej przez cały miesiąc. Zrozumiałam, że nie mogę sobie pozwolić na następną karę.

– Ręczniki – wymamrotałam. – Nie wiem, gdzie są ręczniki.

– Gdybyś rozejrzała się uważnie po łazience, znalazłabyś je. Pospiesz się, zostało ci tylko dziesięć minut.

Kiedy zamknął za mną drzwi, poszłam prosto do łazienki. Znajdowały się tam kabina prysznicowa, wanna, umywalka i sedes. Na szafce leżała sterta grubych ręczników. Zajrzałam do środka i zobaczyłam spory zapas butelek z szamponem, odżywką do włosów i żelem pod prysznic. Ogarnięta nagłym pragnieniem zmycia z siebie brudu, który zdawał się przenikać każdy por mojej skóry, rozebrałam się, odkręciłam kran i uzbrojona w odpowiednie sprzęty weszłam do kabiny. Ustawiłam wodę na najwyższą temperaturę, jaką mogłam znieść, umyłam włosy i wyszorowałam całe ciało, zastanawiając się, czy kiedykolwiek jeszcze poczuję się naprawdę czysta. Zostałabym pod prysznicem dłużej, ale nie wiedziałam, czy Jack nie wejdzie do łazienki i nie wyciągnie mnie z kabiny dokładnie po upływie dziesięciu minut, więc zakręciłam kurek i szybko się wytarłam.

W szafce pod umywalką znalazłam komplet nowych szczoteczek do zębów i pastę. Wykorzystałam dwie minuty cennego czasu na wyszorowanie zębów. Potem wbiegłam do pokoju, otworzyłam szafę, wyjęłam bieliznę, ściągnęłam z wieszaka jedną z sukienek i ubrałam się pospiesznie. Drzwi pokoju otworzyły się w momencie, gdy zasuwałam zamek sukienki.

– Dobrze – powiedział Jack. – Nie miałem ochoty wchodzić do łazienki i wyciągać cię spod prysznica, ale zrobiłbym to. – Wskazał głową na szafę. – Włóż coś na nogi. – Po chwili wahania wybrałam buty na niewielkich obcasach, a nie wygodne kapcie, do których tęskniły moje stopy, w nadziei, że dzięki temu nabiorę nieco pewności siebie. – A teraz obejrzymy dom. Mam nadzieję, że ci się spodoba.

Ruszyłam za nim w dół schodów, zastanawiając się, jakie to właściwie ma dla niego znaczenie, czy dom mi się spodoba, czy nie. Choć wolałabym zachować całkowitą obojętność, rozsądek podpowiadał mi, że dla własnego dobra powinnam okazywać zachwyt, na który najwyraźniej liczył.

– Potrzebowałem dwóch lat, żeby urządzić dom dokładnie tak, jak chciałem – zauważył, gdy zeszliśmy na parter. – Zwłaszcza że w ostatniej chwili musiałem dokonywać przeróbek, których wcześniej nie brałem pod uwagę. Na przykład pierwotnie kuchnia nie łączyła się z tarasem, ale dobudowałem go, bo uznałem to za świetny pomysł. Na szczęście udało mi się ukierunkować twoje życzenia ku temu, co już tu było – kontynuował. Potwierdził w ten sposób to, co podejrzewałam wcześniej: że gdy poprosił mnie o opisanie domu moich marzeń, manipulował mną tak, bym opisała dom, który kupił. – Jak pewnie pamiętasz, mówiłaś, że chcesz mieć na parterze toaletę dla gości, ale kiedy zaproponowałem garderobę, od razu się zgodziłaś. – Otworzył drzwi po prawej, odsłaniając pomieszczenie, w którym mieściły się szafa, duże lustro i oddzielna łazienka.

– Bardzo sprytnie – powiedziałam, odnosząc się do tego, jak mnie wymanewrował.

– Owszem, dosyć – zgodził się ze mną. Potem przeszedł w głąb holu i otworzył następne drzwi. – Mój gabinet i biblioteka.

Nim przeszliśmy dalej, zdołałam dojrzeć regały sięgające od podłogi do sufitu, wypełnione rzędami książek, oraz biurko stojące w niewielkiej wnęce.

– Do tego pomieszczenia nie będziesz przychodzić zbyt często – oznajmił, zatrzaskując drzwi gabinetu. Następnie zaprowadził mnie na drugą stronę holu i otworzył szerokie, podwójne drzwi, na które zwróciłam uwagę już wcześniej. – Salon i jadalnia.

Gestem zaprosił mnie do środka. Weszłam do jednego z najpiękniejszych pokojów, jakie kiedykolwiek widziałam. Lecz tym, co od razu przykuło moją uwagę, nie były cztery pary drzwi wychodzących na taras i różany ogród ani wysokie sufity, ani też elegancki łuk prowadzący do jadalni, lecz kominek i zawieszone nad nim *Świetliki* – obraz, który namalowałam dla Jacka.

– Doskonale pasuje do tego miejsca, prawda? – powiedział.

Gdy przypomniałam sobie, ile wysiłku włożyłam w stworzenie tego płótna i ile gorących pocałunków na nim złożyłam, zrobiło mi się niedobrze. Odwróciłam się bez słowa na pięcie i poszłam do holu.

– Czy to oznacza, że pokój ci się nie podoba? – spytał, wychodząc za mną.

– A niby dlaczego miałoby cię to obchodzić? – warknęłam w odpowiedzi.

– Nie żywię do ciebie osobistej urazy, Grace – tłumaczył cierpliwie. – Jak już mówiłem w Tajlandii, jesteś jedynie środkiem do osiągnięcia celu, o jakim zawsze marzyłem, więc to chyba całkiem naturalne, że czuję wobec ciebie pewną wdzięczność. Dlatego chciałbym, żebyś dobrze się tu czuła, przynajmniej do przybycia Millie. Obawiam się, że kiedy ona się tutaj pojawi, poczujesz się znacznie gorzej. I ona też, oczywiście. Nie miałaś jeszcze okazji obejrzeć dobrze kuchni, prawda? – Otworzył drzwi, a ja zobaczyłam bar śniadaniowy, który postanowił dla nas urządzić, wraz z czterema wysokimi, lśniącymi stołkami.

– Och, Millie będzie zachwycona! – wykrzyknęłam, wyobrażając sobie, jak moja ukochana siostrzyczka obraca się ze śmiechem na jednym ze stołków.

W następnej sekundzie przypomniałam sobie o wszystkim, co się ostatnio wydarzyło. Nagle zakręciło mi się w głowie, poczułam, jak osuwam się na podłogę. Widząc kątem oka, że Jack usiłuje mnie łapać, spróbowałam jeszcze odtrącić jego ręce, nim straciłam przytomność.

Kiedy otworzyłam oczy, czułam się cudownie wypoczęta i w pierwszej chwili pomyślałam, że jestem gdzieś na wakacjach. Wciąż senna i oszołomiona, rozejrzałam się dokoła, zobaczyłam na stoliku przy łóżku akcesoria do parzenia kawy i herbaty, uznałam więc, że jestem w hotelu, choć nie wiedziałam, gdzie dokładnie. Potem podniosłam wzrok na jasnozielone ściany, znajome i nieznajome jednocześnie, aż w końcu przypomniałam sobie, gdzie jestem. Zerwałam się z łóżka, podbiegłam do drzwi i próbowałam je otworzyć. Zrozumiawszy, że są zamknięte, zaczęłam walić w nie pięściami i krzyczeć, by mnie wypuścił.

Po chwili w zamku zazgrzytał klucz i drzwi się otworzyły.

– Na miłość boską, Grace – powiedział Jack, wyraźnie zirytowany. – Wystarczyło mnie zawołać.

– Jak śmiesz zamykać mnie na klucz! – krzyknęłam głosem drżącym z wściekłości.

– Zrobiłem to dla twojego dobra. Inaczej mogłabyś znów próbować ucieczki, a ja musiałbym odmówić ci kolejnej wizyty u Millie. – Odwrócił się i sięgnął po tacę, która leżała na małym stoliku przy drzwiach. – A teraz, jeśli mnie przepuścisz, dam ci coś do jedzenia.

Myśl o jedzeniu była kusząca: nie pamiętałam, kiedy ostatnio coś jadłam, ale musiało to być jeszcze przed wylotem z Tajlandii. Otwarte drzwi były jednak bardziej kuszące. Odsunęłam się nieco na bok, poczekałam, aż wejdzie do pokoju, a potem rzuciłam się na niego i wytrąciłam mu tacę z rąk. Przy akompaniamencie brzęku tłuczonego szkła i wściekłego wrzasku Jacka popędziłam do schodów i zbiegłam na dół. Dopiero wtedy zauważyłam, że na parterze jest całkiem ciemno. Przystanęłam na dole i przez chwilę szukałam po omacku włącznika światła. Nie znalazłszy go, przeszłam wzdłuż ściany do drzwi kuchni. Otworzyłam je i przekonałam się, że tu również jest ciemno. Przypomniałam sobie o drzwiach wychodzących z salonu na taras, przeszłam znów przez hol i odszukałam w ciemnościach podwójne drzwi. W salonie panował nieprzenikniony mrok i przejmująca cisza – w całym domu zrobiło się nagle przerażająco cicho – a mnie ogarnęło przerażenie. Myśl, że Jack może być wszędzie, że pewnie zszedł za mną po schodach i teraz stoi tuż obok, przyprawiła mnie o paroksyzm strachu.

Osunęłam się na podłogę przy drzwiach, podciągnęłam nogi pod brodę i zwinęłam się w kłębek, pewna, że lada moment poczuję na sobie jego ręce. To wyczekiwanie było straszne, a pomyślawszy, że być może poszuka mnie dopiero wtedy, gdy przyjdzie mu na to ochota, pożałowałam, że opuściłam swój pokój.

– Gdzie jesteś, Grace?

Jego głos dochodził gdzieś z holu, a melodyjny, łagodny ton jeszcze bardziej mnie przeraził. Słyszałam, jak wciąga powietrze przez nos.

– Och, uwielbiam zapach strachu – wydyszał.

Usłyszałam zbliżające się kroki i przywarłam mocniej do ściany. Nagle wszystko ucichło. Wytężyłam słuch, próbując się zorientować, gdzie jest, i w tej samej chwili poczułam ciepły oddech na policzku.

– Bu! – wyszeptał mi prosto do ucha.

Gdy rozpłakałam się z ulgi, że ta udręka dobiegła końca, on ryknął śmiechem. Potem rozległ się cichy szum i do pokoju wpłynęły pierwsze promienie słońca. Podniosłam wzrok i zobaczyłam, że Jack trzyma w ręce pilota.

– Zewnętrzne żaluzje ze stali – wyjaśnił. – Zamontowałem je na wszystkich oknach na dole. Nawet jeśli jakimś cudem uda ci się zejść na parter, kiedy będę w pracy, na pewno nie wyjdziesz z domu.

– Wypuść mnie, Jack – błagałam. – Proszę, puść mnie wolno.

– Dlaczego miałbym to robić? Coś mi się wydaje, że będę miał z tobą niezłą zabawę, szczególnie jeśli nadal będziesz próbowała uciekać. Przynajmniej zapewnisz mi rozrywkę do czasu, aż zamieszka z nami Millie. – Umilkł na moment, po czym dodał: – Właściwie zacząłem niemal żałować, że nie urządziłem wszystkiego tak, by wprowadziła się zaraz po naszym powrocie z podróży poślubnej. Pomyśl tylko, mogłaby tu przyjechać lada moment.

Wciągnęłam głośno powietrze.

– Naprawdę myślisz, że pozwolę Millie zbliżyć się do tego domu?! – krzyknęłam. – Albo tobie do niej?!

– Zdaje się, że odbyliśmy już podobną rozmowę w Tajlandii – odparł znudzonym głosem. – Im szybciej pogodzisz się z myślą, że machina ruszyła i że nie zdołasz jej w żaden

165

sposób powstrzymać, tym lepiej dla ciebie. Ucieczka jest niemożliwa. Teraz należysz wyłącznie do mnie.

– Jak możesz przypuszczać, że to wszystko ujdzie ci na sucho? Przecież nie będziesz więzić mnie tutaj bez końca! Co z twoimi przyjaciółmi, naszymi przyjaciółmi? Zdaje się, że mamy zjeść kolację z Moirą i Gilesem, kiedy oddamy im samochód.

– Powiem im dokładnie to samo, co zamierzam powiedzieć w szkole Millie... przypominam ci przy okazji, że zobaczysz ją dopiero za cztery tygodnie... czyli, że złapałaś w Tajlandii paskudnego wirusa i masz problemy z żołądkiem. A gdy w końcu pozwolę ci spotkać się z Millie, będę obserwował każdy twój ruch i słuchał każdego słowa. Jeśli spróbujesz się komuś poskarżyć, obie za to zapłacicie. Co do twoich przyjaciółek... cóż, jako szczęśliwa mężatka nie będziesz miała dla nich czasu. I kiedy przestaniesz odpowiadać na ich e-maile, one też o tobie zapomną. Oczywiście nie stanie się to od razu. Pozwolę ci kontaktować się z nimi sporadycznie, ale będę sprawdzał wszystkie twoje e-maile, na wypadek gdybyś próbowała im przekazać jakieś informacje. – Po krótkiej pauzie dodał: – Choć nie wyobrażam sobie, żebyś była aż tak głupia.

Do tego momentu nigdy nie wątpiłam, że zdołam mu uciec albo chociaż powiadomić kogoś, że jestem więziona, lecz w jego wyważonym, rzeczowym głosie było coś, co przyprawiło mnie o gęsią skórkę. Był absolutnie pewien, że wszystko ułoży się po jego myśli, że jego plan nie ma słabych punktów, a ja po raz pierwszy powątpiewałam, czy zdołam go przechytrzyć. Odprowadził mnie do pokoju i poinformował, że do jutra nie dostanę nic do jedzenia. Jedyne, o czym myślałam, to o tym, co zrobi Millie i mnie, jeśli znów spróbuję uciec. Nie mogłam sobie pozwolić na kolejny tydzień nieobecności w jej życiu, a na myśl o tym, jak bardzo będzie rozczarowana, gdy nie odwiedzę jej przez kilka niedziel z rzędu, poczułam się jeszcze gorzej.

*

Kiedy zwijałam się z głodu, przyszło mi głowy, że mogę przecież udawać zapalenie wyrostka robaczkowego. Jack musiałby wtedy zabrać mnie do szpitala, gdzie mogłabym powiedzieć komuś o swojej dramatycznej sytuacji. Przyniósł mi jedzenie następnego dnia, późnym wieczorem, a to oznaczało, że nie jadłam od ponad czterdziestu ośmiu godzin. Choć miałam ochotę rzucić się na wszystko, czym był łaskaw mnie nakarmić, trzymałam się jedynie za brzuch, jęczałam i udawałam, że ledwie żyję z bólu, co dzięki skurczom pustego żołądka nie było szczególnie trudne.

Niestety, Jack pozostał niewzruszony, lecz nazajutrz znalazł mnie zwiniętą w kłębek na łóżku, zgodził się przynieść aspirynę, o którą prosiłam, choć musiałam połknąć ją przy nim. Pod wieczór dosłownie wiłam się z bólu, a w nocy waliłam w drzwi, aż wreszcie przyszedł sprawdzić, o co mi chodzi. Powiedziałam, że dłużej nie wytrzymam i że musi wezwać pogotowie. Odmówił, ale obiecał sprowadzić lekarza, jeśli nie przejdzie mi do następnego dnia. Nie taki był mój zamysł, niemniej uznałam, że lepsze to niż nic. Wiedząc po doświadczeniach z Tajlandii, że nie mogę popadać w histerię, zaplanowałam starannie, co powiem lekarzowi.

Nie przewidziałam jednak, że Jack będzie mi towarzyszył podczas badania. Za każdym razem, gdy lekarz dotykał mojego brzucha, udawałam ogromne cierpienie i obmyślałam gorączkowo następny krok, świadoma, że jeśli nie wykorzystam tej okazji, cały spektakl i kilkudniowa głodówka pójdą na marne. Spytałam lekarza, czy mogłabym porozmawiać z nim w cztery oczy, sugerując, że źródłem bólu mogą być problemy ginekologiczne, więc doktor poprosił Jacka, by zostawił nas na chwilę samych.

Później zastanawiałam się, dlaczego nie przyszło mi do głowy, że Jack tak łatwo zgodził się opuścić pokój. Bo był całkiem spokojny o wynik mojej rozmowy z lekarzem. Czujności nie wzbudził też pełen współczucia uśmiech doktora, który wysłuchiwał opowieści o moim dramacie. Dopiero gdy zapytał mnie o ostatnią próbę samobójczą i historię rzekomej depresji, uświadomiłam sobie, że Jack przewidział wszystko, jeszcze zanim lekarz wszedł do mojego pokoju. Przerażona, błagałam, by uwierzył, że Jack nie jest osobą, za jaką się podaje. Powtórzyłam mu historię o tym, jak pobił na śmierć matkę, a potem zrzucił winę na ojca. Wkrótce jednak zdałam sobie sprawę, jak nieprawdopodobnie to brzmi, a kiedy lekarz wypisywał receptę na prozac, wpadłam w histerię, która tylko uwiarygodniła to, co usłyszał od Jacka, że cierpię na psychozę maniakalno-depresyjną. Miał nawet dokumenty świadczące o moim zachowaniu – kopię diagnozy potwierdzającej przedawkowanie środków usypiających oraz raport kierownika hotelu w Tajlandii opisujący sytuację w lobby pierwszego wieczoru po przylocie.

Zdruzgotana tym niepowodzeniem, znów nabrałam przekonania, że nie mam szans na wygraną w tej wojnie. Skoro nie zdołałam przekonać profesjonalisty choćby do zastanowienia się nad tym, co powiedziałam, to jak mam sprawić, by zrozumiał mnie ktokolwiek? Co istotniejsze, jak mam swobodnie z kimś porozmawiać, skoro Jack nie pozwala mi komunikować się swobodnie ze światem?

Zaczął kontrolować wiadomości przychodzące na moją pocztę elektroniczną. Odpowiedzi dyktował mi sam lub sprawdzał dokładnie wszystko, co napisałam. Ponieważ przez cały czas byłam zamknięta w swoim pokoju, nie miałam również dostępu do telefonu, a jeśli Jacka akurat nie było w domu, dzwoniący zostawiali wiadomości na automatycznej sekretarce. Jeśli chcieli rozmawiać ze mną, Jack mówił, że jestem pod prysznicem albo na zakupach i oddzwonię później. Niekiedy pozwalał mi oddzwaniać, ale wtedy stał przy mnie i słuchał wszystkiego, co mówiłam. Nie ośmieliłam się mu jednak sprzeciwić, bo rozmowa z lekarzem kosztowała mnie kolejną wizytę u Millie, a także skutkowała zabraniem prawa do parzenia herbaty i kawy w swoim pokoju. Wiedziałam, że jeśli mam zobaczyć Millie w najbliższej przyszłości, muszę zachowywać się dokładnie tak, jak chce tego Jack, przynajmniej przez jakiś czas. Dlatego poddawałam się bez słowa skargi wszystkim ograniczeniom, które na mnie nakładał. Kiedy przynosił jedzenie – wtedy jeszcze rano i wieczorem – zawsze siedziałam przygarbiona na łóżku, spokojna i uległa.

Moim rodzicom, którzy wkrótce mieli przeprowadzić się do Nowej Zelandii, tajemniczy wirus, jakim rzekomo zaraziłam się w Tajlandii, który powstrzymuje mnie przed odwiedzeniem Millie, wydawał się podejrzany. Aby zniechęcić ich do wizyt, Jack powiedział, że to choroba zakaźna, lecz sądząc po ich niepokojących telefonach, martwili się, że po wyjściu za mąż straciłam zainteresowanie siostrą.

Widziałam się z nimi tylko raz, przed wyjazdem, gdy przyszli z krótką wizytą. Właśnie wtedy, podczas szybkiej wycieczki po domu, zobaczyłam wreszcie pozostałe pomieszczenia na pierwszym piętrze. Wcześniej Jack kazał mi uprzątnąć wszystkie moje rzeczy, by pokój, w którym przebywałam, sprawiał wrażenie pokoju gościnnego, rozrzucił też moje ubrania w swojej sypialni, co miało świadczyć o tym, że ja również tam śpię. Pragnęłam powiedzieć rodzicom prawdę, błagać ich o pomoc, ale zamknięta w mocnym uścisku Jacka nie potrafiłam zebrać się na odwagę.

Być może coś bym powiedziała, gdyby nie pokój Millie. Kiedy rodzice zachwycali się jasnożółtymi ścianami, pięknym wystrojem i wygodnym łóżkiem zarzuconym poduchami, nie mogłam uwierzyć, że Jack zadałby sobie tyle trudu, mając wobec niej złe zamiary. To dało mi nadzieję. Może gdzieś w głębi jego duszy zachowała się odrobina przyzwoitości; może będzie mnie kontrolował, ale Millie zostawi w spokoju.

W weekend po wyjeździe rodziców zabrał mnie w końcu do siostry. Od naszego powrotu z Tajlandii minęło pięć długich tygodni, do tego czasu całkiem wyzdrowiała, więc mogliśmy zabrać ją na lunch. Jednak Millie, którą zobaczyłam po przybyciu do szkoły, różniła się znacząco od szczęśliwej dziewczynki, którą tu zostawiłam.

Rodzice wspominali, że podczas naszego wyjazdu dziwnie się zachowywała. Złożyłam to na karb rozczarowania faktem, że nie była moją druhną. Miała mi też za złe, że nie odwiedziłam jej zaraz po powrocie, bo w trakcie naszych rozmów telefonicznych, gdy Jack stał nade mną i dyszał mi w kark, prawie się do mnie nie odzywała. Choć ja szybko zjednałam ją sobie pamiątkami, które pozwolił mi kupić na lotnisku, oraz nowym audiobookiem z powieścią Agathy Christie, to mojego męża praktycznie ignorowała. Był z tego powodu wściekły, szczególnie że towarzyszyła nam Janice. Próbowałam udawać, że Millie jest przygnębiona, bo nie przywieźliśmy Molly, ale ponieważ moja siostra wcale się nie zmartwiła, gdy powiedziałam jej wcześniej, że suczka została w ogrodzie, nie wyglądało to wiarygodnie. Jack próbował ratować sytuację obietnicą zabrania nas na lunch do nowego hotelu, lecz Millie odparła, że nigdzie z nim nie pójdzie i nie chce także, aby z nami mieszkał. Chcąc rozładować nieco atmosferę, Janice dyplomatycznie zabrała Millie do szatni po płaszcz, a Jack natychmiast wykorzystał okazję do poinformowania mnie, że jeśli moja siostra nie zmieni nastawienia, on dopilnuje, żebym nigdy więcej jej nie zobaczyła.

Szukając jakiegoś usprawiedliwienia dla zachowania Millie, powiedziałam, że najprawdopodobniej nie zdawała sobie do tej pory sprawy, że będąc małżeństwem, zamieszkamy ze sobą, a poza tym cierpi z powodu dzielenia się mną. Oczywiście ani przez moment w to nie wierzyłam – Millie doskonale wiedziała, że małżeństwo oznacza mieszkanie razem – zdawałam sobie też sprawę, że muszę znaleźć rzeczywiste przyczyny jej niechęci do Jacka, nim ten straci cierpliwość i spełni swoje groźby. Nie miałam jednak pojęcia, jak zdołam porozmawiać z nią na osobności, skoro on nie odstępował mnie na krok.

Taka okazja nadarzyła się w hotelu, do którego Jack zabrał nas na lunch. Pod koniec posiłku Millie poprosiła mnie, bym poszła z nią do toalety. Zrozumiawszy, że to być może jedyna szansa na szczerą rozmowę z siostrą, podniosłam się z krzesła, ale w tej samej chwili Jack stwierdził, że może iść do toalety sama. Millie jednak obstawała przy swoim, mówiła coraz głośniej i głośniej, aż w końcu ustąpił. Lecz poszedł z nami. Damskie toalety znajdowały się na końcu krótkiego korytarza, co oznaczało, że nie mógł nam towarzyszyć, nie wzbudzając niczyich podejrzeń. Odciągnął mnie więc i powiedział złowieszczym szeptem, że nie wolno mi nawet pisnąć Millie – ani nikomu innemu – o tym, co się dzieje, że będzie na nas czekał na korytarzu, i ostrzegł, abyśmy nie przebywały w toalecie zbyt długo.

– Grace, Grace! – zawołała Millie, gdy tylko zostałyśmy same. – Jack zły człowiek, bardzo zły człowiek. Pchnął mnie, pchnął mnie ze schodów!

Przyłożyłam palec do ust, dając jej znak, żeby była cicho, po czym rozejrzałam się z przestrachem dokoła. Szczęśliwie wszystkie kabiny były puste.

– Nie, Millie – wyszeptałam, obawiając się, że wszedł do korytarza i teraz nasłuchuje pod drzwiami. – Jack by tego nie zrobił.

– On mnie pchnął, Grace! Pod urzędem, pchnął mnie mocno, o tak! – Trąciła mnie silnie ramieniem. – Zrobił mi krzywdę, złamał nogę.

– Nie, Millie, nie! – uciszałam ją. – Jack jest dobrym człowiekiem.

– Nie, nie dobrym – upierała się. – Jack zły człowiek, bardzo zły człowiek.

– Nie wolno ci tak mówić, Millie! Nie mówiłaś o tym nikomu, prawda? Nie mówiłaś nikomu tego, co mi właśnie powiedziałaś?

Pokręciła energicznie głową.

– Mówisz, żeby zawsze Grace mówić najpierw. Ale teraz powiem Janice, że Jack zły człowiek.

– Nie, Millie, nie wolno, nie wolno ci mówić o tym nikomu!

– Dlaczego? Grace mi nie wierzy.

Zastanawiałam się gorączkowo, co jej powiedzieć. Wiedziałam już, do czego zdolny jest Jack, a oskarżenie Millie nabrało jeszcze większego sensu, gdy przypomniałam sobie, że od początku nie chciał, by była druhną.

– Posłuchaj, Millie. – Ujęłam czule dłonie siostry i spojrzałam jej w oczy. Wiedziałam, że Jack zrobi się podejrzliwy, jeśli nie będzie nas zbyt długo. – Zabawimy się w sekrety? Będziemy miały wspólną tajemnicę, tylko ja i ty, co? Pamiętasz Rosie? – spytałam, odnosząc się do jej niewidzialnej przyjaciółki, którą wymyśliła jako dziecko, by zrzucać na nią winę za wszystkie swoje postępki.

Pokiwała szybko głową.

– Rosie robi złe rzeczy, nie Millie.

– Tak, wiem – potwierdziłam z powagą. – Była bardzo niegrzeczna.

Millie zrobiła tak skruszoną minę, że nie mogłam powstrzymać uśmiechu.

– Nie lubię Rosie, Rosie zła, jak Jack.

– Ale to nie Jack zepchnął cię ze schodów.

– Jack – powtórzyła z uporem.

– Nie. To był ktoś inny.

Spojrzała na mnie podejrzliwie.

– Kto?

Gorączkowo szukałam w myślach jakiegoś imienia.

– George Clooney.

Millie wpatrywała się we mnie przez chwilę.

– Dżordż Kuny?

– Tak. Nie lubisz George'a Clooneya, prawda?

– Nie, nie lubię – przyznała.

– To właśnie on zepchnął cię ze schodów, nie Jack.

Millie zmarszczyła brwi.

– Nie Jack?

– Nie, nie Jack. Lubisz Jacka, Millie, bardzo go lubisz. – Potrząsnęłam nią lekko. – To bardzo ważne, żebyś lubiła Jacka. To nie on zepchnął cię ze schodów, to George Clooney. Rozumiesz? Musisz lubić Jacka, Millie, dla mnie.

Przyjrzała mi się uważnie.

– Ty wystraszona.

– Tak, Millie, jestem wystraszona. Więc proszę, powiedz mi, że lubisz Jacka. To bardzo ważne.

– Lubię Jacka – powtórzyła posłusznie.

– Świetnie, Millie.

– Ale nie lubię Dżordża Kuny.

– Nie, nie lubisz go ani trochę.

– On zły, on zepchnął mnie ze schodów.

– Tak, on to zrobił. Lecz nie musisz mówić o tym innym ludziom. Nie wolno ci mówić, że George Clooney zepchnął cię ze schodów. To tajemnica, jak Rosie. Mów, że lubisz Jacka. To nie tajemnica. I mów Jackowi, że go lubisz. Rozumiesz?

– Rozumiem. – Skinęła głową. – Mam mówić Jackowi, że go lubię.

– Tak.

– I mówić mu, że nie lubię Dżordża Kuny?

– Tak, to też możesz mu powiedzieć.

Pochyliła się do mnie.

– Ale Jack to Dżordż Kuny, Dżordż Kuny to Jack – wyszeptała.

– Tak, Millie, Jack jest George'em Clooneyem, ale tylko my o tym wiemy – odpowiedziałam szeptem. – Rozumiesz, co mam na myśli? To sekret, nasz sekret, jak Rosie.

– Jack zły człowiek, Grace.

– Tak, Jack zły człowiek. Ale to też nasza tajemnica. Nie wolno mówić o tym nikomu.

– Nie mieszkam z nim. Boję się.

– Wiem.

– To co zrobisz?

– Jeszcze nie wiem, ale znajdę jakieś rozwiązanie.

– Obiecujesz?

– Obiecuję.

Znów przyjrzała mi się uważniej.

– Grace smutna.

– Tak, Grace smutna.

– Nie martw się, Millie tutaj. Millie pomoże Grace.

– Dziękuję – odparłam, ściskając ją mocno. – Pamiętaj, Millie, lubisz Jacka.

– Nie zapomnę.

– I nie wolno ci mówić, że nie chcesz z nim mieszkać.

– Nie powiem.

– Dobrze, Millie.

Jack czekał na zewnątrz zniecierpliwiony.

– Dlaczego siedziałyście tam tak długo? – spytał, spoglądając na mnie znacząco.

– Mam okres – oznajmiła Millie z powagą. – Potrzebuję dużo czasu na okres.

– Wybierzemy się jeszcze na spacer?

– Tak, lubię spacer.

– Może znajdziemy po drodze jakąś budkę z lodami.

Pamiętając o tym, co jej powiedziałam, Millie uśmiecha się promiennie.

– Dziękuję, Jack.

– Wygląda na to, że humor trochę się jej poprawił – zauważył Jack, gdy Millie podskakiwała przed nami radośnie.

– Wytłumaczyłam jej w toalecie, że teraz już zawsze będziesz ze mną, że to normalne, a ona zrozumiała, że będzie musiała się mną dzielić.

– Jeśli rzeczywiście powiedziałaś tylko tyle.

– Tak, właśnie tyle.

*

Kiedy godzinę później odwieźliśmy Millie do szkoły, Janice już na nią czekała.

– Wygląda na to, że dobrze się bawiłaś, Millie – powiedziała z uśmiechem.

– Tak – przyznała moja siostra. Odwróciła się do Jacka. – Lubię cię, Jack, ty miły.

– Cieszę się, że tak myślisz. – Skinął głową, spoglądając jednocześnie na Janice.

– Ale nie lubię Dżordża Kuny.

– To mi nie przeszkadza – odparł. – Ja też go nie lubię.

W odpowiedzi Millie ryknęła śmiechem.

TERAZ

Dziś wieczorem idziemy do Rufusa i Esther, a jutro odwiedzamy Millie. Jestem pewna, że do niej pojedziemy, bo wczoraj wieczorem Janice pozwoliła sobie zadzwonić do nas, aby się upewnić, czy się pojawimy. Wygląda na to, że ma rodzinną uroczystość, której nie może opuścić, a jeśli nie przyjedziemy, Millie zostanie bez opieki. Wydaje mi się jednak, że to tylko wymówka, bo od trzech tygodni nie byliśmy u mojej siostry. Moim zdaniem Janice jest zirytowana tym, że nie odwiedzamy Millie regularnie i nie zabieramy jej ze sobą, ale Jack to ignoruje, co mnie dziwi. Myśli tylko o tym, by mnie ukarać, zapominając, że wcześniej czy później Janice może podać w wątpliwość nasze dobre zamiary wobec Millie. Ponieważ jednak działa w ten sposób na moją korzyść, nie zamierzam zwracać mu na to uwagi.

Może dzięki świadomości, że jutro zobaczę Millie, czuję się mniej zestresowana wieczornym wyjściem. Kolacje u przyjaciół są dla mnie jak spacer po polu minowym, bo a nuż zrobię lub powiem coś, co Jack wykorzysta potem przeciwko mnie. Cieszę się, że nie wpadłam w pułapkę, którą na mnie zastawił, zaznaczając niektóre słowa w książce Esther, choć muszę też uważać, by nie powiedzieć jej czegoś, co Jack mógłby opacznie zrozumieć.

Zabrał książkę, gdy przyniósł mi rano śniadanie, a ja śmiałam się po cichu na myśl, że na próżno przegląda uważnie każdą stronę, szukając tajemnych znaków, może fraz albo słów zaznaczonych paznokciem. Najwyraźniej zdenerwował się, nie znalazłszy niczego, bo spędził większość dnia w piwnicy, co nigdy nie wróży dobrze. A przy tym jest nudne. Kiedy chodzi po domu, mogę przynajmniej bawić się w odgadywanie jego ruchów, próbuję domyślać się, co robi w poszczególnych pomieszczeniach, jedynie na podstawie dobiegających stamtąd dźwięków.

Wiem, że w tej chwili jest w kuchni i że właśnie zrobił sobie herbatę, ponieważ kilka minut wcześniej słyszałam, jak napełniał wodą czajnik elektryczny, słyszałam również, jak czajnik się wyłączył. Zazdroszczę Jackowi. Jedną z wielu niedogodności, jakie niesie ze sobą życie więźnia, jest to, że nie mogę zrobić sobie herbaty, kiedy mam na to ochotę. Bardzo mi brakuje własnego czajnika oraz zwykłego dostępu do herbaty i mleka. Muszę przyznać, że początkowo miałam tu naprawdę komfortowe warunki.

Słońce zniża się powoli nad horyzontem, zatem jest gdzieś około szóstej wieczorem, a ponieważ mamy być u Esther na siódmą, Jack zapewne wpuści mnie wkrótce do sąsiedniego pokoju – mojej pierwszej sypialni – bym mogła przygotować się do wyjścia. I rzeczywiście, po chwili słyszę jego kroki na schodach. Kilka sekund później przekręca klucz w zamku i otwiera drzwi.

Na jego widok jak zawsze nie mogę się nadziwić, że wygląda całkiem normalnie, bo przecież powinno być coś –

spiczaste uszy lub rogi – co ostrzegałoby ludzi przed jego prawdziwą, podłą naturą. Staje z boku, by mnie przepuścić, a ja przechodzę szybko do drugiego pokoju, zadowolona, że mogę się w końcu przebrać, że mogę włożyć coś innego niż czarną piżamę i kapcie. Odsuwam drzwi szafy i czekam, aż Jack powie mi, co mam wybrać. Nie odzywa się, co oznacza, że chce się zabawić moim kosztem i dać mi fałszywą nadzieję: najpierw pozwoli mi włożyć, co zechcę, a potem, jak tylko się przebiorę, każe mi to zdjąć. Może dlatego, że przejrzałam jego podstęp z książką, postanawiam zaryzykować i wybrać sukienkę, której wcale nie chcę włożyć, bo jest czarna. Zdejmuję piżamę. Czuję się skrępowana, gdy Jack patrzy na moją nagość, ale nie mogę na to nic poradzić – dawno już straciłam prawo do prywatności.

– Robisz się chorobliwie chuda – zauważa, kiedy wkładam bieliznę.

– Może powinieneś mi częściej przynosić coś do jedzenia – sugeruję.

– Może powinienem – przyznaje.

Wkładam czarną sukienkę i zasuwając zamek, zaczynam podejrzewać, że podjęłam niewłaściwą decyzję.

– Zdejmij to – rozkazuje nagle, gdy wygładzam materiał. – Włóż tę czerwoną.

Udając rozczarowanie, ściągam czarną sukienkę. Jestem zadowolona, bo udało mi się go przechytrzyć – kazał mi włożyć to, co w rzeczywistości bym wybrała. Naciągam czerwoną sukienkę i być może ze względu na jej kolor czuję większą pewność siebie. Podchodzę do toaletki, siadam przed lustrem i po raz pierwszy od wielu tygodni patrzę na swoje odbicie. Pierwsza myśl: powinnam wyregulować brwi. Choć nie cierpię robić takich rzeczy w obecności Jacka, wyjmuję z szuflady pęsetę i zabieram się do pracy. Musiałam wynegocjować prawo do depilowania woskiem nóg, tłumacząc Jackowi, że z owłosionymi nie będę mogła odgrywać idealnej żony. Na szczęście zgodził się dodać wosk do minimalnego zestawu kosmetyków, który przynosi mi co miesiąc.

Po wyregulowaniu brwi robię sobie makijaż. Ze względu na suknię wybieram jaskrawszą szminkę niż zwykle. Wstaję, podchodzę do szafy i przeglądam pudełka z butami, szukając wysokich, czerwono-czarnych szpilek. Znajduję je, wkładam, zdejmuję z półki dopasowaną kolorem torebkę i podaję ją Jackowi. Otwiera torebkę i zagląda do środka, sprawdzając, czy w ciągu ostatnich trzech tygodni nie zdołałam wyczarować kartki i ołówka, przenieść ich jakimś cudownym sposobem przez ceglaną ścianę i włożyć do torebki. Oddaje mi torebkę, mierzy mnie wzrokiem i kiwa z aprobatą głową, czego – jak na ironię – większość kobiet nawet nie oczekuje od swoich mężów.

Schodzimy na parter, w holu Jack wyjmuje z szafy mój płaszcz i przytrzymuje go, podczas gdy ja wsuwam ręce w rękawy. Na podjeździe otwiera przede mną drzwi samochodu i czeka, aż wsiądę. Kiedy je zatrzaskuje, po raz kolejny łapię się na tej samej myśli: szkoda, że jest takim sadystycznym sukinsynem, bo ma doskonałe maniery.

Przyjeżdżamy do domu Rufusa i Esther. Jack wręcza gospodyni wielki bukiet kwiatów, butelkę szampana oraz książkę, którą zapewne doprowadził do porządku. Esther pyta, co o niej myślę, a ja mówię jej to samo co Jackowi – że z trudem przez nią przebrnęłam, bo zwykle nie czytam takich książek. Wydaje się rozczarowana, toteż zastanawiam się, czy to jednak nie ona podkreśliła te słowa. Spanikowana, obserwuję ją uważnie, lecz nic nie wskazuje na to, że przegapiłam okazję, więc powoli odzyskuję spokój.

Przechodzimy dalej, gdzie czekają już Diane i Adam. Jack cały czas obejmuje mnie w talii. Nie wiem, czy to dlatego, że traktuje mnie dziś wyjątkowo przyzwoicie, czy też dlatego, że noszę suknię, którą sama sobie wybrałam, ale kiedy opróżniamy kieliszki i przechodzimy do stołu, zaczynam się czuć jak normalna kobieta na normalnym przyjęciu, a nie jak więzień w towarzystwie strażnika. A może po prostu wypiłam za dużo szampana. Jedząc pyszną kolację, którą przygotowała dla nas Esther, czuję na sobie badawcze spojrzenie Jacka, bo jem i mówię znacznie więcej niż zwykle.

– Jesteś dziś wyjątkowo zamyślony, Jack – zauważa Esther.

– Och, myślę o tym, jak bardzo chciałbym, żeby Millie była już z nami – odpowiada, a ja przypuszczam, że przywołuje mnie w ten sposób do porządku.

– To już chyba niedługo, prawda?

– Siedemdziesiąt pięć dni. – Jack wzdycha. – Wiedziałaś o tym, Grace? Jeszcze tylko siedemdziesiąt pięć dni i Millie wprowadzi się do swojego ślicznego czerwonego pokoju i zamieszka z nami na dobre.

Miałam właśnie upić łyk wina, ale zszokowana zatrzymuję nagle rękę. Odrobina czerwonego płynu przelewa się przez krawędź kieliszka.

– Nie, nie wiedziałam – mówię, zastanawiając się, jak mogę siedzieć tu spokojnie, skoro czas ucieka, jak mogłam zapomnieć choćby na minutę o swojej straszliwej sytuacji. Siedemdziesiąt pięć dni... Jak to możliwe, że zostało tak mało czasu? A co istotniejsze, jak zdołam uciec w tym okresie, skoro nie byłam w stanie zrobić tego w ciągu trzystu siedemdziesięciu pięciu dni, które minęły od naszego powrotu z miesiąca miodowego? Wtedy, po pierwszym szoku i po wszystkim, co spotkało mnie w Tajlandii i w nowym domu, właściwie nigdy nie wątpiłam, że uda mi się uciec, zanim zamieszka z nami Millie. Po każdej nieudanej próbie myślałam już o następnej, lecz od ostatniego niepowodzenia, czyli od sześciu miesięcy, nie robiłam nic w tym kierunku.

– Dalej, Grace – mówi Jack, wskazując z uśmiechem na mój kieliszek z winem. Wpatruję się w niego tępo, podczas gdy on podnosi swój kieliszek. – Wypijmy za przyjazd Millie. – Rozgląda się. – Właściwie może wszyscy wypijemy za Millie?

– Dobry pomysł – odpowiada Adam, wznosząc toast. – Za Millie.

– Za Millie – dołączają pozostali, a ja zmagam się z paniką. Świadoma, że Esther przygląda mi się z zaciekawieniem, podnoszę szybko kieliszek. Mam tylko nadzieję, że nasza gospodyni nie widzi, jak drży mi ręka.

– Skoro już jesteśmy w uroczystym nastroju – odzywa się Adam – to może zechcecie podnieść kieliszki jeszcze raz. – Wszyscy patrzą na niego z zainteresowaniem. – Diane spodziewa się dziecka! Emily i Jasper będą mieli braciszka lub siostrzyczkę!

– Co za cudowna wiadomość! – cieszy się Esther. – Nie uważasz, Grace?

Ku własnemu przerażeniu wybucham płaczem.

Przy stole zapada cisza, a ja na myśl o tym, jaką karę wymierzy mi Jack za ten brak samokontroli, szlocham jeszcze głośniej. Próbuję powstrzymać łzy, ale nie mogę. Straszliwie zawstydzona, podnoszę się z krzesła, uświadamiając sobie, że Diane jest u mojego boku i próbuje mnie pocieszać. Ale to Jack bierze mnie w ramiona – bo któż by inny? – trzyma mocno, opiera moją głowę o ramię, wypowiada ciche słowa pocieszenia, a ja płaczę coraz głośniej, myśląc o tym, jak mogłoby wyglądać moje życie, jak je sobie wyobrażałam. Po raz pierwszy chcę się poddać, chcę umrzeć, bo nagle brakuje mi sił, nie widzę żadnego rozwiązania.

– Nie mogę tak dłużej – szlocham, nie dbając o to, że wszyscy nas słyszą.

– Wiem – odpowiada kojącym tonem. – Wiem. – Brzmi to tak, jakby przyznawał, że posunął się za daleko, i przez ułamek sekundy wierzę, że wszystko będzie dobrze. – Chyba powinniśmy im powiedzieć, prawda? – Podnosi głowę. – W zeszłym tygodniu Grace poroniła – oznajmia. – Niestety, nie po raz pierwszy.

Dokoła rozlegają się westchnienia, przez moment wszyscy milczą, a potem zaczynają przemawiać do nas przytłumionymi głosami, składać wyrazy współczucia. Choć wiem, że wszystkie te kojące słowa odnoszą się do poronienia, którego nigdy nie było, udaje mi się wrócić dzięki nim do równowagi i pohamować płacz.

– Przepraszam – mówię do Jacka w nadziei, że choć trochę uśmierzę gniew, któremu będę potem musiała stawić czoło.

– Nie bądź niemądra – mówi Diane, klepiąc mnie po ramieniu. – Ale szkoda, że nie powiedziałaś nam wcześniej. Głupio mi teraz, że Adam poinformował was o mojej ciąży w ten sposób.

– Nie mogę tak dłużej – powtarzam, wciąż zwracając się do Jacka.

– Będzie ci znacznie łatwiej, jeśli po prostu wszystko zaakceptujesz – odpowiada.

– Nie możemy wyłączyć z tego Millie? – pytam zdesperowana.

– Obawiam się, że nie – mówi z powagą.

– Millie nie musi wiedzieć, prawda? – dziwi się Esther.

– Nie ma sensu jej denerwować. – Diane marszczy brwi.

Jack odwraca się do nich.

– Macie rację, to jasne. Nierozsądnie byłoby mówić Millie o poronieniu Grace. Chyba powinienem zabrać ją do domu. Mam nadzieję, że wybaczysz mi tę nagłą zmianę planów, Esther.

– Nie ma takiej potrzeby – mówię szybko. Nie chcę wychodzić z tego bezpiecznego miejsca, bo dobrze wiem, co mnie czeka w domu. Wysuwam się z ramion Jacka, przerażona myślą, że tak długo szukałam w nich pocieszenia. – Naprawdę czuję się już znacznie lepiej i chciałabym zostać.

– To wspaniale, proszę, usiądź, Grace. – Dostrzegam w oczach Esther wstyd i domyślam się, że uwaga dotycząca ciąży Diane, skierowana pod moim adresem, była prowokacją, i teraz Esther czuje się winna. – Przepraszam – mówi cicho, gdy zajmuję ponownie swoje miejsce. – Przykro mi z powodu twojego poronienia.

– W porządku – odpowiadam. – Proszę, zapomnijmy o tym.

Pijąc kawę podaną przez Esther, bardzo się staram dobrze zachowywać. Popełniłam straszliwy błąd, tracąc nad sobą kontrolę. Muszę się zrehabilitować, jeśli chcę jutro zobaczyć Millie, więc patrzę z czułością na Jacka i wyjaśniam wszystkim, że rozpłakałam się, bo wciąż nie mogę dać mężowi tego, czego pragnie najbardziej, czyli dziecka. Gdy wstajemy od stołu, wszyscy z podziwem mówią o tym, jak szybko odzyskałam pogodę ducha. Mam wrażenie, że Esther lubi mnie o wiele bardziej niż przedtem, co mnie szczerze cieszy, nawet jeśli jedyną przyczyną jest rzekome poronienie.

Zderzam się ponownie z bolesną rzeczywistością podczas powrotu do domu. Ponure milczenie Jacka mówi mi, że bez względu na to, jak bardzo starałam się naprawić swój błąd, będę musiała za niego zapłacić. Nie mogę znieść myśli, że nie zobaczę Millie, a gdy z moich oczu wypływają niechciane łzy, jestem zszokowana tym, jak bardzo stałam się słaba.

Przyjeżdżamy do domu, Jack otwiera drzwi i wchodzimy do holu.

– Wiesz, nigdy nie kwestionowałem tego, kim jestem – mówi w zamyśleniu, pomagając mi zdjąć płaszcz. – Ale dziś wieczorem, przez ułamek sekundy, kiedy trzymałem cię w ramionach i kiedy wszyscy nam współczuli, poczułem, co znaczy być normalnym.

– Mógłbyś taki być! – mówię. – Mógłbyś, gdybyś tylko chciał! Można ci pomóc, Jack, wiem, że można to zrobić!

Uśmiecha się, rozbawiony moim entuzjazmem.

– Problem w tym, że ja nie chcę pomocy. Lubię być tym, kim jestem, bardzo to lubię. A polubię jeszcze bardziej za siedemdziesiąt pięć dni, gdy zamieszka u nas Millie. Szkoda, że nie zobaczymy się z nią jutro. Niemal za nią tęsknię.

– Proszę, Jack – mówię błagalnym tonem.

– Cóż, z pewnością nie mogę puścić płazem twojego skandalicznego zachowania, więc jeśli chcesz zobaczyć jutro Millie, wiesz, co masz robić.

– Nie mogłeś ścierpieć, że nie wpadłam w twoją żałosną pułapkę, co? – mówię, uświadamiając sobie, że celowo wspomniał przy kolacji o Millie, by wyprowadzić mnie z równowagi.

– Żałosną pułapkę?

– Tak, zgadza się, żałosną. Nie mogłeś wymyślić czegoś lepszego niż podkreślanie słów w książce?

– Naprawdę robisz się ostatnio zbyt cwana – odpowiada ze złością. – Tak czy inaczej, muszę cię ukarać.

Kręcę ze smutkiem głową.

– Nie, nie mogę, Jack. Mam już dość. Naprawdę. Mam dość.

– Ale ja nie. I jeszcze długo nie będę miał dość. Właściwie jeszcze na dobre nie zacząłem. W tym właśnie problem. Im bliżej jestem tego, czego brakuje mi od tak dawna, tym bardziej tego pragnę. Jestem już zmęczony czekaniem, aż Millie wprowadzi się do nas.

– A może wybrałbyś się do Tajlandii? – sugeruję, przerażona myślą, że spróbuje sprowadzić tu Millie wcześniej. – Dobrze ci to zrobi. Nie byliśmy tam od stycznia.

– Nie mogę. Czeka mnie sprawa Tomasina.

– Ale nie będziesz mógł tam wyjechać, kiedy Millie zamieszka z nami. Myślę tylko o tym, by jak najdłużej zatrzymać Millie w szkole, by nie oddać jej w ręce tego potwora.

Spogląda na mnie z rozbawieniem.

– Uwierz mi, kiedy Millie tu zamieszka, nie będę musiał nigdzie wyjeżdżać. No już, ruszaj się.

Drżę tak bardzo, że z trudem poruszam nogami. Podchodzę powoli do schodów i stawiam stopę na pierwszym stopniu.

– Nie tędy – mówi Jack. – Chyba że nie chcesz zobaczyć jutro Millie. – Robi krótką pauzę, rzekomo dając mi wybór. – Więc jak będzie, Grace? – W jego głosie pojawia się nuta podniecenia. – Piwnica czy rozczarowana Millie?

KIEDYŚ

Odkąd Millie powiedziała mi, że to Jack zepchnął ją ze schodów, jeszcze częściej myślałam o ucieczce. Choć siostra obiecała nikomu o tym nie mówić, nie mogłam być pewna, czy nie zdradzi się z tym przy Janice albo czy nie oskarży wprost samego winowajcy. Jack przypuszczał zapewne, że Millie traktuje swój upadek ze schodów jako zwykły incydent. Łatwo było nie docenić mojej siostry, jeśli zakładało się, że sposób jej wypowiadania się jest odzwierciedleniem pracy jej umysłu, w rzeczywistości była zaskakująco inteligentna. Nie miałam pojęcia, co zrobiłby Jack, odkrywszy, że Millie zna prawdę o wydarzeniach tamtego dnia. Zapewne odrzuciłby jej zarzuty równie łatwo, jak odrzucił moje, i zasugerowałby, że jest zazdrosna o nasz związek i próbuje go rozbić, rzucając fałszywe oskarżenia.

Prawdę mówiąc, to właśnie Millie podtrzymywała mnie na duchu w tamtym trudnym okresie. Zachowywała się przy Jacku tak swobodnie, jakby całkiem zapomniała, kto ją zepchnął ze schodów, albo przynajmniej pogodziła się z tym. Jednak gdy tylko poddawałam się takiemu przeświadczeniu, Millie powtarzała zdanie, które wkrótce stało się jej mantrą:

„Lubię cię, Jack, ale nie lubię Dżordża Kuny", jakby wiedziała, o czym myślę, i chciała mi przypomnieć, że ona dotrzymuje umowy. Czułam się wtedy w obowiązku dotrzymać umowy ze swojej strony i planowałam następny ruch. Po nieudanej próbie z lekarzem postanowiłam, że lepiej będzie podjąć kolejną próbę w miejscu publicznym. Kiedy więc poczułam się gotowa do następnego podejścia, wybłagam Jacka, by zabrał mnie na zakupy, mając nadzieję na pomoc ekspedientki lub któregoś z klientów. Wysiadłszy z auta, pomyślałam, że moje modły zostały wysłuchane, gdy zobaczyłam policjanta stojącego zaledwie kilka kroków dalej. Sam fakt, że Jack trzymał mnie mocno za rękę, kiedy próbowałam się uwolnić, uwiarygodniał moją historię, więc widząc tak szybką reakcję ze strony policjanta na moje wołanie o pomoc, byłam przekonana, że męczarnie dobiegły końca. Ale po jego pytaniu: „Czy wszystko w porządku, pani Angel?", zrozumiałam, że jest inaczej.

Moje późniejsze zachowanie potwierdzało tylko to, co Jack jakiś czas temu powiedział miejscowej policji – jego żona ma problemy psychiczne, wywołuje awantury w miejscach publicznych, często oskarżając go o więzienie jej we własnym domu. Teraz, trzymając mnie mocno za ręce, zaproponował policjantowi w obecności licznych gapiów, by pojechał z nami i zobaczył miejsce, które nazywam więzieniem. Podczas gdy tłum przyglądał się nam z zaciekawieniem, rozprawiając półgłosem o chorobach psychicznych i spoglądając ze współczuciem na Jacka, przyjechał radiowóz. Siedziałam na tylnej kanapie z policjantką, która usiłowała mnie pocieszać, a w tym czasie policjant wypytywał Jacka o jego pracę na rzecz maltretowanych kobiet.

Później, już po wszystkim, kiedy wróciłam do pokoju, którego miałam nadzieję nie zobaczyć nigdy więcej, uświadomiłam sobie, że zgodził się pojechać ze mną na zakupy, bo wcześniej dokładnie przewidział każdy mój krok. Tym samym potwierdził to, czego domyślałam się już w Tajlandii – odczuwał ogromną przyjemność, pozwalając mi najpierw uwierzyć w zwycięstwo, a potem odbierając je w ostatniej chwili. Uwielbiał przygotowywać grunt pod moje porażki, odgrywać rolę kochającego, lecz doświadczonego przez los męża, sycił się moim rozczarowaniem, a po wszystkim z radością mnie karał. Co gorsza, łatwość, z jaką odgadywał moje zamiary, oznaczała, że od samego początku byłam skazana na niepowodzenie.

Zobaczyłam się ponownie z Millie dopiero po trzech tygodniach, a wyjaśnienie Jacka, że byłam zbyt zajęta wizytami u przyjaciółek, wyraźnie ją zabolało. Niestety, nie mogłam zaprzeczyć, ponieważ towarzyszył nam na każdym koku. Postanawiając już nigdy nie zawieść Millie, posłusznie wykonywałam wszystkie polecenia Jacka, by regularnie się z nią widywać. Miałam jednak wrażenie, że moja uległość wcale go nie zadowala, a raczej irytuje. Byłam jednak gotowa uznać swoją pomyłkę, gdy usłyszałam, że w nagrodę za dobre zachowanie pozwoli mi znów malować. Podejrzewając go mimo wszystko o podstęp, przyjęłam tę deklarację bez większego entuzjazmu i dałam mu listę potrzebnych rzeczy. Nie bardzo wierzyłam, że je kupi. Niemniej następnego ranka przyniósł mi nowe sztalugi, płótna, narzędzia i farby.

– Jest tylko jeden warunek – oznajmił, gdy z radością przeglądałam zakupy. – To ja będę wybierał tematykę obrazów.

– Co masz na myśli? – spytałam, marszcząc brwi.

– Będziesz malowała tylko to, co ja zechcę.

Spojrzałam na niego z ukosa, próbując odgadnąć jego intencję, zastanawiając się, czy to jakaś kolejna gierka.

– To zależy, co miałabym namalować – powiedziałam w końcu.

– Portret.

– Portret?

– Tak. Malowałaś już kiedyś portrety, prawda?

– Kilka.

– Doskonale. Więc chciałbym, żebyś to zrobiła.

– Twój?

– Tak czy nie, Grace?

Instynkt podpowiadał mi, bym odmówiła. Jednak bardzo chciałam malować, wypełniać dni czymś poza czytaniem. Choć myśl o portretowaniu Jacka budziła we mnie odrazę, tłumaczyłam sobie, że nie będzie mi przecież pozował nieustająco przez kilka godzin. Przynajmniej taką miałam nadzieję.

– Dobrze, ale tylko jeśli będę malowała z fotografii – oświadczyłam zadowolona ze znalezienia rozwiązania.

– Zgoda. – Sięgnął do kieszeni. – Chcesz zacząć od razu?

– Czemu nie? – Wzruszyłam ramionami.

Wyjął zdjęcie i podsunął mi je pod oczy.

– To była jedna z moich klientek. Nie uważasz, że jest piękna?

Krzyknęłam przerażona i zaczęłam się cofać, ale on szedł za mną i uśmiechał się jak szaleniec.

– Daj spokój, Grace, nie bądź taka bojaźliwa, przyjrzyj się jej dobrze. Przez kilka następnych tygodni będziesz ją widziała codziennie.

– Nigdy! – oświadczyłam z mocą. – Nie namaluję jej!

– Oczywiście, że namalujesz. Zgodziłaś się, pamiętasz? A wiesz, co się stanie, jeśli nie dotrzymasz obietnicy. – Spojrzałam na niego z przestrachem. – Tak, zgadza się, Millie. Chcesz ją zobaczyć, prawda?

– Jeśli to ma być cena za odwiedziny, to wolę poczekać – odparłam.

– Przepraszam, źle się wyraziłem. Powinienem był powiedzieć: „Chcesz ją jeszcze kiedykolwiek zobaczyć, prawda?". Na pewno nie życzysz sobie, żeby trafiła do przytułku, co?

– Nie waż się jej tknąć! – krzyknęłam.

– Więc lepiej zabieraj się do malowania. Jeśli zniszczysz tę fotografię albo ją uszkodzisz, zapłaci za to Millie. Jeśli nie namalujesz tego portretu albo będziesz udawała, że nie potrafisz, zapłaci za to Millie. Codziennie będę sprawdzał, jak ci idzie praca, a jeśli uznam, że postępy są zbyt małe, zapłaci za to twoja siostra. A gdy skończysz ten obraz, namalujesz następny, a potem jeszcze jeden, i jeszcze jeden, dopóki nie uznam, że mam dość.

– Dość czego? – wychlipałam, świadoma, że znów mnie przechytrzył.

– Kiedyś ci pokażę, Grace. Obiecuję. Kiedyś ci pokażę.

Malując ten pierwszy portret, niemal nieustannie płakałam. Musiałam całymi godzinami, całymi dniami wpatrywać się w zakrwawioną twarz, w złamany nos, rozciętą wargę, podbite oko, i odtwarzać je ze szczegółami. Nie mogłam znieść tego widoku, często gwałtownie wymiotowałam. Jeśli miałam zachować zdrowe zmysły, musiałam znaleźć jakiś sposób, by radzić sobie z tą traumą. Odkryłam, że nadając kolejnym kobietom imiona i próbując sięgnąć myślami poza krzywdę, którą im wyrządzono, wyobrażając je sobie takimi, jakie były dawniej, czuję się nieco lepiej. Pomagała mi też świadomość, że Jack nie przegrał dotąd żadnej sprawy, zatem te kobiety na zdjęciach – jego byłe klientki – uwolniły się od swoich okrutnych partnerów, co dodawało mi wiary, że mnie także kiedyś się to uda. Skoro one mogły, to czemu nie ja?

Jakieś cztery miesiące po ślubie Jack doszedł do wniosku, że wystarczająco długo byliśmy tylko we dwoje i żeby nie wzbudzać podejrzeń innych, musimy zacząć udzielać się towarzysko. Na początek wybraliśmy się do Moiry i Gilesa, ale ponieważ byli to przede wszystkim przyjaciele Jacka, zachowywałam się dokładnie tak, jak mi kazał, i odgrywałam rolę kochającej żony. Nie przychodziło mi to łatwo, ale zdawałam sobie sprawę, że jeśli nie zacznie mi ufać, będę przez cały czas siedziała zamknięta w swoim pokoju, pozbawiona praktycznie szans na ucieczkę.

Wiedziałam, że postąpiłam właściwie, gdy jakiś czas później powiedział mi o kolacji z jego znajomymi z pracy. Poczułam przypływ adrenaliny na myśl o spotkaniu z jego znajomymi, a nie z przyjaciółmi, nabierając przekonania, że będzie to doskonała okazja do ucieczki. Przecież koledzy z pracy chętniej uwierzą w moją opowieść niż przyjaciele, którym zdążył już zamydlić oczy. Miałam też nadzieję, że w jego firmie znajdzie się ktoś, kto zazdrości mu sukcesów i czeka tylko na okazję, by podstawić mu nogę. Musiałam być sprytna – Jack wbił mi już do głowy, jak mam się zachowywać, gdy w pobliżu są inni ludzie: nie mogę iść nigdzie sama, nawet do toalety, nie mogę przechodzić za nikim do innego pomieszczenia, choćby tylko po to, by wynieść naczynia, nie mogę rozmawiać z nikim na osobności, muszę zawsze wyglądać na szczęśliwą i zadowoloną.

Opracowanie nowego planu zajęło mi trochę czasu. Do-szłam do wniosku, że zamiast prosić o pomoc w obecności Jacka, który niezwykle zręcznie odrzucał wszystkie moje oskarżenia, postaram się przekazać komuś list, bo trudniej będzie uznać mnie za wariatkę, kiedy o wszystkim napiszę, w spokojnym i zrównoważonym tonie. W obliczu gróźb, jakimi próbował mnie zastraszyć Jack, taki sposób wydawał się najbezpieczniejszy. Okazało się jednak, że nie jestem w stanie zdobyć choćby kawałka papieru. Nie mogłam poprosić Jacka wprost o zeszyt czy kartkę, bo natychmiast nabrałby podejrzeń i obserwowałby mnie czujniej niż do tej pory.

Na pomysł wycięcia słów z książek, które mi dostarczał, wpadłam w środku nocy. Nożyczkami do paznokci starannie wycięłam słowa: „proszę", „pomóż", „mi", „jestem", „uwię-ziona", „zawiadom", „policję". Nie wiedziałam, jak ułożyć je we właściwej kolejności, w końcu doszłam do wniosku, że zamiast ustawiać je obok siebie, położę maleńkie karteczki jedną na drugiej, zaczynając od „proszę", a kończąc na „policję". Ponieważ całość przypominała skrawek papieru, który można było wziąć za śmieć, spięłam karteczki wsuwką do włosów. Pomyślałam, że każdy, kto znajdzie kilka małych wycinków papieru połączonych wsuwką, będzie na tyle za-ciekawiony, by je przejrzeć.

Po długim namyśle doszłam do wniosku, że próba prze-kazania tego nietypowego listu w obecności Jacka byłaby zbyt ryzykowna, więc postanowiłam zostawić go na stole – może ktoś go wtedy znajdzie i przeczyta. Nie miałam pojęcia, dokąd wybieramy się na kolację, ale modliłam się, aby nie była to restauracja, w której nie ma zwyczaju przeglądania rzeczy pozostawionych przez gości.

Ostatecznie cały mój misterny plan zdał się na nic. Byłam tak przejęta tym, gdzie powinnam zostawić swoją cenną wiadomość, że nie pomyślałam o sposobie przemycenia jej na przyjęcie. Nie przejmowałam się tym szczególnie, aż do momentu, gdy Jack przyszedł po mnie i obserwując, jak wkładam buty i wyjmuję torebkę, spytał, dlaczego jestem taka zdenerwowana. Choć udawałam, że stresuję się spotkaniem z jego kolegami z pracy, nie uwierzył mi, tym bardziej że poznałam już większość z nich na ślubie. Przeszukał moje ubranie, sprawdził wszystkie kieszenie, a potem zażądał, bym oddała mu torebkę. Jak łatwo się domyślić, był wściekły, gdy znalazł karteczki spięte wsuwką. Ukarał mnie dokładnie tak, jak zapowiadał. Przeniósł mnie do pakamery, pozbawił wszelkich wygód i zaczął głodzić.

TERAZ

Kiedy budzę się w piwnicy, umysł natychmiast pragnie blasku słońca, który ustawiłby mój wewnętrzny zegar. Albo czegoś, co przekona mnie, że nie straciłam rozumu. Nie słyszę Jacka, ale czuję jego obecność, nasłuchuję. Nagle otwierają się drzwi.

– Musisz się ruszać trochę szybciej, jeśli chcesz, żebyśmy zdążyli zabrać Millie na lunch – mówi, gdy powoli się podnoszę.

Powinnam się cieszyć na spotkanie z siostrą, ale szczerze powiedziawszy, każda kolejna wizyta jest coraz trudniejsza. Odkąd Millie wyznała mi, kto ją zepchnął ze schodów, czeka, aż coś z tym zrobię. Obawiam się dnia, gdy w końcu moja siostra zdoła przekonać Jacka, by zabrał nas do hotelu, bo nie chcę jej mówić, że nie znalazłam jeszcze rozwiązania. Podczas tamtej rozmowy nie przyszło mi nawet do głowy, że rok później nadal będę więźniem. Wiedziałam, że ucieczka nie będzie łatwa, ale nie niemożliwa. Zostało mi bardzo mało czasu. Siedemdziesiąt cztery dni. Na myśl o Jacku odliczającym dni do przybycia Millie niczym dziecko czekające na prezent gwiazdkowy robi mi się niedobrze.

*

Janice i Millie jak zwykle czekają na nas na ławce. Gawędzimy przez chwilę, Janice pyta, czy dobrze się bawiliśmy na weselu tydzień temu i podczas wizyty u przyjaciół przed dwoma tygodniami. Jack milczy, więc muszę sama wymyślić całą historię – ślub odbywał się w Devon, było cudownie, i świetnie się bawiliśmy w Peak District, gdzie mieszkają nasi przyjaciele. Jack, jak zawsze czarujący, mówi Janice, jakie to uprzejme z jej strony, że pozwala nam wykorzystać ten krótki czas, który pozostał do przeprowadzki Millie. Janice nie widzi problemu, uwielbia moją siostrę i zawsze chętnie nam pomoże, gdy będziemy tego potrzebować. Będzie tęsknić za Millie po jej przeprowadzce i obiecuje ponownie, że będzie nas często odwiedzać – choć Jack zapewne dopilnuje, by nigdy do tego nie doszło. Rozmawiamy o zdrowiu i samopoczuciu Millie, Janice informuje nas, że dzięki tabletkom nasennym przepisanym przez lekarza Millie dobrze się teraz wysypia i w ciągu dnia zachowuje się tak jak dawniej.

– Przepraszam – rzuca w pewnym momencie, spoglądając na zegarek. – Jestem zmuszona was opuścić. Mama mnie zabije, jeśli spóźnię się na lunch.

– My też będziemy się już zbierać – odpowiada Jack.

– Możemy pójść dzisiaj do hotelu? – dopytuje Millie.

Jack otwiera już usta, ale zanim zaproponuje jakieś inne miejsce, wtrąca się Janice.

– Millie ciągle mówi mi o tym hotelu, jest nim zachwycona, obiecała nawet opowiedzieć nam o nim w poniedziałek, prawda, Millie? – Moja siostra kiwa entuzjastycznie głową. – Opowiadała nam już o restauracji nad jeziorem i o tej, gdzie podają naleśniki, więc nie możemy się doczekać, kiedy opisze tę w hotelu. Pani Goodrich zastanawia się, czy na koniec roku nie urządzić tam wspólnej kolacji dla pracowników szkoły – dodaje. – Dlatego zleciła Millie napisanie sprawozdania o tym miejscu.

– Trzeba iść do hotelu, dla pani Goodrich – potwierdza moja siostra.

– Więc idziemy do hotelu. – Jack skrywa złość za czarującym uśmiechem.

Podczas lunchu Millie gada jak najęta, na koniec mówi, że musi iść do toalety.

– To idź. – Jack wzrusza ramionami.

Millie wstaje.

– Grace ze mną.

– Nie ma potrzeby, żeby szła z tobą – odpowiada stanowczo Jack. – Sama doskonale dasz sobie radę.

– Mam okres – oznajmia głośno Millie. – Potrzebuję Grace.

– Rozumiem – mówi Jack, ukrywając wstręt. Odsuwa krzesło. – Ja też pójdę.

– Jack nie może do toalety dla pań – protestuje moja siostra.

– Pójdę z wami, ale nie wejdę do toalety.

Zostaje na końcu korytarza, ostrzegając nas, żebyśmy nie zabawiły zbyt długo. Przy umywalkach stoją dwie kobiety, myją ręce i gawędzą. Millie przestępuje nerwowo z nogi na nogę, czekając, aż wyjdą. Tymczasem ja próbuję wymyślić naprędce jakąś historyjkę, która pozwoli jej uwierzyć, że mam gotowe rozwiązanie. Oczywiście pochwalę ją też za podstęp, który pozwolił nam przyjść do hotelu.

– To było bardzo sprytne, Millie – mówię, gdy tylko obie kobiety wychodzą i zamykają za sobą drzwi.

– Musimy porozmawiać – odpowiada półszeptem.

– O czym?

– Millie ma coś dla Grace – szepcze. Sięga do kieszeni i wyjmuje chusteczkę. – Sekret – dodaje, wręczając mi zawiniątko. Zaskoczona, rozwijam chustkę, przekonana, że zobaczę koralik czy kwiat, ale moim oczom ukazuje się garść białych tabletek.

– Co to jest? – pytam, marszcząc brwi.

– Na sen. Nie biorę.

– Dlaczego nie?

– Nie potrzebuję.

– Ale one pomogą ci spać lepiej – tłumaczę cierpliwie.

– Śpię dobrze.

– Tak, teraz, dzięki tabletkom. Przedtem nie spałaś, pamiętasz?

Millie kręci głową.

– Udawałam.

– Udawałaś?

– Tak. Udawałam, że trudno spać.

Wpatruję się w nią ze zdumieniem.

– Dlaczego?

Zamyka moją dłoń na chusteczce.

– Dla ciebie, Grace.

– Cóż, to bardzo miłe z twojej strony, Millie, ale nie potrzebuję ich.

– Tak, Grace ich potrzebuje. Dla Dżordża Kuny.

– George'a Clooneya?

– Tak. Dżordż Kuny zły człowiek. Dżordż Kuny zrzucił mnie ze schodów. Przez Dżordża Kuny Grace jest smutna. On zły człowiek, bardzo zły człowiek.

Tym razem to ja kręcę głową.

– Przykro mi, ale nie rozumiem.

– Tak, rozumiesz – nie ustępuje Millie. – To proste, Grace. Zabijemy Dżordża Kuny.

KIEDYŚ

W następnym miesiącu polecieliśmy do Tajlandii, ale tym razem nie próbowałam uciekać. Wiedziałam, że jeśli to zrobię, Jack mnie zabije i urządzi wszystko tak, by uniknąć odpowiedzialności. Pojechaliśmy do tego samego hotelu, przywitał nas ten sam kierownik. Brakowało tylko Kiko. Podobnie też spędzałam czas, zamknięta na balkonie lub w pokoju, z którego wychodziłam tylko na sesje zdjęciowe. Tym razem czułam się jeszcze gorzej niż podczas poprzedniego wyjazdu, wiedząc, że Jack całymi dniami syci się cudzym strachem. Nie miałam pojęcia, jak to dokładnie wygląda, ale prawdopodobnie nie mógłby tego robić w Anglii. Sądząc po tym, co opowiadał o swoich rodzicach, prawdopodobnie przyjeżdżał do Tajlandii znęcać się fizycznie nad kobietami. Kiedyś wydawało mi się, że nie można robić takich rzeczy bezkarnie, ale Jack dał mi do zrozumienia, że w Tajlandii za pieniądze można kupić wszystko – nawet strach.

Może właśnie dlatego tydzień po powrocie uderzyłam go w głowę butelką wina, pół godziny przed umówioną kolacją z Diane i Adamem. Miałam nadzieję, że zdołam go ogłuszyć i uciec, lecz cios był za słaby. Czerwony z wściekłości, zadzwonił do przyjaciół i odwołał kolację, usprawiedliwiając się moją nagłą migreną. Gdy odłożył słuchawkę i odwrócił się do mnie, bałam się tylko o Millie, bo mnie i tak nie mógł już niczego pozbawić. Kiedy powiedział, że pokaże mi jej pokój, nadal nie bałam się o siebie, bo pomyślałam, że co najwyżej ogołocił go ze wszystkich sprzętów, podobnie jak mój. Wykręcił mi boleśnie rękę i poprowadził przed sobą korytarzem. Czułam jedynie smutek i współczucie dla Millie, ponieważ zawsze marzyła o tym pokoju. Zamiast skierować mnie na górę, otworzył drzwi prowadzące do piwnicy.

Walczyłam jak szalona, ale nie miałam najmniejszych szans: Jack był ode mnie o wiele silniejszy, a wściekłość jeszcze potęgowała tę siłę. Wciąż nie miałam pojęcia, co mnie czeka. Dopiero kiedy przeciągnął mnie przez pralnię, gdzie trzymał Molly, i przez niewielki składzik, gdzie za półkami kryły się stalowe drzwi, odczułam strach.

Nie była to sala tortur, czego się obawiałam, ponieważ nie widziałam żadnych narzędzi. Całe pomieszczenie, pozbawione jakichkolwiek sprzętów, zostało pomalowane krwistoczerwoną farbą, włącznie z podłogą i sufitem. Był to przerażający widok, ale Jack miał w zanadrzu jeszcze inne atrakcje.

– Przyjrzyj się uważnie – warknął. – Mam nadzieję, że Millie będzie się tu podobać tak samo jak mnie, bo to właśnie tu zamieszka, nie w ślicznym żółtym pokoju na górze. – Potrząsnął mną mocno. – Przyjrzyj się i pomyśl, jak bardzo ją to przerazi.

Podniosłam wzrok do sufitu, próbując patrzeć wszędzie, tylko nie na ściany obwieszone portretami, które wcześniej kazał mi namalować.

– Myślisz, że spodobają jej się obrazy, które dla niej przygotowaliśmy? Jak ci się wydaje, który najbardziej przypadnie jej do gustu? – Złapał mnie za tył głowy i przysunął mocno moją twarz do jednego z portretów. – Ten? – Zaciągnął mnie pod sąsiednią ścianę. – Piękne dzieło, nie uważasz? – Zacisnęłam powieki. – Nie zamierzałem pokazywać ci tego pokoju już teraz, ale możesz być jego pierwszą lokatorką. Nie trzeba było podnosić tej butelki.

Pchnął mnie raz jeszcze, a potem wyszedł, zatrzaskując za sobą drzwi. Podniosłam się z podłogi i pobiegłam do wyjścia. Ponieważ drzwi nie miały klamki, zaczęłam walić w nie pięściami i wrzeszczeć, by mnie wypuścił.

– Możesz sobie krzyczeć, ile chcesz – dobiegł zza drzwi jego głos. – Nawet nie wiesz, jak mnie to podnieca.

Ogarnięta strachem, którego nie byłam już w stanie kontrolować – bałam się, że nigdy mnie nie wypuści, że umrę tu z pragnienia i głodu – wpadłam w histerię. Zaledwie po kilku sekundach straciłam oddech, gwałtownie łapałam powietrze, po czym, przeniknięta dojmującym bólem, osunęłam się na kolana. Zrozumiawszy, że to atak paniki, próbowałam zapanować nad oddechem, ale śmiech Jacka dobiegający zza drzwi budził we mnie jeszcze większe przerażenie. Z oczu ciekły mi łzy, oddech uwiązł w piersiach, byłam przekonana, że umieram. Sytuację pogarszała myśl o Millie, która będzie zdana na łaskę i niełaskę Jacka. Powrócił do mnie obraz ukochanej siostry w żółtej czapce i szaliku. Uchwyciłam się go mocno, pragnąc, by to właśnie on towarzyszył mi w chwili śmierci.

Po jakimś czasie ból w piersiach osłabł i znów mogłam wciągnąć powietrze do płuc. Nie poruszałam się w obawie, że jeśli to zrobię, wszystko zacznie się od nowa. Siedziałam nieruchomo, z głową opartą na kolanach, skupiona na oddychaniu. Ulga związana ze świadomością, że żyję, że wciąż mogę uratować Millie, dodała mi sił. Podniosłam głowę i rozejrzałam się, szukając drogi ucieczki. Nie było tu żadnych innych drzwi ani okien. Przesuwałam dłońmi po ścianach, zaglądałam pod obrazy w nadziei, że znajdę włącznik otwierający drzwi.

– Tracisz tylko czas – powiedział nagle Jack, a ja podskoczyłam ze strachu. – Tych drzwi nie da się otworzyć od środka. – Przypomniawszy sobie, że mój psychopatyczny mąż stoi tuż obok, po drugiej stronie drzwi, znów zadrżałam. – Jak ci się tu podoba? – spytał. – Mam nadzieję, że bawisz się równie dobrze jak ja, stojąc tu i cię słuchając. Nie mogę się już doczekać, kiedy trafi tutaj Millie. Może będzie jeszcze głośniejsza niż ty.

Ogarnięta nagle ogromnym zmęczeniem, położyłam się na podłodze, zwinęłam w kłębek i włożyłam palce do uszu, by go nie słyszeć. Modliłam się o sen, ale pokój był mocno oświetlony, co utrudniało zasypianie.

Leżałam i starałam się nie dopuszczać do siebie myśli, że Jack nigdy nie uwolni mnie z piekła, które przygotował dla Millie. Przypomniałam sobie, jak patrząc na śliczny żółty pokój, wierzyłam, że gdzieś w głębi jego duszy zachowała się odrobina przyzwoitości, i zapłakałam gorzko nad własną głupotą.

TERAZ

Patrzę z niedowierzaniem na Millie i na tabletki, które wciąż trzymam w dłoni. Zastanawiam się, czy dobrze ją zrozumiałam.

– Millie, nie możemy tego zrobić.

– Tak, możemy. Musimy – odpowiada, kiwając energicznie głową. – Dżordż Kuny zły człowiek.

Przerażona jej zachowaniem i świadoma, że Jack czeka na nas kilka kroków dalej, zawijam tabletki w chusteczkę.

– Chyba powinnyśmy je wyrzucić do toalety, Millie.

– Nie!

– Nie możemy robić nic złego, Millie.

– Dżordż Kuny robi złe rzeczy – mówi posępnym tonem. – Dżordż Kuny zły człowiek, bardzo zły człowiek.

– Tak, wiem.

Millie marszczy brwi.

– Ale ja niedługo zamieszkam z Grace.

– Tak, zgadza się, niedługo ze mną zamieszkasz.

– Ale nie chcę mieszkać ze złym człowiekiem. Boję się. Dlatego zabijemy złego człowieka, zabijemy Dżordża Kuny.

– Przykro mi, Millie, nie możemy nikogo zabić.

– Agatha Christie zabija ludzi! – oburza się moja siostra. – W *Dziesięciu Murzynkach* umiera dużo ludzi, a pani Rogers umiera od tabletek na sen.

– Może i tak – odpowiadam stanowczym tonem. – Ale to tylko opowieści, Millie, dobrze o tym wiesz.

Lecz jeszcze zanim wypowiadam te słowa, zaczynam się zastanawiać, czy wystarczy tabletek, by uśpić go na tak długo, żebym mogła uciec. Zdrowy rozsądek podpowiada mi, że nawet jeśli jest ich dość, szanse na podanie ich Jackowi są bliskie zeru. Jednak wbrew temu, co właśnie powiedziałam Millie, na pewno nie wyrzucę tabletek do toalety, bo są pierwszą iskierką nadziei, jaka pojawiła się w moim życiu od długiego czasu. Ale jeśli zechcę je wykorzystać, ona nie może mieć z tym nic wspólnego.

– Wyrzucam te tabletki – mówię siostrze, wchodząc do najbliższej kabiny. Spuszczam wodę i błyskawicznie chowam zawiniątko do rękawa, i natychmiast wpadam w panikę, bo Jack na pewno zobaczy wybrzuszenie i spyta o nie. Wyciągam je szybko i przyglądam się sobie, szukając jakiejś kryjówki. Nie mogę włożyć ich do torebki, ponieważ Jack zawsze do niej zagląda, zanim odłożę ją na miejsce, stanik ani majtki też nie wchodzą w grę – po powrocie muszę rozbierać się przy nim do naga. Pochylam się i wciskam tabletki w czubek buta. Trudno mi włożyć go z powrotem, jeszcze trudniej będzie mi chodzić, ale czuję się bezpieczniej. Nie mam pojęcia, jak zdołam je wyjąć, gdy uznam, że nadeszła właściwa pora, ale świadomość ich posiadania dodaje mi otuchy.

– Grace głupia! – mówi Millie z wściekłością, gdy wychodzę. – Nie można teraz zabić Dżordża Kuny!

– Zgadza się, Millie, nie można – przytakuję.

– Ale on zły człowiek!

– Tak, nie możemy jednak zabijać złych ludzi – tłumaczę. – To wbrew prawu.

– To powiedz policji, że Dżordż Kuny zły człowiek!

– Dobry pomysł, Millie – odpowiadam, chcąc ją udobruchać. – Powiem policji.

– Teraz!

– Nie, nie teraz, wkrótce.

– Zanim z tobą zamieszkam?

– Tak, zanim ze mną zamieszkasz.

– Powiesz policji?

Biorę ją za rękę.

– Ufasz mi, Millie? – Kiwa z ociąganiem głową. – Więc obiecuję, że znajdę rozwiązanie, zanim ze mną zamieszkasz.

– Obiecujesz?

– Tak, obiecuję – odpowiadam, z trudem powstrzymując łzy. – A teraz ty musisz mi coś obiecać. Musisz obiecać, że nadal dochowasz naszej tajemnicy.

– Lubię Jacka, ale nie lubię Dżordża Kuny – mruczy, wciąż trochę na mnie zła.

– Tak, zgadza się, Millie. Wracajmy do Jacka. Może kupi nam lody.

Lecz nawet myśl o lodach, jednym z jej ulubionych przysmaków, nie poprawia Millie nastroju. Kiedy przypominam sobie, jak dumna i podniecona była, wręczając mi starannie zawinięte tabletki, jak sprytnie znalazła rozwiązanie naszej sytuacji, robi mi się ogromnie przykro, że nie mogę jej powiedzieć, jaka jest wspaniała. Poza tym, mimo nagłego przypływu nadziei, jaki poczułam, chowając tabletki do buta, nadal nie wiem, czy będę mogła je wykorzystać.

Krótka przechadzka do parku i stojącej tam furgonetki z lodami okazuje się trudniejsza, niż myślałam, bo przez wciśnięte w czubek buta tabletki nie będę w stanie chodzić jeszcze przez trzy kolejne godziny. Millie jest bardzo przybita; boję się, że Jack to zauważy i zacznie zadawać pytania, na które ona nie będzie umiała odpowiedzieć. Próbując ją rozchmurzyć, pytam, na jakie lody się zdecyduje, a gdy wzrusza obojętnie ramionami, Jack przygląda jej się uważnie. Jeśli nawet dotąd nie zauważył zmiany jej nastroju, to teraz z pewnością czegoś się domyśla. Aby odwrócić jego uwagę i poprawić humor Millie, proponuję wyjście do kina, co pozwoli również odpocząć mojej obolałej stopie.

– Masz ochotę na kino? – pyta moją siostrę Jack.

– Tak – odpowiada bez entuzjazmu.

– Więc chodźmy. Ale najpierw chciałbym wiedzieć, co się stało w toalecie.

– Nie rozumiem. – Millie wydaje się zaskoczona i odrobinę wystraszona.

– Kiedy wchodziłaś do toalety, byłaś w świetnym humorze, a wyszłaś stamtąd dziwnie przybita – tłumaczy Jack.

– Mam okres.

– Wiedziałaś o tym przedtem. No już, Millie, powiedz, co popsuło ci humor – mówi zachęcającym, pełnym współczucia głosem.

Wyczuwam wahanie siostry i zaczynam się bać. Wiem, że ona nie przyzna się nagle do wszystkiego, ale Jack potrafi doskonale manipulować ludźmi, więc moje obawy są w pełni uzasadnione. Do tego Millie jest smutna i ma do mnie żal.

Patrzę na nią, próbuję przesłać jej ostrzegawcze spojrzenie, ale ona odwraca wzrok.

– Nie mogę. – Kręci głową.

– Dlaczego?

– To tajemnica.

– Obawiam się, że nie możesz mieć tajemnic. – Jack wzdycha z żalem. – Śmiało, nie wstydź się. Grace cię czymś zdenerwowała? Mnie możesz to powiedzieć, Millie. Właściwie musisz.

– Powiedziała „nie". – Millie wzrusza ramionami.

– Nie?

– Tak.

– Rozumiem. A czego dotyczyło to „nie"?

– Powiedziałam jej, żeby zabiła Dżordża Kuny, a ona powiedziała „nie" – wyjaśnia posępnym tonem.

– Bardzo zabawne, Millie.

– To prawda.

– Cóż, nawet jeśli to prawda, nie wydaje mi się, żeby to tak bardzo zepsuło ci humor. Wiem, że nie lubisz George'a Clooneya, ale nie jesteś głupia, zdajesz sobie sprawę, że Grace nie może go zabić. Więc spytam ponownie: czym zdenerwowała cię Grace?

Szukam szybko w myślach czegoś, co brzmiałoby prawdopodobnie.

– Skoro już musisz wiedzieć, Jack, to Millie spytała, czy może do nas przyjechać, a ja się nie zgodziłam – mówię, udając irytację.

Jack odwraca się do mnie. Dobrze wie, dlaczego nie chcę, by Millie przyjeżdżała do naszego domu.

– To prawda? – pyta.

– Chcę zobaczyć mój pokój – oświadcza Millie i spogląda na mnie, by potwierdzić, że zrozumiała moje intencje.

– Więc go zobaczysz – mówi Jack z szerokim uśmiechem, jakby w ten sposób spełniał jej najskrytsze marzenie. – Masz rację, Millie, powinnaś zobaczyć swój pokój. Pewnie spodoba ci się tak bardzo, że będziesz od razu chciała się tam wprowadzić zamiast wracać do szkoły. Nie sądzisz, że tak właśnie będzie, Grace?

– Jest żółty? – dopytuje Millie.

– Oczywiście – potwierdza Jack. – No już, chodźmy do kina, mam sporo spraw do przemyślenia.

Kiedy siedzę w kinie, w ciemności, nie muszę ukrywać łez, które napływają mi do oczu na myśl o tym, jak lekkomyślnie się zachowałam. Mówiąc Jackowi, że Millie chce obejrzeć swój pokój – bo nie potrafiłam wymyślić lepszej wymówki – być może przyspieszyłam zagrożenie, które nad nią wisi. Millie wyraziła się jasno. Nie zamierza mieszkać z Jackiem, więc na pewno nie zechce przeprowadzić się do nas wcześniej, niż to planowaliśmy. Ale co się stanie, jeśli Jack złoży taką propozycję? Po tym, co mówił poprzedniego wieczoru o nużącym czekaniu, wydaje mi się to całkiem prawdopodobne. I dlaczego właściwie miałybyśmy mu odmówić? Jaka wymówka pozwoliłaby mi zatrzymać Millie w szkole? Nawet gdybym wymyśliła coś rozsądnego, on i tak by mnie nie poparł. Zerkam na niego ukradkiem. Mam nadzieję, że ogląda z zainteresowaniem film albo drzemie, ale dostrzegam na jego twarzy wyraz cichej satysfakcji – zaproszenie Millie do domu przybliży czas realizacji jego chorych planów.

Świadomość, że zrobiłam coś, co może stanowić realne

zagrożenie dla mojej siostry, przeraża mnie i zasmuca, podobnie jak przypuszczenie, że nie mogę temu w żaden sposób zapobiec. Jestem już bliska załamania, gdy siedząca po drugiej stronie Jacka Millie parska głośno śmiechem, rozbawiona jakimś filmowym gagiem. Ten dźwięk mnie otrzeźwia. Muszę zrobić wszystko, by ocalić ją przed koszmarem, jaki szykuje jej Jack.

Po filmie odwozimy ją do szkoły. Janice już na nas czeka. W trakcie pożegnania pyta, czy przyjedziemy za tydzień.

— Prawdę mówiąc, myśleliśmy, że zabierzemy Millie do domu — odpowiada Jack swobodnym tonem. — Czas już, by zobaczyła, gdzie będzie mieszkać, prawda, kochanie?

— Myślałam, że chcesz poczekać, aż wszystko będzie wykończone — mówię spokojnie, choć przeraża mnie myśl o tak szybko podjętej decyzji.

— Do weekendu będziemy gotowi.

— Mówiłeś, że mój pokój nie gotowy — zauważa Millie oskarżycielskim tonem.

— Żartowałem — tłumaczy cierpliwie Jack. — Chciałem zrobić ci niespodziankę. Więc jak, może przyjedziemy tu o jedenastej i zabierzemy cię do nas? Co ty na to?

Millie waha się przez moment, nie wie, co odpowiedzieć.

— Tak, chcę — rzuca w końcu. — Chcę zobaczyć dom.

— I swój pokój — przypomina jej Jack.

— Jest żółty. — Millie kiwa głową, odwracając się do Janice. — Mam żółty pokój.

— Opowiesz mi o nim po powrocie — mówi opiekunka.

Pełna strachu, że Millie może nie wrócić do szkoły, że Jack sprzeda pani Goodrich bajeczkę, jak to postanowiliśmy zostać razem, nie mogę się skupić. Mam bardzo mało czasu, muszę coś natychmiast zrobić, nie tyle powstrzymać bieg wydarzeń, bo na to jest już za późno, ile zmienić jego kierunek.

– A może pani też by się do nas wybrała? – zwracam się do Janice, tknięta nagłą myślą. – Mogłaby pani obejrzeć pokój Millie.

Moja siostra klaszcze w dłonie uradowana.

– Janice też pojedzie!

Jack marszczy brwi.

– Jestem pewien, że Janice ma ciekawsze plany na weekend.

Opiekunka kręci głową.

– Nie, nie mam żadnych planów. Prawdę mówiąc, chętnie zobaczę, gdzie zamieszka Millie.

– Więc może to pani by ją do nas przywiozła? – pytam szybko, zanim Jack wymyśli coś, co zniechęci ją do przyjazdu.

– Oczywiście! Nie ma sensu, żeby państwo jechali po nią taki kawał drogi. To żaden problem. Poproszę tylko o adres...

– Zapiszę go pani – proponuje Jack. – Ma pani długopis?

– Obawiam się, że nie – odpowiada Janice. Spogląda na moją torebkę. – A może pani ma coś do pisania?

Nawet nie udaję, że szukam długopisu.

– Przykro mi – mówię przepraszającym tonem.

– Żaden problem. Zaraz coś przyniosę.

Odchodzi. Czuję na sobie wzrok Jacka, nie mogę się skupić i odpowiedzieć na pytania podekscytowanej rychłą wizytą Millie. Jego wściekłość, wywołana moim zaproszeniem Janice, jest niemal namacalna; wiem, że będę musiała to wyjaśnić w jakiś rozsądny, wiarygodny sposób. Ale jeśli to Janice przywiezie Millie, na pewno też zabierze ją z powrotem, a Jack nie będzie mógł tak wszystkim pokierować, by moja siostra została u nas na stałe.

Janice wraca z długopisem i kartką papieru, Jack zapisuje adres i oddaje oba przedmioty. Opiekunka składa kartkę na pół i chowa do kieszeni. Może z powodu naszych odwoływanych w ostatniej chwili wizyt, upewnia się, że chodzi o niedzielę drugiego maja. Gdy słyszę tę datę, przychodzi mi do głowy pewien pomysł.

– Pomyślałam właśnie... może spotkamy się za dwa tygodnie? – Widzę rozczarowanie na twarzy Millie i odwracam się do niej szybko. – Dziesiątego masz osiemnaste urodziny, więc urządzilibyśmy od razu przyjęcie – tłumaczę. – Co ty na to, Millie? Chciałabyś obchodzić swoje urodziny w nowym domu?

– Z tortem? – dopytuje moja siostra. – I z balonami?

– Z tortem, świeczkami, balonami, ze wszystkim – odpowiadam, ściskając ją.

– Cudowny pomysł! – wykrzykuje Janice, a Millie piszczy z radości.

– Dzięki temu będziemy mieli też więcej czasu, żeby wykończyć twój pokój – dodaję, zadowolona, że udało mi się zyskać dodatkowy tydzień. – Co o tym myślisz, Jack?

– To świetny pomysł – odpowiada. – Dobrze, że o tym pomyślałaś. Czy nie powinniśmy już jechać? Robi się późno, a dziś wieczorem mamy jeszcze coś do zrobienia, prawda, kochanie?

Ta uwaga może oznaczać tylko jedno, więc miejsce radości, którą czułam przed chwilą, zajmuje strach. Nie chcąc pokazywać, jak bardzo poruszyły mnie jego słowa, odwracam się i całuję siostrę na pożegnanie.

– Zobaczymy się za tydzień – mówię, choć wiem, że Jack na pewno nie pozwoli mi tu przyjechać. – Zacznę już przygotowywać twoje urodziny. Masz jakieś specjalne życzenia?

– Duży tort. – Millie się śmieje. – Bardzo duży tort.

– Dopilnuję, żeby Grace upiekła najpiękniejszy tort na świecie – obiecuje Jack.

– Lubię cię, Jack. – Moja siostra się rozpromienia.

– Ale nie lubisz George'a Clooneya – kończy za nią, po czym odwraca się do Janice. – Nie lubi go do tego stopnia, że poprosiła Grace, by go zabiła.

– To nie jest zabawne, Millie. – Janice marszczy groźnie brwi.

– Ona tylko żartowała, Jack – mówię łagodnym tonem. Jack dobrze wie, że Millie nie cierpi, gdy się ją upomina i krytykuje.

– Mimo wszystko nie powinnaś żartować w ten sposób – odpowiada Janice stanowczym tonem. – Wiesz, co mam na myśli, Millie? Wolałabym nie mówić o tym pani Goodrich.

– Przepraszam – mamrocze Millie, zawstydzona.

– Ostatnio słuchałaś chyba za dużo powieści Agathy Christie – upomina ją opiekunka. – Obawiam się, że zrobimy sobie tygodniową przerwę.

– Nie powinienem był o tym wspominać. – Jack wzdycha ze skruchą, widząc, jak w oczach Millie wzbierają łzy. – Nie chciałem narobić jej kłopotów.

W ostatniej chwili powstrzymuję się od ostrej riposty, zaskoczona, że w ogóle coś podobnego przyszło mi do głowy. Już dawno temu przestałam mu się sprzeciwiać, szczególnie przy świadkach.

– No cóż, naprawdę musimy już jechać – mówię do Janice.

Raz jeszcze przytulam Millie. – Zastanów się, jaką sukienkę chciałabyś włożyć na urodziny. Powiesz mi w przyszłym tygodniu – dodaję w nadziei, że poprawię jej humor.

– O której godzinie mamy przyjechać za dwa tygodnie? – pyta Janice.

– Koło pierwszej? – odpowiadam, spoglądając pytająco na Jacka.

Kręci głową.

– Im wcześniej, tym lepiej. Poza tym nie mogę się już doczekać, kiedy Millie zobaczy swój pokój. Może wpół do pierwszej?

– Doskonale. – Janice się uśmiecha.

W drodze powrotnej próbuję przygotować się na to, co czeka mnie w domu. Jack milczy przez dłuższy czas, bo dobrze wie, że oczekiwanie na jego werdykt jest czasami gorsze niż sama kara. Nie mogę dopuścić, by strach pozbawił mnie rozsądku. Staram się skoncentrować i wymyślić coś, co pozwoliłoby rozładować jego złość. Chyba najlepiej będzie, jeśli nabierze przekonania, że się poddałam, straciłam wszelką nadzieję. Pocieszam się myślą, że kilkumiesięczna bezczynność, o którą sama miałam do siebie pretensje, teraz dobrze mi się przysłuży i uwiarygodni moją apatię.

– Chyba zdajesz sobie sprawę, jak bardzo pogorszyłaś swoją sytuację, zapraszając Janice – odzywa się w końcu Jack, uznawszy zapewne, że jestem już bliska paniki.

– Zaprosiłam ją, by mogła przekazać pani Goodrich, że Millie będzie miała doskonałe warunki w naszym domu – odpowiadam ze znużeniem. – Dyrekcja szkoły, w której przebywała przez ostatnie siedem lat, nie pozwoli jej przecież odejść, nie sprawdziwszy, dokąd się przeniesie.

Jack kiwa głową z aprobatą.

– To bardzo szlachetne z twojej strony. Ale zastanawiam się, dlaczego postanowiłaś nagle być taka uczynna.

– Bo uznałam pewnie, że nie powstrzymam tego, co nieuniknione – mówię cicho. – Właściwie uświadomiłam to sobie już dawno temu – dodaję, tłumiąc szloch. – Przez jakiś czas myślałam, że znajdę jakieś wyjście. I próbowałam. Próbowałam z całych sił. Ale ty zawsze wyprzedzałeś mnie o krok.

– Cieszę się, że w końcu to zrozumiałaś – odpowiada. – Choć muszę przyznać: brakuje mi trochę tych twoich żałosnych ucieczek. Były przynajmniej zabawne.

Satysfakcja, jaką daje mi świadomość, że przechytrzyłam Jacka, jest bezcenna. Dodaje mi pewności siebie i wiary, że mogę to powtórzyć, mogę wykorzystać trudną sytuację do swoich celów. Nie wiem jeszcze, jak wykorzystam to, że Millie przyjedzie do nas na lunch, ale przynajmniej wiem już, że to tylko lunch. Wiem, że spodoba się jej nasz dom, chociaż trudno będzie mi znieść tych kilka godzin jej zachwytów. Nie umiem sobie nawet wyobrazić, jak wytrzymałabym choćby jeden dzień takiego zachowania, wiedząc, co w rzeczywistości szykuje Jack, i nie mając pewności, że znajdę rozwiązanie, tak jak jej obiecałam.

Do końca podróży zastanawiam się, co zrobić. Tabletki przydadzą mi się tylko wtedy, jeśli zdołam podać Jackowi odpowiednią dawkę i uśpić go. Jednak o ile przeniesienie ich do mojego pokoju może być bardzo trudne, o tyle podanie ich Jackowi wydaje się wręcz niemożliwe. Nie powinnam wybiegać myślami tak daleko, powinnam się skupiać na teraźniejszości i na najbliższych posunięciach.

Przyjeżdżamy do domu. Gdy zdejmujemy płaszcze, dzwoni telefon. Jak zawsze odbiera Jack, a ja posłusznie czekam – jak zawsze. Nie próbuję nawet wchodzić w tym czasie na górę, by zdjąć buty i przemycić tabletki do swojego pokoju, bo wiem, że Jack poszedłby za mną.

– Dziś czuje się całkiem dobrze, dziękuję, Esther – mówi mój mąż.

Skonfundowana przypominam sobie wydarzenia poprzedniego wieczoru. Esther dzwoni, by zapytać o moje samopoczucie. Jack słucha przez chwilę w milczeniu.

– Tak, właśnie weszliśmy do domu. Byliśmy u Millie. – Kolejna pauza. – Powiem Grace, że dzwoniłaś. Och, tak, oczywiście, już ci ją daję.

Nie okazuję zaskoczenia, gdy przekazuje mi słuchawkę, ale jestem zdumiona, bo zwykle w takiej sytuacji mówi, że nie mogę podejść do telefonu, a skoro przed momentem przyznał, że właśnie weszliśmy do domu, teraz nie może powiedzieć, że biorę prysznic czy śpię.

– Cześć, Esther – mówię ostrożnie.

– Wiem, że właśnie przyjechaliście, więc nie będę zajmować ci dużo czasu, ale chciałam tylko sprawdzić, jak się czujesz po wczorajszym wieczorze.

– Znacznie lepiej, dziękuję – odpowiadam.

– Moja siostra też poroniła, zanim urodziło im się pierwsze dziecko, więc wiem, jakie to wyczerpujące emocjonalnie – tłumaczy.

– Mimo wszystko przykro mi, że popsułam wam przyjęcie – mówię, świadoma, że Jack wsłuchuje się w każde moje słowo. – Po prostu zaskoczyła mnie wiadomość o ciąży Diane.

– Och, to zrozumiałe – odpowiada Esther ze współczuciem. – Pamiętaj, że gdybyś kiedykolwiek potrzebowała z kimś porozmawiać, możesz na mnie liczyć.

– Dziękuję, to bardzo miłe z twojej strony.

– A jak się miewa Millie? – pyta dalej Esther, najwyraźniej chcąc w ten sposób scementować naszą przyjaźń.

Jej ciekawość bywa niebezpieczna, dlatego zamierzam zakończyć rozmowę czymś w rodzaju „Bardzo dobrze, dziękuję, muszę kończyć, bo Jack czeka na kolację", ale w ostatniej chwili postanawiam kontynuować, jakbym prowadziła normalne życie.

– Jest bardzo podekscytowana – mówię z uśmiechem. – Jej opiekunka, Janice, przywiezie ją tutaj za dwa tygodnie, żeby mogła w końcu obejrzeć dom. W poniedziałek skończy osiemnaście lat, więc przy okazji urządzimy jej małe przyjęcie.

– Cudownie! – cieszy się Esther. – Mam nadzieję, że będę mogła jej podrzucić kartkę z życzeniami.

Już mam powiedzieć, że wolelibyśmy spędzić ten dzień tylko we czwórkę, że chętnie ją zaproszę, gdy Millie sprowadzi się na stałe, jednak przypominam sobie, że być może nigdy jej nie zobaczy. Jeśli wszystko ułoży się po myśli Jacka, Millie zostanie jego więźniem i nikt nie będzie mógł się z nią spotykać. Kiedy mój mąż nie będzie mógł dłużej zwodzić przyjaciół opowieściami o rzekomej chorobie Millie, powie im zapewne, że biedaczka nie umiała się dostosować do domowych warunków, bo za bardzo przywykła do zinstytucjonalizowanego życia, i w związku z tym przeniosła się do świetnej placówki na drugim końcu kraju. Wkrótce wszyscy o niej zapomną, a Jack znów zatriumfuje. Uświadamiam sobie, że im więcej ludzi pozna ją teraz, przy okazji urodzin, tym trudniej będzie ją później ukryć, lecz muszę postępować ostrożnie, by nie wzbudzać podejrzeń Jacka.

– To bardzo miłe z twojej strony – mówię, udając wahanie. – Ale masz rację, powinniśmy urządzić Millie prawdziwe przyjęcie, w końcu to wyjątkowe urodziny. Wiem, że bardzo chętnie pozna twoje dzieci.

– Boże, nie sugerowałam wcale, że powinnaś urządzać uroczyste przyjęcie ani zapraszać Sebastiana i Aisling! – wykrzykuje Esther zakłopotana. – Zamierzałam po prostu wpaść z kartką urodzinową.

– Czemu nie? Diane i Adam zawsze chcieli poznać Millie.

– Grace, naprawdę nie sądzę, że powinniśmy się wam narzucać. – Esther wydaje się skonfundowana.

– Ależ skąd, to bardzo dobry pomysł. Może umówimy się na trzecią? Wcześniej spokojnie zjemy lunch z Millie i Janice, a potem będziemy mogli się bawić do woli.

– No cóż, jeśli naprawdę tego chcesz – odpowiada Esther z powątpiewaniem.

– Tak, Millie będzie zachwycona – mówię, kiwając głową.

– Więc do zobaczenia dziewiątego.

– Nie mogę się już doczekać. Do zobaczenia, Esther, dziękuję za telefon.

Odkładam słuchawkę, przygotowując się na atak Jacka.

– Co to miało być, do cholery!? – wybucha mój mąż. – Naprawdę zaprosiłaś Esther na przyjęcie urodzinowe Millie?

– Nie, Jack – odpowiadam ze znużeniem. – Esther uznała, że Millie powinna mieć uroczyste przyjęcie, a potem wprosiła się sama. Wiesz, jaka ona jest: praktycznie kazała mi zaprosić Diane i Adama.

– Dlaczego nie odmówiłaś?

– Bo nie umiem już tego robić. Za bardzo przywykłam

do roli idealnej żony, do prawienia wszystkim uprzejmości, czego sam mnie nauczyłeś. Ale jeśli chcesz odwołać zaproszenie, to proszę bardzo, zrób to. Nasi przyjaciele mogą pogodzić się w końcu z myślą, że nigdy nie zobaczą Millie. Czy Moira i Giles nie mówili, że nie mogą się już doczekać, kiedy ją poznają? Jak się przed nimi wytłumaczysz, Jack?

– Powiedziałbym, że twoi rodzice uzmysłowili sobie nagle, jak bardzo brakuje im ukochanej córeczki, więc wyjechała do nich do Nowej Zelandii.

Przerażona tym, co może zrobić, bardziej niż kiedykolwiek chcę urządzić przyjęcie dla Millie.

– A jeśli moi rodzice przylecą tu na Boże Narodzenie? – pytam. – Co zrobisz, jeśli się tutaj pojawią i zechcą spotkać się z Millie?

– Nie sądzę, żeby to zrobili, a poza tym do tej pory Millie może się już poddać i umrzeć. Choć mam nadzieję, że tak się nie stanie. Byłbym ogromnie rozczarowany, gdyby wytrwała tylko kilka miesięcy, po tym, jak zadałem sobie tyle trudu, żeby ją tu ściągnąć.

Odwracam się gwałtownie, by nie zobaczył, jak krew odpływa mi z twarzy. Jestem bliska omdlenia, lecz wściekłość dodaje mi sił. Zaciskam dłonie. Jack to dostrzega i parska śmiechem.

– Zabiłabyś mnie z rozkoszą, prawda?

– Owszem. Ale wolałabym, żebyś najpierw cierpiał – odpowiadam, bo nie mogę się już powstrzymać.

– Obawiam się, że to mało prawdopodobne – mówi, wyraźnie rozbawiony tą myślą.

Muszę się skoncentrować, w przeciwnym razie nie doprowadzę do tego, by Millie była dla naszych przyjaciół realnym człowiekiem, nie tylko kimś, kogo znają ze słyszenia.

Jeśli Jack zacznie podejrzewać, jak mi zależy na urządzeniu tego przyjęcia, zadzwoni do Esther i powie, że wolelibyśmy świętować tylko we własnym gronie.

– Odwołaj to zaproszenie, Jack – mówię drżącym głosem, jakbym powstrzymywała się od płaczu. – Nie dam rady wysiedzieć tylu godzin, udając, że wszystko jest w porządku.

– Więc będzie to idealna kara za to, że zaprosiłaś Janice.

– Proszę, Jack, nie – zwracam się do niego błagalnym tonem.

– Uwielbiam, kiedy się tak przede mną płaszczysz. – Wzdycha. – Szczególnie jeśli przynosi to efekt odwrotny od zamierzonego. Idź do swojego pokoju, ja muszę się zająć przygotowaniami do przyjęcia. Może to nie jest taki głupi pomysł: kiedy ludzie poznają Millie, będą jeszcze bardziej zachwyceni moją wspaniałomyślnością.

Opuszczam ramiona i garbię się, jakby w poczuciu przegranej, a potem wchodzę na schody. W garderobie powoli zdejmuję ubranie, zastanawiając się jednocześnie, jak odwrócić jego uwagę i wyjąć niepostrzeżenie tabletki.

– Więc powiedziałeś swoim sąsiadom, że oprócz szurniętej żony masz też niedorozwiniętą szwagierkę? – pytam, zsuwając buty.

– Dlaczego miałbym im o tym mówić? Nigdy nie poznają Millie.

Zdejmuję sukienkę, odwieszam ją i biorę piżamę.

– Ale zobaczą ją w ogrodzie, kiedy urządzimy przyjęcie – mówię, wkładając piżamę.

– Z ich domu nie widać naszego ogrodu – odpowiada.

Sięgam po pudełko na buty.

– Owszem, widać go z okna na pierwszym piętrze.

– Z którego okna?

– Tego wychodzącego na ogród – tłumaczę, wskazując głową. – O, z tamtego.

Kiedy się odwraca, kucam, kładę pudełko na podłodze i biorę do ręki buty.

Jack przekrzywia głowę.

– Nie, stamtąd nic nie zobaczą – stwierdza, podczas gdy ja wyciągam chusteczkę z buta. – To za daleko.

Wciąż kucając, wkładam zawiniątko za pasek piżamy, chowam buty do pudełka i wstaję.

– Więc pewnie rzeczywiście nie masz się czym martwić. – Wzdycham, odkładając pudełko do szafy.

Przechodzę do drzwi, modląc się w duchu, by chusteczka nie wypadła zza paska. Jack idzie za mną. Otwieram drzwi swojego pokoju i wchodzę do środka, niemal pewna, że Jack odciągnie mnie i spyta, co schowałam pod piżamą. Kiedy zostaje na korytarzu i zamyka drzwi, nie mogę uwierzyć, że naprawdę mi się udało. Sekundę potem słyszę zgrzyt klucza przekręcanego w zamku i ogarnięta ogromną ulgą osuwam się na podłogę. Ale ponieważ może to być podstęp i za moment Jack może tu wpaść, podnoszę się szybko i chowam zawiniątko pod materac. Potem siadam na łóżku i próbuję uzmysłowić sobie w pełni fakt, że w ciągu ostatnich piętnastu minut osiągnęłam więcej niż w ciągu ostatnich piętnastu miesięcy, a zawdzięczam to głównie Millie. Nie jestem zszokowana tym, że chciała, abym zabiła Jacka, bo morderstwo to coś normalnego w jej ukochanych kryminałach, ona sama nie zdaje sobie sprawy, co naprawdę znaczy pozbawić kogoś życia. W jej umyśle, w którym granica między rzeczywistością i fikcją jest często bardzo niewyraźna, zabójstwo to po prostu sposób na rozwiązanie problemu.

KIEDYŚ

Tamtego pierwszego razu wstydziłam się własnej reakcji, gdy Jack przyszedł mnie w końcu wypuścić z piwnicy. Przywarłam do niego z całej siły, kiedy po długiej koszmarnej nocy otworzył drzwi. Najgorsze było to, że po części sama sprowokowałam tę sytuację. Do tamtej pory nie miałam pojęcia, co właściwie Jack zamierza zrobić z Millie. Wiedziałam, że będzie chciał ją nastraszyć, ale byłam przekonana, że zdołam ją ochronić przed najgorszym, że zawsze będzie mogła szukać u mnie pomocy, że będę jej stale towarzyszyć. Choć Jack mówił wcześniej o swoim zamiarze ukrycia jej przed światem, nie przyszło mi do głowy, że chce trzymać ją w przerażającym pokoju w piwnicy i karmić się jej strachem, gdy tylko będzie miał ochotę. Znałam już jego odrażającą naturę, lecz obawa przed tym, że może mnie tam zostawić i pozwolić, bym zmarła z odwodnienia – jak Molly – i tym samym nie będę w stanie pomóc Millie, pozbawiła mnie resztek sił, złamała we mnie ducha. Dlatego też, gdy następnego ranka otworzył w końcu drzwi, rozpłakałam się z wdzięczności i powtarzałam raz za razem, że zrobię wszystko, naprawdę wszystko, byle tylko nie zamknął mnie tam ponownie.

Postanowił trzymać mnie za słowo i zamienił tę sytuację w grę. Wyznaczał mi zadania, których nie byłam w stanie wykonać, a potem za karę zamykał mnie w piwnicy. Zanim uderzyłam go butelką, pozwalał mi układać menu na wieczorne przyjęcia dla przyjaciół, a ja wybierałam dania, które gotowałam już wcześniej. Od tamtej chwili jednak to on narzucał jadłospis i zawsze wybierał wyjątkowo trudne, wyszukane potrawy. Jeśli coś nie wyszło idealnie – jeśli mięso było odrobinę zbyt twarde albo ryba nieco rozgotowana – po wyjściu gości prowadził mnie do piwnicy i zamykał na całą noc. Byłam dobrą kucharką, ale pod taką presją popełniałam głupie błędy. Zdarzało się to tak często, że kolacja, na którą po raz pierwszy zaprosiliśmy Esther i Rufusa, była pierwszym bezbłędnym przyjęciem od pięciu miesięcy.

Jeśli podczas kolacji u przyjaciół powiedziałam lub zrobiłam coś, co nie spodobało się Jackowi – na przykład nie byłam w stanie dojeść deseru – po powrocie do domu także zamykał mnie w piwnicy. Świadoma, że mój strach go podnieca, starałam się w takich momentach zachować spokój, lecz on stał wtedy po drugiej stronie drzwi i głosem ochrypłym z ekscytacji mówił, żebym wyobraziła sobie Millie na swoim miejscu, aż błagałam go, by przestał.

TERAZ

Nadszedł w końcu dzień przyjęcia urodzinowego Millie.
Kiedy zaczynam myśleć, że Jack nigdy nie przyjdzie do
mojego pokoju i nie wpuści mnie do garderoby, bym mogła
się przygotować, słyszę jego kroki na schodach.

– Czas na zabawę! – mówi, otwierając drzwi. Jego pod-
ekscytowanie powoduje, że zastanawiam się, co też chowa
w zanadrzu. Nie mogę jednak pozwolić sobie na dekoncen-
trację. Choć cieszą mnie postępy, które zrobiłam w ciągu
ostatnich dwóch tygodni, dziś muszę koniecznie zachować
spokój, by cały wysiłek Millie i mój nie poszedł na marne.

Wchodzę do swojej starej sypialni i otwieram szafę. Mam
nadzieję, że Jack wybierze dla mnie coś ładnego, by uczcić
w ten sposób urodziny Millie. Sukienka, którą wskazuje, już
wcześniej była na mnie odrobinę za duża, więc teraz jeszcze
bardziej podkreśla moją chudość. Widzę, jak Jack marszczy
brwi, ale ponieważ nie każe mi się przebierać, zgaduję, że
martwią go mój ogólny wygląd i kondycja. W lustrze dostrzegam wychudzoną twarz o wielkich oczach.

Robię sobie makijaż i kiedy jestem gotowa, schodzę za

Jackiem na dół. Przygotował już lunch, który mamy zjeść z Millie i Janice, natomiast na popołudniowe przyjęcie zamówił catering, choć to ja chciałam przygotować jedzenie. Wszystko wygląda idealnie. Wchodzimy do holu, Jack spogląda na zegarek. Wystukuje kod na klawiaturze przy drzwiach, a brama przed domem otwiera się powoli. Kilka minut później słychać nadjeżdżający samochód. Jack otwiera frontowe drzwi, gdy Janice zatrzymuje auto na podjeździe.

Janice i Millie wysiadają z samochodu. Moja siostra pędzi prosto do mnie. Jest ubrana w ładną różową sukienkę, we włosach ma dopasowaną kolorystycznie wstążkę. Janice idzie spokojnym krokiem, rozgląda się z zaciekawieniem.

– Wyglądasz ślicznie, Millie – mówię do siostry i ściskam ją mocno.

– Dom jest śliczny, Grace! – woła rozpromieniona. – Piękny!

– O tak, bez dwóch zdań – dodaje Janice z podziwem, podchodząc bliżej. Ściska dłoń Jacka, potem moją.

Millie odwraca się do Jacka.

– Piękny dom.

Mój mąż kłania się uprzejmie.

– Bardzo się cieszę, że ci się podoba. Wejdźmy do środka, pokażę wam wszystko. Ale może najpierw zechcecie się napić. Pomyślałem, że usiądziemy na tarasie, chyba że jest wam zimno.

– Nie, to świetny pomysł – odpowiada Janice. – Powinniśmy korzystać z takiej pięknej pogody, tym bardziej że pewnie nie utrzyma się długo.

Przechodzimy przez hol i kuchnię na taras, gdzie w lodzie czekają puszki z napojami i soki owocowe. Szklanki stoją już na stole: Jack nie musi wychodzić po nie do środka i zostawiać mnie samej z Janice i Millie. Po południu, w obecności tak wielu ludzi, będzie musiał zachować wyjątkową czujność, by mieć mnie stale na oku.

Popijamy napoje i gawędzimy uprzejmie. Millie nie wytrzymuje długo w jednym miejscu. Jest zbyt podekscytowana – idzie obejrzeć ogród. Doganiamy ją, gdy pokazujemy dom i działkę Janice.

– Chciałabyś zobaczyć swój pokój, Millie? – pyta Jack.

Moja siostra kiwa entuzjastycznie głową.

– Tak, proszę, Jack.

– Mam nadzieję, że ci się spodoba.

– Lubię żółty – odpowiada radośnie.

Wszyscy czworo idziemy na górę, Jack otwiera drzwi głównej sypialni, gdzie sam sypia. Są tu rzeczy, których nigdy nie widziałam – jedwabny szlafrok, flakoniki z perfumami, jakieś czasopisma – i które mają zapewne świadczyć o tym, że ja również tu mieszkam. Kiedy Millie kręci głową i mówi, że to nie jej pokój, Jack pokazuje jej jeden z pokoi gościnnych, utrzymany w biało-niebieskiej tonacji.

– Jak ci się podoba? – pyta.

– Jest ładny, ale nie żółty – odpowiada Millie po chwili wahania.

Przechodzimy do pokoju, w którym kiedyś mieszkałam.

– A ten?

Millie kręci głową.

– Nie lubię zielonego.

Jack uśmiecha się lekko.

– To dobrze, bo to nie twój pokój.

– Może trzeba przejść tam – mówi Janice, dołączając do

zabawy i wskazując drzwi w głębi korytarza. Millie podbiega do nich, otwiera i widzi przed sobą łazienkę.

– A może tutaj? – proponuje Jack, wskazując drzwi mojej pakamery.

Millie zagląda do środka.

– Okropny. – Krzywi się z niesmakiem. – Nie podoba się.

– Jest straszny, prawda? – Kiwam głową.

– Nie martw się, Millie, tylko się z tobą droczę. – Jack się śmieje. – Został jeszcze jeden pokój, którego nie sprawdziłaś, naprzeciwko naszego. Może tam zajrzysz?

Millie biegnie we wskazane miejsce, otwiera drzwi i piszczy z radości. Kiedy tam docieramy, skacze już na łóżku i jest tak szczęśliwa, że zbiera mi się na płacz. Szybko przełykam łzy żalu, przypominając sobie, jak wiele zależy od tego dnia.

– Chyba się jej podoba – mówi Jack, zwracając się do Janice.

– Dlaczego miałby się jej nie podobać? Jest cudowny!

Moja siostra nie chce wyjść ze swojego pokoju, daje się skusić dopiero obietnicą lunchu. Idziemy na dół, a po drodze do jadalni Jack pokazuje Millie i Janice resztę domu.

– Co tam jest? – pyta Millie, próbując otworzyć drzwi piwnicy. – Dlaczego zamknięte?

– To wejście do piwnicy – tłumaczy Jack.

– Co to piwnica?

– Miejsce, gdzie trzymam różne rzeczy.

– Mogę zobaczyć?

– Nie teraz. – Po krótkiej pauzie Jack dodaje: – Ale jak z nami zamieszkasz, chętnie ci ją pokażę.

Trudno mi zachować spokój, lecz Jack trzyma mnie mocno za ramię, więc nie mam wyjścia. Jemy lekki lunch, złożony z zimnych mięs i sałatek. Kiedy pijemy kawę, Millie pyta, czy może jeszcze raz rozejrzeć się po ogrodzie, więc ponownie wynosimy filiżanki na taras.

– Mam nadzieję, że podoba się pani dom, w którym zamieszka Millie – mówi Jack, przyciągając nam krzesła.

– Oczywiście. – Janice kiwa głową. – Doskonale rozumiem, dlaczego chcieli państwo skończyć remont i dopiero wtedy pokazać Millie całość. Jest naprawdę cudowny. To musiało być ogromne przedsięwzięcie.

– Cóż, rzeczywiście nie mieszkało nam się zbyt wygodnie, kiedy jednocześnie trwał tu remont, ale warto było, prawda, kochanie?

– Tak – zgadzam się z nim. – Gdzie urządzimy przyjęcie Millie, w środku czy na zewnątrz?

– Myślałem o jadalni, ale pogoda jest taka ładna, że może przeniesiemy się na taras. Millie i inne dzieciaki będą mogły bawić się wtedy w ogrodzie.

– Nie wiedziałam, że zaprosili państwo kogoś jeszcze – dziwi się Janice.

– Chcieliśmy urządzić Millie prawdziwe przyjęcie urodzinowe, a przy okazji przedstawić ją naszym przyjaciołom – tłumaczy Jack. – Choć pozostałe dzieci są od niej młodsze, mam nadzieję, że potraktują ją jak starszą siostrę. – Spogląda na zegarek. – Zaprosiliśmy je na trzecią. Zechciałaby pani zająć się Millie, podczas gdy ja i Grace wszystko przygotujemy?

Janice kiwa głową.

– Jasne. Doprowadzę ją trochę do porządku.

– Świetnie, ale najpierw chciałbym jej coś pokazać. – Jack przywołuje moją siostrę z głębi ogrodu. – Millie, w salonie, za jednym z krzeseł, znajdziesz duże pudełko. Mogłabyś mi je przynieść?

Millie znika we wnętrzu domu, a ja staram się nie martwić na zapas tym, co może się kryć w pudle. Wmawiam sobie, że Jack nie zrobiłby nic głupiego w obecności Janice. Mimo to czuję ulgę, gdy Millie otwiera pudełko i wyjmuje z niego żółtą satynową sukienkę z szerokim pasem.

– Jest śliczna, Jack – mówię, wściekła na siebie za swoją wdzięczność. Kiedy Millie rzuca mu się na szyję, znów myślę z żalem o tym, jak mogłoby wyglądać nasze życie.

– Cieszę się, że ci się podoba.

Janice spogląda na mnie ze zdumieniem.

– Nie pomagała pani mężowi w wyborze?

– Nie. Jack sam zajął się przygotowaniami do przyjęcia. Ale jak pani widzi, doskonale sobie radzi.

– Może zaprowadzi pani Millie do jej pokoju, żeby mogła się przebrać? – proponuje Jack. – Śmiało, Millie, idź z Janice.

Wychodzą, a on odwraca się do mnie.

– Niech się bawi, dopóki może. Coś mi się wydaje, że jej prawdziwy pokój nie przypadnie jej do gustu. No dobrze, bierzmy się do pracy.

Rozkłada duży drewniany stół do maksymalnej długości, by wszyscy mogli się przy nim pomieścić – dziewięcioro dorosłych i piątka dzieci. Kiedy chodzimy między kuchnią i tarasem, nosząc talerze i szklanki, staram się nie myśleć o prawdziwym pokoju Millie i nie pozwolić, by bezsilna złość odwiodła mnie od tego, co zamierzam dziś zrobić.

– No i co o tym myślisz? – pyta Jack, patrząc na zastawiony jedzeniem stół.

– Wygląda wspaniale – odpowiadam, podziwiając balony

i wstęgi, które rozwiesił wokół tarasu. – Millie będzie zachwycona.

W tym samym momencie w drzwiach pojawiają się Janice i rozpromieniona Millie w nowej sukience i z wstążką we włosach.

– Cóż za piękna młoda dama! – wykrzykuje Jack, a Millie aż rumieni się z radości. Spoglądam na nią z niepokojem. Mam nadzieję, że nie da mu się oczarować.

– Dziękuję, Jack – odpowiada, po czym się rozgląda. – Jak tu pięknie! – woła.

– Wyglądasz ślicznie, Millie – mówię, podchodząc do niej. Zarzuca mi ręce na szyję.

– Nie zapominam, zły człowiek – szepcze mi do ucha.

– Masz rację, Millie. Jack to bardzo miły człowiek. – Śmieję się, świadoma, że Jack widział ten szept.

Millie kiwa głową.

– Jack miły.

Rozlega się głos dzwonka.

– Przyjęcie się zaczyna! – woła moja siostra, uradowana.

Jack bierze mnie za rękę i razem podchodzimy do drzwi, zostawiając Janice i Millie na tarasie. Przeprowadzamy Esther, Rufusa i ich dwoje dzieci przez kuchnię, potem przedstawiamy sobie gości. Chwilę później przychodzą Moira i Giles, a tuż za nimi Diane, Adam i ich dzieci.

– Słyszeliśmy was, więc nie dzwoniliśmy już do drzwi – tłumaczy Diane, całując mnie na powitanie.

Jack musi przywitać i przedstawić sobie nawzajem tylu ludzi, że nie może stale mnie obserwować. Przychodzi mi do głowy, że mam teraz dość czasu, by wyszeptać do ucha Diane: „Pomóż mi, Jack to szaleniec". Ale nawet gdybym mówiła to z prawdziwym przejęciem, Diane pomyślałaby zapewne, że żartuję albo odnoszę się do kosztów, jakie poniósł, urządzając przyjęcie dla Millie. Jack zabiera mnie do kuchni po szampana dla dorosłych i kolorowe napoje dla dzieci. Kiedy siadam przy stole, ściska mocniej moją dłoń, dając mi do zrozumienia, że choć jest zajęty, słucha wszystkiego, co mówię do gości.

Millie otwiera prezenty. Nie mam pojęcia, co jej kupiliśmy. Nie pytałam na wszelki wypadek, by nie zakłócać kruchego spokoju, który udało mi się osiągnąć w ciągu ostatnich dwóch tygodni. Jack jak zwykle staje na wysokości zadania – daje jej ładny srebrny medalion z wygrawerowaną literą M.

– Śliczne! – Millie rozpromienia się i podnosi medalion, by wszyscy mogli go zobaczyć.

– Właściwie to tylko ode mnie, bo Grace ma dla ciebie własny, szczególny prezent – mówi Jack. Siostra patrzy na mnie pytająco, a ja uśmiecham się do niej w nadziei, że wybrał coś ładnego. – Namalowała kilka ślicznych obrazów do twojego nowego pokoju, prawda, kochanie?

Czuję, jak krew odpływa mi z twarzy, zaciskam mocno dłonie na krawędzi stołu.

Millie klaszcze w dłonie uradowana.

– Mogę zobaczyć?

– Jeszcze nie – odpowiada Jack przepraszającym tonem. – Ale powieszę je w twoim pokoju, zanim się do niego wprowadzisz, obiecuję.

– Co to za obrazy? – pyta Rufus.

– Portrety – wyjaśnia Jack. – Bardzo realistyczne. Grace ma świetne oko do szczegółów.

– Dobrze się czujesz, Grace? – Esther patrzy na mnie z niepokojem.

– To przez ten upał – odpowiadam. – Odzwyczaiłam się.

Jack podaje mi szklankę wody.

– Napij się, kochanie – mówi z troską. – Na pewno poczujesz się lepiej.

Wiem, że Millie patrzy na mnie zaniepokojona, więc upijam łyk.

– Już lepiej – mówię siostrze. – Otwórz inne prezenty, a potem idź się pobawić.

Dostaje srebrną bransoletkę od Moiry i Gilesa oraz srebrną szkatułkę na biżuterię od Diane i Adama, ale ledwie je widzę, bo wciąż nie mogę zapanować nad nerwami. Wyczuwam na sobie wzrok Esther, lecz choć raz nie przeszkadza mi, że widzi mnie w takim stanie.

– Esther, a co z naszym prezentem? – pyta Rufus.

– Oczywiście, już. – Esther wzdycha, zła na siebie, po czym wręcza Millie pięknie opakowany prezent. – Mam nadzieję, że ci się spodoba – mówi z uśmiechem.

Millie zdejmuje papier i odsłania duże pudełko obszyte czerwonym aksamitem, zdobione cekinami i szklanymi paciorkami. Uwielbia takie rzeczy, więc gdy zachwyca się nim głośno, ja w końcu odzyskuję spokój i uśmiecham się do Esther z wdzięcznością.

– To na różne drobiazgi – mówi Esther. – Będzie pasowało do twojego nowego pokoju.

Millie uśmiecha się do niej szeroko.

– Jest żółty – mówi z dumą. – Mój pokój jest żółty.

Esther wydaje się zaskoczona.

– Chyba czerwony, prawda?

Millie kręci głową.

– Żółty. To mój ulubiony kolor.

– Myślałam, że twój ulubiony kolor to czerwony.

– Żółty.

Esther odwraca się do Jacka.

– Nie mówiłeś przypadkiem, że urządzacie pokój Millie na czerwono, bo to jej ulubiony kolor?

– Nie, nie wydaje mi się.

– Owszem, tak właśnie mówiłeś – potwierdza Diane. – Wtedy, gdy jedliśmy razem lunch w mieście.

– Cóż, jeśli tak rzeczywiście było, to bardzo was przepraszam. Musiałem wówczas myśleć o czymś innym.

– Ale powtarzałeś to kilkakrotnie – upiera się Esther. – Kiedy przyszliście do nas na kolację, mówiłeś, że nie możesz się już doczekać, gdy Millie zobaczy swój czerwony pokój. – Spogląda na mnie. – Czy nie tak właśnie mówił, Grace?

– Niestety, nie pamiętam – mamroczę pod nosem.

– Czy to takie istotne? – Jack wskazuje głową moją siostrę, która pakuje do pudełka pozostałe prezenty. – Przecież i tak bardzo jej się podoba.

– Jasne, ale to dziwne, kiedy kilka razy powtarza się taki sam błąd – rozmyśla głośno Esther, szczerze zdumiona.

– Robiłem to nieświadomie.

– Cóż, chyba mogłabym zabrać je do sklepu i wymienić na żółte – dodaje Esther z powątpiewaniem.

– Nie, nie rób tego – proszę. – Jack ma rację, Millie i tak bardzo podoba się prezent.

Przez następne dziesięć minut Esther uważnie obserwuje Jacka, a ja mam cichą satysfakcję, że próbując wyprowadzić mnie z równowagi, posunął się za daleko – choć nie dostrzegł tego nikt oprócz Esther. W pewnym momencie spogląda raz jeszcze na Jacka i czerwone pudełko, marszcząc brwi, a potem ponownie odwraca się do mnie.

– Wybacz, Grace, że o to pytam – mówi – ale na pewno dobrze się czujesz? Wydajesz się bardzo blada.

– Nic mi nie jest – zapewniam ją.

– Ja też to zauważyłam. – Diane kiwa głową. – I bardzo schudłaś. Nie jesteś chyba na diecie, prawda?

– Nie, po prostu nie mam ostatnio apetytu.

– Może powinnaś wybrać się do lekarza?

– Zrobię to – obiecuję.

– Naprawdę powinieneś bardziej o nią dbać, Jack. – Esther spogląda na niego z przyganą.

– Zamierzam. – Mój mąż uśmiecha się, wkłada rękę do kieszeni marynarki i wyciąga z niej kopertę. – Nie widzę powodu, by tylko Millie miała dzisiaj dostać prezent.

– Adam, patrz i ucz się. – Diane wzdycha.

– Proszę, kochanie. – Jack wręcza mi kopertę. – Otwórz ją.

Posłusznie otwieram kopertę i widzę dwa bilety lotnicze.

– No, już, Grace, nie trzymaj nas w niepewności – prosi Diane. – Dokąd zabiera cię Jack?

– Do Tajlandii – odpowiadam powoli, przerażona świadomością, że wszystko, co zdążyłam zaplanować i przygotować, pójdzie na marne, jeśli wyjedziemy.

– Prawdziwa szczęściara – mówi Moira, uśmiechając się do mnie.

– Chyba powinnaś coś powiedzieć, Grace – podpowiada Esther.

Podnoszę szybko głowę.

– Po prostu jestem w szoku. To wspaniały pomysł, Jack, ale czy naprawdę mamy na to czas?

– Sama mówiłaś, że chciałabyś ostatni raz wyjechać do Tajlandii, zanim zamieszka z nami Millie – przypomina, przedstawiając to tak, jakbym uważała Millie za ciężar.

– Ale ty powiedziałeś, że nie możesz. Zdaje się, że będziesz wtedy pracował nad sprawą Tomasina?

– Tak, lecz postaram się ją zamknąć do tego czasu.

– Kiedy wyjeżdżacie? – pyta Giles.

– Zarezerwowałem bilety na piątego czerwca.

Adam spogląda na niego ze zdumieniem.

– Sprawa Tomasina skończy się tak szybko?

– Mam nadzieję. Proces zaczyna się w przyszłym tygodniu.

– Tak czy inaczej, zdaje się, że tym razem nie wszystko jest oczywiste, prawda? W gazetach piszą, że jej mąż jest niewinny.

Jack unosi brwi.

– Nie mów, że wierzysz we wszystko, co piszą w gazetach.

– Nie, chociaż hipoteza, że to fałszywe oskarżenie, bo pani Tomasin ma kochanka i chce wrobić męża, wydaje się interesująca.

– Być może, ale to kompletna bzdura.

– Więc jesteś pewien wygranej?

– Oczywiście. Nie przegrałem jeszcze żadnej sprawy i nie dopuszczę, żeby ta była pierwsza.

Adam odwraca się do mnie.

– A co ty sądzisz, Grace? Na pewno czytałaś, co piszą o tym w gazetach.

– Ja? Myślę, że jej mąż jest winny – odpowiadam, ciekawa, co by powiedzieli, gdybym odparła, że właściwie nie wiem, o czym rozmawiają.

– Wybaczcie, ale nie wyobrażam go sobie w roli oprawcy – wtrąca Diane. – To nie ten typ.

– Jack mówi, że tacy są najgorsi – odpowiadam swobodnym tonem.

Esther zerka na mnie.

– Życie u boku męża, który prowadzi takie znane sprawy, musi być ekscytujące. – Patrzy mi prosto w oczy.

– Prawdę mówiąc, mój mąż rzadko opowiada w domu o pracy, a już na pewno nie o szczegółach. Twierdzi, że to poufne informacje. Jestem pewna, że w twoim przypadku jest podobnie, Diane. – Odwracam się do Jacka i mówię z udawaną troską: – A co do naszego wyjazdu: czy nie lepiej będzie poczekać, aż Millie u nas zamieszka?

– Dlaczego?

– Na wypadek, gdyby jednak ten proces nie skończył się do tego czasu.

– Skończy się.

– A jeśli nie? – obstaję przy swoim.

– Wtedy ty pojedziesz pierwsza, a ja dołączę później.

Patrzę na niego ze zdumieniem.

– Nie odwołamy wakacji, Grace. Jak wszyscy zauważyli, potrzebujesz odpoczynku.

– Naprawdę puściłbyś mnie samą? – pytam, wiedząc, że nigdy nie zgodziłby się na coś takiego.

– Oczywiście.

Esther patrzy na niego z aprobatą.

– To bardzo szlachetne z twojej strony, Jack.

– Wcale nie. Dlaczego miałbym pozbawiać swoją ukochaną żonę wakacji tylko dlatego, że ja nie mogę jechać?

– Bardzo chętnie dotrzymałabym jej towarzystwa do czasu twojego przyjazdu – proponuje Diane.

– Nie chciałbym cię rozczarować, ale nie mam zamiaru dopuścić do takiej sytuacji – odpowiada Jack, wstając. – Grace, potrzebuję twojej pomocy w kuchni.

Idę za nim. Nie mogę uwierzyć, że cały mój plan rozsypuje się w gruzy.

– Nie wyglądasz na zachwyconą tym wyjazdem do Tajlandii – mówi, wręczając mi świece, które mam wbić w tort. – Przecież to była twoja propozycja.

– Owszem, ale teraz wydaje mi się, że ze względu na twoją pracę nie powinniśmy jechać.

– Więc uważasz, że lepiej będzie wszystko odwołać?

Oddycham w duchu z ulgą.

– Zdecydowanie.

– Zatem myślisz, że Millie może sprowadzić się do nas wcześniej, na przykład w przyszłym tygodniu? Właściwie mogłaby zostać już dzisiaj. Przywiózłbym jej rzeczy w przyszłym tygodniu, gdy będzie się urządzać w swoim ślicznym czerwonym pokoju. Co o tym sądzisz, Grace? Mam to zaproponować? Czy też polecimy do Tajlandii w przyszłym miesiącu?

– Lecimy do Tajlandii w przyszłym tygodniu – odpowiadam lodowatym tonem.

– Tak też myślałem. No dobrze, gdzie są zapałki?

Trudno nie poddać się rozpaczy, którą odczuwam w czasie, kiedy wszyscy śpiewają *Sto lat*, a Millie zdmuchuje świeczki. Patrzę na roześmianych, wesołych ludzi i próbuję zrozumieć, jak moje życie zamieniło się w piekło, którego nikt z tutaj obecnych nawet sobie nie wyobraża. Gdybym teraz poprosiła ich nagle o uwagę i powiedziała, że Jack ma wobec Millie okrutne zamiary, że chce ją zamknąć w przerażającym pokoju i trzymać tam, dopóki nie oszaleje ze strachu, że jest mordercą, który więzi mnie od piętnastu miesięcy, nikt by w to nie uwierzył. A co powiedziałby im wtedy Jack? Że już po ślubie dowiedział się o mojej chorobie psychicznej, która ujawniła się po raz pierwszy w hotelu, gdy oskarżyłam go na oczach tłumu gości. Że kierownik hotelu, nasz lekarz i policja chętnie potwierdzą jego słowa. Że ten rok z okładem był dla niego bardzo stresujący, zwłaszcza że musi mi zawsze towarzyszyć z obawy przed tym, co powiem innym. Nawet gdyby Millie przyszła mi z pomocą i powiedziała, że Jack zepchnął ją ze schodów, udałby zdumienie i zasugerował, że to ja podsunęłam jej tę myśl. Dlaczego zgromadzeni tu ludzie mieliby uwierzyć w moją opowieść, skoro wersja Jacka brzmi wiarygodniej?

Jemy tort, pijemy szampana. Millie i dzieci wracają do zabawy, dorośli siedzą i rozmawiają. Nie mogę się skupić, ale gdy słyszę, jak Janice mówi, że bardzo chętnie będzie odwiedzać Millie w naszym nowym pięknym domu, staram się wykorzystać szansę, by zamienić tę obietnicę w rzeczywistość.

– Może ustalimy konkretną datę? – zwracam się do pozostałych. – Moglibyśmy też zabrać Millie z dzieciakami na festiwal muzyczny i urządzić tam piknik. Wygląda na to, że świetnie się dogadują. Kiedy się zaczyna, na początku lipca?

– Świetny pomysł! – wykrzykuje Diane. – A może ktoś chciałby się wybrać do zoo? Obiecałam swoim dzieciakom, że tam pójdziemy, gdy tylko skończy się rok szkolny.

– Millie byłaby zachwycona – mówię szybko, chcąc wypełnić jej kalendarz.

– Zanim się rozpędzisz, Grace – wtrąca Jack – chciałbym ci powiedzieć, że mam dla ciebie jeszcze jedną niespodziankę. A właściwie dla Millie i dla ciebie.

Robi mi się zimno ze strachu.

– Jeszcze jedną niespodziankę?

– Nie rób takiej przerażonej miny – żartuje Moira. – Twój mąż na pewno przygotował coś miłego.

– Nie chciałem mówić ci o tym teraz – tłumaczy Jack przepraszającym tonem – ale skoro robisz już plany na wakacje, to powinnaś chyba wiedzieć, że zabieram ciebie i Millie do Nowej Zelandii, do waszych rodziców.

– Nowa Zelandia! – Diane wzdycha. – Boże, zawsze chciałam pojechać do Nowej Zelandii.

– Kiedy? – dukam.

– Cóż, myślałem, że damy Millie kilka dni na urządzenie się tutaj i wyjedziemy w połowie lipca.

– Ale w sierpniu Millie zaczyna pracę w centrum ogrodniczym – odpowiadam, zastanawiając się, do czego zmierza mój oprawca. – Szkoda lecieć tak daleko tylko na dwa tygodnie.

– Na pewno nie będą mieli nic przeciwko temu, żeby zaczęła tydzień lub dwa później, zwłaszcza jeśli wszystko im wytłumaczymy.

– Nie uważasz, że to może być dla niej zbyt silne przeżycie? Najpierw przeprowadzka, potem to... Lepiej chyba będzie poczekać do Bożego Narodzenia.

– Na pewno będzie zachwycona – wtrąca Janice. – Marzy o tym, odkąd przygotowywałyśmy prezentację o Nowej Zelandii, tuż po wyjeździe waszych rodziców.

– Gdybym poleciała do Nowej Zelandii, być może nie chciałabym już wracać – mówi Diane. – Podobno jest tam pięknie.

– Istnieje i takie niebezpieczeństwo – zgodził się z nią Jack. – Millie może się tam spodobać tak bardzo, że zechce zostać na stałe ze swoimi rodzicami.

Już się domyślam, do czego zmierza: przygotowuje grunt pod całkowite odizolowanie Millie od świata.

– Nigdy by tego nie zrobiła – oznajmiam z mocą. – Przede wszystkim nie chciałaby opuścić mnie.

– A gdybyś ty też postanowiła tam zostać? – pyta Jack. Mówi żartobliwym tonem, ale dobrze wiem, że chce się pozbyć nas obu.

– Nie zrobiłabym tego – odpowiadam. – Nigdy nie mogłabym cię zostawić, Jack, chyba o tym wiesz?

Ale mogłabym cię zabić, dodaję w myślach. I zamierzam to zrobić.

KIEDYŚ

Garść tabletek ukrytych pod moim materacem przywróciła mi nadzieję i dała chęć do życia. Po raz pierwszy od sześciu miesięcy plany ucieczki od Jacka nabrały realnych kształtów. Byłam ogromnie wdzięczna Millie, że poderwała mnie na nowo do działania. Zadała sobie wiele trudu, by zdobyć dla mnie tabletki, a ja nie zamierzałam jej zawieść. Musiałam jednak postępować bardzo ostrożnie. Jednym z problemów było to, że nie znałam jakości i siły działania tabletek. Nawet gdyby udało mi się podać je Jackowi, nie miałabym pojęcia, kiedy zaczną działać i z jakim skutkiem. Ile tabletek trzeba, żeby pozbawić go przytomności? Musiałam rozważyć wiele scenariuszy, wiele różnych za i przeciw.

Zastanawiałam się nad sposobem podania leku w drinku. Piliśmy tylko podczas kolacji, w towarzystwie innych, a jeśli mój plan miał zadziałać, musiałam zaaplikować mu dawkę tutaj, w domu, gdy będziemy we dwoje. Przez całą noc analizowałam różne możliwości, następnego wieczoru, w porze kolacji, miałam już pewien pomysł. Musiałam jak najszybciej zacząć przygotowania, najlepiej od razu.

Kiedy wszedł do pokoju, siedziałam przygarbiona na łóżku, zwrócona plecami do drzwi. Ponieważ nie odwróciłam się do niego i nie odebrałam tacy, jak miałam w zwyczaju, postawił ją na stoliku nocnym i wyszedł. Świadomość, że jedzenie znajduje się tuż obok, utrudniała mi zadanie, tym bardziej że nie miałam nic w ustach od poprzedniego popołudnia, od urodzin Millie, ale nie zamierzałam się poddawać. Nazajutrz w ogóle nie przyniósł mi posiłku, a taca nadal stała przy łóżku, więc pokusa była jeszcze większa. Lecz za każdym razem, gdy zastanawiałam się, czy czegoś nie przekąsić i nie wypełnić bolesnej pustki w brzuchu, przywoływałam w myślach obraz pokoju w piwnicy i zamkniętej w nim Millie. Wtedy było łatwiej.

Trzeciego dnia, przypomniawszy sobie, że może jednak powinien mnie nakarmić, przyniósł śniadanie. Zobaczywszy, że taca sprzed dwóch dni stoi nietknięta, spojrzał na mnie z zaciekawieniem.

– Nie jesteś głodna?

Pokręciłam głową.

– Nie.

– W takim razie zniosę twoje śniadanie do kuchni.

Wyszedł, zabierając ze sobą oba posiłki. Bez jedzenia było nieco łatwiej. Aby poradzić sobie z bólem żołądka, medytowałam. Ale kiedy nie zjadłam nic do weekendu ani nie tknęłam wina, które mi przyniósł, Jack nabrał podejrzeń.

– Nie prowadzisz chyba strajku głodowego, co? – spytał, wymieniając kolejną tacę na nową.

Pokręciłam apatycznie głową.

– Po prostu nie jestem głodna.

– Dlaczego?

Milczałam przez chwilę.

– Myślałam, że nigdy do tego nie dojdzie – przemówiłam, nerwowo skubiąc narzutę. – Zawsze byłam pewna, że w końcu zdołam uratować Millie przed tobą.

– Niech zgadnę: myślałaś, że dobro zatriumfuje nad złem albo że uratuje was obie rycerz w lśniącej zbroi.

– Coś w tym rodzaju. – Przez moment zmagałam się z płaczem. – Ale nic takiego się nie stanie, prawda? Millie się tutaj wprowadzi, a ja nie zdołam temu zapobiec.

– Nie wiem, czy będzie to dla ciebie jakimś pocieszeniem, ale nigdy nie chodziło o ciebie. Niemniej cieszę się, że wreszcie akceptujesz to, co nieuniknione. Na dłuższą metę uprości nam to wszystkim życie.

Wskazałam głową na kieliszek wina, który mi przyniósł. Starałam się przy tym nie zwracać uwagi na leżące obok ziemniaki i kurczaka, które wyglądały naprawdę smakowicie.

– Mógłbyś dać mi whisky zamiast wina?

– Whisky?

– Tak.

– Nie wiedziałem, że pijesz whisky.

– A ja nie wiedziałam, że jesteś psychopatą. Po prostu przynieś mi whisky, Jack – powiedziałam, przecierając ze znużeniem oczy. – Pijałam whisky ze swoim tatą, jeśli musisz wiedzieć.

Czułam, jak mi się przygląda, ale siedziałam z opuszczoną głową, udając przygnębienie i rezygnację. Wyszedł z pokoju, zamykając za sobą drzwi. Nie miałam pojęcia, czy przyniesie mi whisky, a zapach kurczaka był niezwykle kuszący, więc zaczęłam powoli odliczać, obiecując sobie, że jeśli nie wróci przed setką, przynajmniej porządnie się najem. Nie doszłam nawet do pięćdziesięciu, gdy usłyszałam kroki na schodach. Przy sześćdziesięciu obrócił klucz w zamku, a ja zamknęłam oczy. Wiedziałam, że jeśli nie przyniósł mi whisky, pewnie wybuchnę płaczem, bo okaże się, że na darmo odmawiałam sobie jedzenia niemal przez cały tydzień.

– Proszę.

Otworzyłam oczy i spojrzałam na plastikowy kubek, który trzymał w dłoni.

– Co to jest? – spytałam podejrzliwie.

– Whisky.

Sięgnęłam po kubek, ale on cofnął rękę.

– Najpierw coś zjedz. Do niczego mi się nie przydasz, jeśli będziesz za słaba, żeby opiekować się Millie.

Choć jego słowa mnie zmroziły, zrozumiałam, że jestem na właściwym tropie, bo dotąd nigdy nie spełnił żadnej z moich próśb, nie chciał mi nawet dać większego ręcznika. Przypuszczałam jednak, że teraz zależało mu przede wszystkim na doprowadzeniu planu do końca, więc był gotów spełnić moje prośby, jeśli tylko wydadzą mu się rozsądne. Uznałam to za swoje zwycięstwo i chociaż planowałam powstrzymywać się od jedzenia nieco dłużej, jeżeli chciałam, by nadal przynosił mi whisky, musiałam wyjść mu naprzeciw. Chciałam, by przynosił mi ją zaraz po powrocie z pracy, by nalewał mi alkohol w tym samym czasie co sobie, by weszło mu to w nawyk.

– Poprosiłam o whisky, bo miałam nadzieję, że dzięki temu odzyskam apetyt – powiedziałam, wciąż trzymając przed sobą wyciągniętą rękę. – Więc dasz mi to czy nie?

Spodziewałam się, że odmówi, ale po chwili wahania podał mi kubek. Podniosłam go do ust z udawanym zapałem. Od samego zapachu zrobiło mi się niedobrze, ale przynajmniej wiedziałam, że to whisky, a nie coś innego. Pociągnęłam łyk, świadoma jego wzroku. Nigdy dotąd nie piłam whisky, więc ostry, gorzki smak był dla mnie szokiem.

– Nie smakuje? – spytał drwiąco. Prawdopodobnie od początku nie wierzył, że lubię ten alkohol, a poczęstował mnie tylko po to, by sprawdzić, dlaczego właściwie o nią poprosiłam.

– Piłeś kiedyś whisky z plastikowego kubka? – odpowiedziałam pytaniem, pociągając następny łyk. – Wierz mi, to całkiem inny smak. Może następnym razem zechcesz przynieść ją w szklance. – Ponownie podniosłam kubek i opróżniłam go jednym haustem.

– A teraz coś zjedz – powiedział, przysuwając mi tacę.

Choć po alkoholu mocno kręciło mi się w głowie, zdecydowanym ruchem postawiłam sobie tacę na kolanach. Jedzenie wyglądało tak smakowicie, że mogłabym pochłonąć wszystko w ciągu kilkunastu sekund, ale jadłam powoli, jakbym musiała się zmuszać. Gdy na talerzu została mniej więcej połowa posiłku, odłożyłam sztućce. Sama nie wiem, kto był w tym momencie bardziej rozczarowany, Jack czy ja.

– Nie możesz zjeść trochę więcej? – spytał, marszcząc brwi.

– Nie, przykro mi – odparłam słabo. – Może jutro.

Wyszedł, zabierając ze sobą tacę. Wciąż okropnie głodna, syciłam się smakiem zwycięstwa, słodszym od wszystkiego, co mogłabym zjeść.

Jack nie był głupi. Nazajutrz, gdy znów nic nie zjadłam, postanowił uderzyć w czuły punkt.

– Odwołuję naszą jutrzejszą wizytę u Millie – oznajmił, zabierając nietkniętą tacę. – Nie ma sensu zabierać jej na lunch, skoro ty i tak nie będziesz nic jeść.

Domyślałam się, że prawdopodobnie nie pozwoli mi spotkać się z siostrą, ale byłam gotowa na takie poświęcenie.

– Trudno. – Wzruszyłam ramionami. Sądząc po jego zaskoczonej minie, oczekiwał raczej namawiania, żeby zmienił zdanie, i zapewnień o doskonałym samopoczuciu. Cieszyłam się w duchu, że znów zdołałam go przechytrzyć.

– Millie będzie ogromnie rozczarowana. – Westchnął.

– Cóż, nie pierwszy raz.

Zastanawiał się nad tym przez chwilę.

– Czy to ma być jakaś chytra sztuczka? Chodzi ci o to, żebym odwołał przyjęcie urodzinowe Millie?

Nie przypuszczałam, że dojdzie do takiego właśnie wniosku, dalekiego zresztą od prawdy, ale może mogłam to jakoś wykorzystać.

– Dlaczego miałoby mi na tym zależeć? – spytałam, grając na czas.

– Ty mi powiedz.

– Może spróbowałbyś choć raz postawić się na moim miejscu. Jeśli Millie tu przyjdzie, zakocha się w tym domu. Jak myślisz, jak będę się czuła, wiedząc, co dla niej szykujesz, i nie mogąc temu zapobiec?

– Niech zgadnę. – Udawał, że zastanawia się przez moment. – Kiepsko?

Pozwoliłam, by do oczu napłynęły mi łzy żalu nad utraconym życiem.

– Zgadza się, Jack, kiepsko. A właściwie tak źle, że wolałabym umrzeć.

– Więc to jednak coś w rodzaju strajku głodowego.

– Nie, oczywiście, że nie. Wiem, że Millie będzie mnie potrzebować. Wiem, że muszę zachować siły. Ale nic nie poradzę na to, że straciłam apetyt. Większość ludzi na moim miejscu miałaby podobne problemy. – Podniosłam lekko głos. – Masz pojęcie, jakie to uczucie, kiedy od miesięcy nie mogę wybrać, co i kiedy zjem? Masz pojęcie, jakie to uczucie, gdy muszę cię o wszystko prosić, gdy czasami czekam na jedzenie dwa lub trzy dni, bo postanowiłeś mnie ukarać albo po prostu nie chce ci się tu przychodzić? Nie jesteś zbyt hojnym strażnikiem, Jack!

– To może nie trzeba było tyle razy próbować ucieczki – warknął w odpowiedzi. – Gdybyś tego nie robiła, nie musiałbym zamykać cię w tym pokoju i mogłabyś prowadzić całkiem przyzwoite życie.

– Przyzwoite? Gdy kontrolujesz każdy mój ruch? Nie znasz nawet znaczenia tego słowa, Jack! Śmiało, ukarz mnie. Nie dawaj mi jeść, przekonasz się, czy mi na tym zależy. Jeśli przez następny tydzień nie wezmę nic do ust, będę zbyt słaba, żeby uczestniczyć w przyjęciu urodzinowym Millie.

– Lepiej zacznij jeść – powiedział groźnym tonem, uświadomiwszy sobie, że mówię prawdę.

– Bo co? – prychnęłam. – Nie możesz zmusić mnie do jedzenia, wiesz? – Zrobiłam krótką pauzę, po czym dodałam: – Ale ponieważ moja śmierć nie przysłuży się ani Millie, ani tobie, może zaczniesz częstować mnie whisky wieczorami, kiedy ty też ją popijasz, a w końcu pewnie odzyskam apetyt.

– To ja podejmuję tu decyzje, pamiętaj o tym – przypomniał mi.

Jednak nie dotyczyło to już jedzenia. Zrozumiawszy, że musi utrzymać mnie w zdrowiu, spełniał moje prośby. Nie jadłam zbyt dużo, aby nadal był przekonany, że nie mam apetytu, niemniej musiałam podjadać na tyle, by uwierzył, że whisky rzeczywiście mi pomaga. Dlatego codziennie po pracy przynosił mi małą porcję alkoholu. Zanim nadeszła niedziela i przyjęcie urodzinowe Millie, byłam już pewna, że zdążę osiągnąć cel w ciągu dwóch najbliższych miesięcy – jeśli tylko nie wydarzy się nic, co przeszkodzi Jackowi przynosić mi codziennie whisky.

TERAZ

Czekam przed domem, walizka stoi u moich stóp. Podwójna brama jest zamknięta, lecz mniejsza – ta, przez którą wyszłam – stoi otworem. Słyszę nadjeżdżający samochód Esther, odwracam się w stronę domu i macham ręką. Zatrzymuje się przy mnie, wysiada i otwiera bagażnik.

– Mogłam przecież podjechać pod same drzwi – mówi z wyrzutem, pomagając mi włożyć walizkę do bagażnika.

– Pomyślałam, że tak będzie wygodniej. Dziękuję, że przyjechałaś tak szybko.

– Żaden problem. – Uśmiecha się w odpowiedzi. – Ale musimy się pospieszyć, jeśli masz zdążyć na lot.

Kiedy Esther zamyka bagażnik, ja ponownie odwracam się w stronę domu, macham ręką, przesyłam całusa, a potem zamykam za sobą bramę.

– Szkoda, że ze mną nie jedzie – wzdycham z żalem. – Wolałabym nie zostawiać go samego, kiedy jest w takim kiepskim nastroju.

– To pierwsza sprawa, którą przegrał, prawda?

– Tak, dlatego chyba tak mocno to przeżywa. Ale naprawdę wierzył w winę Tomasina; inaczej by się tym nie zajmował. Niestety, Dena Anderson nie była szczera z Jackiem, ukrywała przed nim różne rzeczy, łącznie z tym, że miała kochanka.

– Wygląda na to, że to Tomasin był rzeczywistą ofiarą.

– Nie znam wszystkich szczegółów, ale pewnie Jack mi opowie, jak do mnie dołączy. To zabawne, kiedyś jeździłam sama po całym świecie, a teraz niepokoi mnie perspektywa kilku samotnych dni w Tajlandii. Przywykłam już do towarzystwa Jacka. Nie wiem, co powinnam robić przez następne cztery dni.

– Odpoczywać, jak sądzę.

– Wolałabym poczekać i pojechać z nim, ale się uparł – mówię. – Kiedy coś sobie postanowi, nie warto się z nim spierać. – Spoglądam na Esther. – Widzisz, nie zawsze jest taki doskonały.

– Wysyłanie cię na wakacje nie jest niedoskonałe – zauważa.

– Nie, chyba nie jest. Trochę lepiej go zrozumiałam, kiedy wyjaśnił mi, że nie czułby się dobrze na wakacjach, gdyby w domu czekała na niego sterta dokumentów do przejrzenia. Powinien się naprawdę zrelaksować na tym wyjeździe, tym bardziej że to prawdopodobnie nasze ostatnie wakacje tylko we dwoje. Woli zostać i wszystko pozałatwiać, to normalne, choć przypuszczam, że gdyby wygrał tę sprawę, zapewne jego głowy nie zaprzątałyby myśli o tym, co go czeka w pracy po naszym powrocie.

– Pewnie chce lizać rany w samotności – mówi Esther. – Wiesz, jacy są mężczyźni.

– Chodzi o to, że chcielibyśmy podczas tego wyjazdu począć dziecko, więc dlatego Jack chce być całkowicie zrelaksowany. Najwyższy czas – dodaję, czerwieniąc się lekko.

Esther zdejmuje rękę z kierownicy i ściska moją dłoń.

– Mam nadzieję, że tym razem wam się uda.

– Jeśli tak będzie, ty dowiesz się o tym pierwsza – obiecuję. – Nie mogę się już doczekać dziecka Jacka. Był ogromnie rozczarowany, gdy poroniłam za pierwszym razem. Starał się zachować spokój i wspierać mnie, ale widziałam, jak bardzo go to dotknęło, szczególnie gdy nie mogłam przez jakiś czas ponownie zajść w ciążę. Tłumaczyłam mu, że to musi potrwać, że mój organizm musi się zregenerować, ale on zaczął się zastanawiać, czy to nie jego wina, czy nie pracuje zbyt ciężko, no wiesz, stres i to wszystko...

– Myślisz, że zechciałby wpaść do nas w weekend? Może na lunch?

– Prawdę mówiąc, pewnie będzie wolał zostać w domu i zająć się papierkową robotą. Oczywiście zawsze warto spytać, nie wiem tylko, czy uda wam się go złapać, bo nie zamierza odbierać telefonu przez kilka następnych dni. Musiał radzić sobie z mediami po wyjściu z sądu i wie, że w najbliższym czasie nie dadzą mu spokoju. Możecie zostawić mu wiadomość na poczcie głosowej. Prosił mnie, żebym tak właśnie robiła, jeśli nie uda mi się z nim połączyć, także ze względu na różnicę czasu.

– Doleci do ciebie we wtorek?

– Tak, a właściwie w środę rano. Wylatuje we wtorek wieczorem. Coś wspominał o przesunięciu terminu wylotu o dzień lub dwa, ale mam nadzieję, że żartował.

– Więc będziesz sama przez cztery dni. Boże, co ja bym

dała za cztery dni spokoju! Nie będzie potrzebował, żeby go podrzucić na lotnisko we wtorek? Rufus mógłby go zawieźć.

– Dzięki, ale nie ma potrzeby. Adam też proponował pomoc, jednak Jack weźmie samochód i zostawi go na lotnisku. Przyda nam się, kiedy wrócimy. Będziemy tu około szóstej rano, a nie chcielibyśmy nikomu zawracać głowy o tak nieludzkiej porze.

Jestem zaskoczona swobodą, z jaką nam się rozmawia. Spodziewałam się, że obie będziemy skrępowane i milczące, ale Esther chętnie gawędzi o całkiem zwyczajnych rzeczach. Pyta, czy w weekend może odwiedzić z dziećmi Millie i zabrać ją na herbatę. Millie i Aisling świetnie się dogadywały podczas przyjęcia, więc z wdzięcznością przyjmuję tę propozycję, zadowolona, że podczas mojej nieobecności Millie będzie miała towarzystwo. Esther prosi, bym uprzedziła Janice o ich przyjeździe, a ja obiecuję to zrobić.

Przyjeżdżamy na lotnisko z piętnastominutowym zapasem. Esther zostawia mnie przed halą odlotów, macha mi na pożegnanie. Wchodzę do środka, odprawiam się i już po chwili jestem w poczekalni. Zajmuję miejsce w rogu i czekam na wywołanie mojego lotu.

KIEDYŚ

Aż do przyjęcia Millie nigdy nie zakładałam, że naprawdę zabiję Jacka. Często o tym marzyłam, ale wracałam do rzeczywistości i odpychałam od siebie myśl o pozbawieniu życia człowieka. Pewnie dlatego nie udało mi się go ogłuszyć butelką – bałam się, że uderzę go zbyt mocno i zabiję. Do tego dochodziła obawa, że jeśli dopuszczę się morderstwa, niemal na pewno trafię do więzienia, a Millie zostanie sama. Dlatego chciałam jedynie pozbawić go na jakiś czas przytomności i uciec. Lecz kiedy wspomniał o zabraniu Millie i mnie do Nowej Zelandii, wiedziałam już, że muszę go zabić, bez względu na konsekwencje, bo sama ucieczka niczego nie załatwi.

– Więc tak to chcesz zrobić – stwierdziłam gorzko, kiedy pożegnaliśmy już wszystkich gości. – Zamkniesz dom, będziesz udawał, że wszyscy wyjechaliśmy do Nowej Zelandii, a potem pojawisz się sam, oznajmiając, że Millie i ja postanowiłyśmy nie wracać, gdy tak naprawdę będziemy więzione w piwnicy.

– Mniej więcej – przyznał. – Ale zamykanie domu i udawanie nieobecności byłoby zbyt kłopotliwe. Teoretycznie wyjedziecie wcześniej. Mnie zatrzymają ważne sprawy. W końcu będę tak spóźniony, że nie opłaci mi się do was lecieć. Potem, niemal przed wyjazdem po was na lotnisko, odbiorę telefon od ciebie zrozpaczonej i dowiem się, że Millie nie chciała wejść do samolotu. Rozdarta między kochającym mężem i obłąkaną siostrą, zostaniesz przy niej. A ponieważ jestem kochającym mężem, powiem wszystkim, że pozwoliłem ci zostać trochę dłużej, bo wiem, jak trudno ci opuścić Millie. To „trochę" będzie się jednak przeciągać, aż pewnego smutnego dnia powiesz mi, że nigdy już nie wrócisz. Załamię się, a ludzie nie będą nawet wymieniać twojego imienia, by mnie nie ranić. W końcu całkiem zapomną o waszym istnieniu.

– A co z moimi rodzicami? – spytałam. – Jak im to wytłumaczysz?

– Prawdopodobnie po prostu ich zabiję. A teraz wracaj do swojego pokoju.

Odwróciłam się, by nie zobaczył, jak bardzo zszokowały mnie jego słowa. Znalezienie rozwiązania – zabicie Jacka – wydawało mi się teraz ważniejsze i pilniejsze niż kiedykolwiek. Wiedziałam też, że jeśli wrócę do siebie od razu, stracę kolejną szansę. Nadszedł czas na realizację następnej części planu.

– Nie mogę zostać tu trochę dłużej? – spytałam.

– Nie.

– Dlaczego?

– Dobrze wiesz dlaczego.

– Kiedy ostatnio próbowałam uciekać? Spójrz na mnie, Jack! Naprawdę myślisz, że coś ci grozi z mojej strony? Przez ostatnie sześć miesięcy zachowywałam się bez zarzutu. Szczerze, myślisz, że chcę znów trafić do piwnicy?

– Rzeczywiście, wygląda na to, że twoje wizyty w tym ślicznym pokoju przyniosły oczekiwany skutek, niemniej teraz musisz wrócić do siebie.

– A czy mogłabym się w takim razie przenieść do innego pokoju?

– Dlaczego?

– A jak myślisz? Bo potrzebuję zmiany scenerii, dlatego! Mam już dość patrzenia na te same cztery ściany!

– Dobrze.

Spojrzałam na niego ze zdumieniem.

– Naprawdę?

– Tak. Chodź, zaprowadzę cię do piwnicy, przez jakiś czas popatrzysz sobie na inne ściany. A może jednak uważasz, że twój pokój nie jest taki najgorszy?

– Uważam, że mój pokój nie jest taki najgorszy – odpowiedziałam z rezygnacją.

– Szkoda. Widzisz, pokój w piwnicy już zbyt długo stoi pusty. Zdradzić ci pewną tajemnicę? – Pochylił się do mnie i zniżył głos do szeptu: – Było mi bardzo, bardzo trudno wypuścić stąd Millie, znacznie trudniej, niż przypuszczałem. Właściwie było mi tak ciężko, że zamierzam zaproponować, by sprowadziła się do nas zaraz po naszym powrocie z Tajlandii. Co o tym myślisz, Grace? Czyż nie będzie cudownie, gdy zamieszkamy tu wszyscy razem, jak jedna kochająca się rodzina?

Teraz wiedziałam już nie tylko, że muszę zabić Jacka, ale że muszę to zrobić przed wyjazdem do Tajlandii. Z jednej strony przerażała mnie myśl o tak krótkim czasie, z drugiej ten konkretny termin pomagał mi się skupić. Idąc po schodach do swojego pokoju, planowałam już następny ruch.

– Czy kiedy przyniesiesz mi whisky, będziesz mógł zostać ze mną na chwilę? – spytałam, zdejmując ubranie.

– A dlaczego miałbym to zrobić?

– Bo mam już dość siedzenia w samotności dwadzieścia cztery godziny na dobę – odpowiedziałam płaczliwie. – Nawet sobie nie wyobrażasz, jakie to przygnębiające. Czasami wydaje mi się, że zaraz zwariuję. Właściwie chciałabym zwariować. – Wyprostowałam się i dodałam podniesionym głosem, jakbym była bliska histerii: – Co byś wtedy zrobił, Jack? Co byś zrobił, gdybym oszalała?

– Nie oszalejesz – odparł krótko, wpychając mnie do pokoju i zamykając drzwi.

– Właśnie że mogę! – zawołałam za nim. – Mogę zwariować! I chcę, żebyś podał mi whisky w szklance!

Nie wiem, czy zrobił to dlatego, że odmówił wcześniej wszystkim moim prośbom, czy dlatego, że obawiał się o moje zdrowie psychiczne, ale gdy wrócił po dziesięciu minutach, niósł dwie szklaneczki z whisky.

– Dziękuję – powiedziałam, upijając łyk. – Mogę cię o coś zapytać?

– Śmiało.

– Chodzi o sprawę Tomasina. Ożenił się z aktorką, prawda? Deną Jakąśtam, tak? Chyba czytałam coś na ten temat, kiedy jeszcze wolno mi było czytać gazety.

– Z Deną Anderson.

– Więc ona oskarża go o pobicie?

– Nie wolno mi rozmawiać o sprawach, które prowadzę.

– Cóż, wygląda na to, że wszyscy dobrze znają tę historię, więc albo nie byłeś zbyt dyskretny, albo to ogólnie znane fakty. Czy ten facet nie wydaje większości swoich pieniędzy na cele dobroczynne?

– To nie oznacza jeszcze, że nie znęca się nad żoną.

– Adam wspominał, że ta kobieta ma kochanka. To prawda?

– Adam chciał mnie tylko sprowokować.

– Więc to nieprawda?

– Zdecydowanie. Wymyślił to jeden z tabloidów, żeby ją zdyskredytować.

– Po co?

– Bo Antony Tomasin jest jednym z udziałowców. No już, pij, nie zostawię ci szklanki.

Po jego wyjściu wyjęłam spod materaca zawiniątko z tabletkami i je przeliczyłam. Było ich dwadzieścia. Nie miałam pojęcia, czy to wystarczy, by zabić Jacka, tym bardziej że część zamierzałam wypróbować na sobie – po pierwsze, aby ocenić siłę ich działania, po drugie, aby sprawdzić, czy po rozgnieceniu rozpuszczą się w wodzie. Przeszłam do łazienki, urwałam dwa kawałki papieru toaletowego i po długim namyśle włożyłam między nie cztery tabletki. Miałam nadzieję, że taka porcja skutecznie mnie uśpi bez uszczerbku na zdrowiu. Położyłam papier na podłodze i rozgniotłam tabletki stopą. Nie miałam żadnego naczynia, w którym mogłabym je rozpuścić, więc wykorzystałam nakrętkę od szamponu, do której wlałam odrobinę wody. Rozpuściły się tylko częściowo, musiałam zatem znaleźć jakiś sposób, by rozgnieść drobniej pozostałe tabletki.

Wypiłam miksturę. Jakieś piętnaście minut później poczułam się senna i niemal natychmiast zasnęłam. Spałam przez czternaście godzin, po przebudzeniu nadal byłam nieco oszołomiona i okropnie chciało mi się pić. Ponieważ Jack był ode mnie niemal dwa razy cięższy, uznałam, że osiem tabletek podziała na niego z podobną siłą, ale szesnaście nie wystarczy, by go zabić. Tak więc kiedy już straci przytomność, będę musiała dokończyć dzieła. Choć pragnęłam jego śmierci, nie wiedziałam, czy będę w stanie zejść do kuchni, przynieść nóż i wbić mu go w serce.

Postanowiłam nie wybiegać myślami tak daleko. Starałam się, by wieczorami, gdy przynosił mi whisky, zostawał ze mną nieco dłużej. Powtarzałam to, co powiedziałam mu już wcześniej – samotność doprowadza mnie do szaleństwa, muszę choć przez chwilę z kimś porozmawiać. Miałam nadzieję, że w końcu poczuje się na tyle swobodnie, aby przynosić whisky dla siebie, jak w dzień przyjęcia Millie, bo inaczej nie mogłabym mu podać środków nasennych.

Przełom nastąpił wtedy, kiedy okazało się, że sprawa Tomasina nie jest wcale tak łatwa, jak zakładał. Tydzień po rozpoczęciu procesu siedziałam na łóżku, popijałam whisky i słuchałam, jak skarży się na tłumy świadków, których przedstawił Antony Tomasin. W końcu powiedziałam mu, że chyba też powinien się napić, a on poszedł po szklankę dla siebie. Od tej pory co wieczór przynosił dwie szklaneczki. Kiedy zaczął przesiadywać u mnie dłużej niż dotychczas, zrozumiałam, że chce rozmawiać o tym, co wydarzyło się w sądzie danego dnia. Nigdy nie omawiał ze mną szczegółowo tej sprawy, lecz z jego słów wynikało jasno – Antony Tomasin umiejętnie się broni, po jego stronie stoi wielu wpływowych ludzi. Proces się przeciągał, a ponieważ Jack nie wspominał więcej o wyjeździe do Tajlandii, założyłam, że go odwołał lub przynajmniej przełożył.

Wieczorem w przeddzień wyjazdu jak zwykle przyszedł do mojego pokoju z dwiema szklankami whisky.

– Pij – powiedział, wręczając mi jedną. – Musisz się spakować.

– Spakować?

– Tak. Jutro wyjeżdżamy do Tajlandii, nie pamiętasz?

Wpatrywałam się w niego ze zgrozą.

– Ale jak możemy wyjechać, skoro proces jeszcze się nie skończył? – wydukałam.

– Skończy się jutro – odparł ponuro, obracając szklaneczkę w dłoni.

– Nie wiedziałam, że przysięgli już obradują.

– Robią to od dwóch dni. Jutro przed południem mają ogłosić werdykt.

Przyjrzałam mu się uważniej i dopiero teraz zauważyłam, jak jest zmęczony i spięty.

– Wygrasz, prawda?

Podniósł szklankę i jednym łykiem wypił niemal całą zawartość.

– Ta głupia suka mnie okłamała.

– Co masz na myśli?

– Rzeczywiście miała kochanka.

– I to on ją pobił?

– Nie, to jej mąż – odparł ponuro, bo nie potrafił przyznać się do porażki, nawet przede mną.

– Więc nie masz się czym przejmować, prawda?

Dokończył drinka.

– Nawet nie wiesz, jak się cieszę z tego wyjazdu. Jeśli nie udało mi się przekonać przysięgłych o winie Tomasina, przegram po raz pierwszy w karierze, a prasa będzie miała jutro używanie. Już widzę te nagłówki: *Upadły anioł* czy coś równie banalnego. No dobrze, skończyłaś? Czas się pakować.

Kiedy obserwowana przez Jacka wyjmowałam ubrania z szafy w sąsiednim pokoju, miałam nadzieję, że nie dostrzeże mojego zdenerwowania. Wrzucałam ciuchy do walizki, nie myśląc wcale o tym, co robię, przerażona świadomością, że nazajutrz, gdy wróci z sądu, będę musiała go zabić, na długo przed planowanym terminem, bo łudziłam się, że odwołał nasz wyjazd. Ale on wydawał się pogrążony w rozmyślaniach. Zastanawiałam się, w jakim będzie nastroju, kiedy wróci jutro z sądu. Jeśli przegra, być może będzie chciał natychmiast pojechać na lotnisko, by uniknąć dziennikarzy, choć mieliśmy wylecieć dopiero wieczorem – to oznaczałoby, że nie zdążę go uśpić. Tego wieczoru modliłam się żarliwiej niż kiedykolwiek. Przypominałam Bogu o wszystkich złych uczynkach, których dopuścił się dotąd Jack, i o tych, które dopiero zamierzał popełnić. Myślałam o Molly, o tym, jak zamknął ją w piwnicy i zostawił na pewną śmierć. Myślałam o Millie i straszliwym losie, który gotował jej Jack. Myślałam o pokoju w piwnicy. I nagle znalazłam rozwiązanie problemu. Wiedziałam już, co zrobić, by na pewno umarł. To był doskonały plan. Tak doskonały, że gdyby się powiódł, morderstwo uszłoby mi na sucho.

TERAZ

Dopiero po starcie samolotu nieco się rozluźniam. Wiem jednak, że także w Bangkoku będę nieustannie oglądać się za siebie. Wątpię, czy kiedykolwiek opuści mnie poczucie zagrożenia: nawet świadomość, że Millie jest bezpieczna w szkole, nie rozwiewa moich wątpliwości, czy nic jej nie grozi ze strony Jacka. Zastanawiałam się, czy nie zabrać jej ze sobą, czy nie powiedzieć Janice, że Jack oddał jej swoje miejsce w samolocie. Ale lepiej, aby Millie nie miała nic wspólnego z tym, co dopiero się wydarzy. I bez niej będę musiała zmagać się z ogromnym zdenerwowaniem. Nie wiem, czy byłabym w stanie opiekować się dodatkowo Millie. Po tym wszystkim, co przeszłam w ciągu kilku ostatnich godzin, najmniejszy drobiazg może wyprowadzić mnie z równowagi, pozbawić samokontroli, którą z takim trudem zachowuję. Będę miała dość czasu, by pozbyć się tej maski, kiedy przylecę do Tajlandii i znajdę się za zamkniętymi drzwiami pokoju.

Przejście przez kontrolę paszportową w Bangkoku to koszmar. Cały czas boję się, że nagle poczuję na ramieniu dłoń

Jacka, choć przecież nie mógłby dotrzeć tu przede mną. Mimo to, wsiadając do taksówki, przyglądam się twarzy kierowcy, by mieć pewność, że to nie Jack.

W hotelu wita mnie serdecznie pan Ho, kierownik, który napisał raport. Kiedy wyraża zaskoczenie, że jestem sama, ja wyrażam zaskoczenie, że nie dostał e-maila od pana Angela. Mój mąż prosił w liście, by kierownik opiekował się mną do czasu jego przylotu. Pan Ho mówi, że będzie to dla niego prawdziwy zaszczyt, a potem szczerze mi współczuje, gdy opowiadam mu o natłoku pracy, z powodu której mój mąż musiał zostać w Anglii aż do środy.

Wyczuwam wahanie kierownika – pyta, czy to możliwe, że mój mąż, pan Angel, to ten sam pan Angel, o którym piszą w prasie w związku ze sprawą Antony'ego Tomasina. Przyznaję, w najgłębszym sekrecie, że to ta sama osoba. Oczywiście liczymy na jego dyskrecję, bo nie chcemy, by ktokolwiek dowiedział się o naszym pobycie. Pan Ho mówi, że słyszał we wczorajszych wiadomościach o uniewinnieniu pana Tomasina, a gdy potwierdzam tę informację, dodaje, że pan Angel musi być rozczarowany. Owszem, pan Angel jest ogromnie rozczarowany, tym bardziej że to pierwsza porażka w jego prawniczej karierze. Wpisując mnie do księgi gości, pan Ho pyta mnie o zdrowie – to delikatna aluzja do mojej rzekomej choroby umysłowej – i wyraża nadzieję, że miałam spokojny lot. Zaprzeczam, nie mogłam zasnąć, więc pan Ho proponuje mi jeden z hotelowych apartamentów. Chociaż tyle może zrobić dla tak dobrego klienta jak pan Angel. Czuję ogromną ulgę – nie wrócę do pokoju, w którym dowiedziałam się, że wyszłam za potwora. Z wdzięczności mam ochotę ucałować pana Ho.

Chce mnie osobiście odprowadzić do apartamentu. Pewnie zastanawia się, dlaczego zawsze mieszkamy w jednym z mniejszych pokoi, skoro Jack jest tak znanym i cenionym prawnikiem, więc na wszelki wypadek wspominam, że gdy jesteśmy na wakacjach, mój mąż chce zachować anonimowość i nie obnosi się ze swoim bogactwem. Ujmuję to w nieco inny sposób, ale pan Ho chyba uznaje to za wiarygodne wyjaśnienie.

Po jego wyjściu włączam telewizor i wyszukuję kanał Sky News. Nawet w Azji sporo mówi się o werdykcie w procesie Antony'ego Tomasina. W wiadomościach pokazują zdjęcia z poprzedniego dnia, Tomasina rozmawiającego z reporterami. W tle przemyka również Jack, oblegany przez dziennikarzy. Nie chcę oglądać tego dłużej, wyłączam telewizor. Marzę o prysznicu, ale najpierw muszę zadzwonić do dwóch osób – do Janice i do Jacka, by poinformować ich, że dotarłam na miejsce cała i zdrowa. Na szczęście znam oba numery na pamięć: Jacka jeszcze z czasów, gdy nie byliśmy małżeństwem, a Janice, bo to najważniejszy numer na świecie. Spoglądam na zegarek – jest trzecia po południu czasu miejscowego, czyli w Anglii minęła dziewiąta rano. Jako żona Jacka Angela trzymam się właściwych priorytetów i dzwonię najpierw do niego. Wpadam na moment w panikę, uświadamiając sobie, że w ciągu minionego roku mógł zmienić numer, więc gdy w końcu włącza się jego poczta głosowa, czuję ogromną ulgę. Biorę głęboki oddech, uspokajam się i zostawiam wiadomość od kochającej żony – słowa i wyznania, które wypowiadałabym zapewne, gdybym miała normalnego męża i normalne życie.

– Cześć, kochanie, to ja. Mówiłeś, że pewnie nie będziesz

mógł odebrać, ale miałam nadzieję, że jednak to zrobisz; jak słyszysz, już za tobą tęsknię. A może jeszcze śpisz? Tak czy inaczej, jestem już na miejscu. I wiesz co? Panu Ho było mnie tak bardzo żal, że przeniósł nas do lepszego pokoju! Mimo wszystko będzie mi tu bez ciebie bardzo smutno. Mam nadzieję, że dziennikarze nie dokuczają ci za bardzo i że przekopiesz się szybko przez te papiery. Nie pracuj zbyt ciężko i zadzwoń do mnie w wolnej chwili, mieszkam w pokoju sto siedem. Jeśli ci się nie uda, ja zadzwonię później jeszcze raz. Kocham cię, do usłyszenia, kochanie.

Kończę i wybieram numer komórki Janice. O tej porze w sobotni ranek są już po śniadaniu i Janice wiezie Millie na lekcję jazdy konnej. Gdy nie odbiera od razu, ogarnia mnie strach – może Jack zdołał jednak dopaść Millie. W końcu Janice się odzywa, rozmawiam z nią przez chwilę, pamiętam nawet, by wspomnieć, że nazajutrz Esther i dzieci chcą odwiedzić Millie. Potem rozmawiam z siostrą. Jest cała, zdrowa i bezpieczna, więc choć przez chwilę czuję się lepiej.

Idę do łazienki. W rogu stoi kabina prysznicowa z matowego szkła. Nie mogę z niej korzystać – obawiam się, że kiedy odsunę szklane drzwi, zobaczę Jacka. Patrzę na wannę, staję przy niej. Jeśli zostawię otwarte drzwi do łazienki, będę miała na oku sypialnię i salon, a tym samym drzwi wejściowe do apartamentu. Uspokojona, napełniam wannę, rozbieram się i zanurzam powoli w gorącej wodzie. Kiedy leżę wygodnie, uchodzi ze mnie napięcie, które wypełniało moje ciało od poprzedniego popołudnia, gdy usłyszałam Jacka wracającego do domu po ogłoszeniu werdyktu. Pozwalam sobie na płacz, przez dłuższy czas szlocham rozdzierająco.

Zanim udaje mi się odzyskać spokój, woda jest już tak

zimna, że drżę na całym ciele. Wychodzę z wanny, owijam się białym hotelowym ręcznikiem i idę do sypialni. Jestem straszliwie głodna, więc sięgam po menu. Wiem, że w końcu będę musiała wyjść z pokoju i udawać, że wszystko jest w porządku, ale na razie nie mogę, jeszcze nie. Zamawiam kanapkę, lecz gdy obsługa ją przynosi, boję się otworzyć drzwi, nawet zabezpieczone łańcuchem – robi mi się zimno na myśl, że ujrzę za nimi Jacka. Proszę o pozostawienie tacy na podłodze, co oczywiście niewiele zmienia, bo Jack może czaić się w korytarzu i zaatakować mnie, jak tylko uchylę drzwi. Wreszcie znajduję w sobie dość odwagi, by wciągnąć tacę do środka. Jestem z siebie dumna. Żałuję, że nie zamówiłam butelki wina dla uczczenia swojego zwycięstwa. Ale będę miała na to dość czasu, gdy wszystko dobiegnie końca, czyli za jakieś pięć dni, jeśli nie pomyliłam się w obliczeniach.

Po zjedzeniu kanapki rozpakowuję walizkę, spoglądam na zegarek. Jest dopiero piąta trzydzieści. Postanawiam nie wychodzić z pokoju do rana. Zapewne nikt nie oczekuje, że już pierwszego dnia po przyjeździe zejdę sama na kolację do hotelowej restauracji. Ogarnia mnie ogromne zmęczenie, kładę się do łóżka, choć nie mam pewności, czy uda mi się zasnąć. Wkrótce jednak zapadam w sen. Kiedy jakiś czas potem otwieram oczy, wokół mnie zalegają ciemności. Zrywam się na równe nogi, biegam przerażona po pokoju, włączam wszystkie światła. Wiem, że nie zasnę ponownie – za bardzo się boję po otworzeniu oczu ujrzeć nad sobą Jacka. Postanawiam spędzić resztę nocy w towarzystwie własnych myśli.

Gdy nadchodzi ranek, ubieram się, sięgam po telefon i dzwonię do Jacka.

— Cześć, kochanie, wiem, że nie odbierzesz, bo w Anglii jest teraz druga w nocy, więc pewnie twardo śpisz, ale pomyślałam, że zostawię ci wiadomość, którą odsłuchasz rano. Chciałam zadzwonić wczoraj wieczorem, przed pójściem spać, ale położyłam się o szóstej po południu i obudziłam dziesięć minut temu. Dopiero teraz zdaję sobie sprawę, jak bardzo byłam zmęczona! Za chwilę zejdę na śniadanie, ale nie mam pojęcia, jak spędzę resztę dnia. Może wybiorę się na spacer, choć najpewniej poleżę po prostu przy basenie. Zadzwonisz, kiedy wstaniesz? Jeśli nie będzie mnie w pokoju, możesz zostawić wiadomość w recepcji. Czuję się bardzo samotna. Kocham i tęsknię, nie zapomnij zadzwonić.

Schodzę na śniadanie. Na dyżurze jest pan Ho. Pyta, czy dobrze spałam, a ja potwierdzam. Proponuje, bym zjadła na tarasie, przechodzę więc przez hol, przypominając sobie, ileż to razy Jack prowadził mnie tędy do jadalni, trzymając mocno za rękę i szepcząc groźby do ucha.

Nakładam na talerz owoce i naleśniki i siadam w rogu, zastanawiając się, czy jest na tym świecie ktoś, kto został równie haniebnie oszukany. To dziwne, że nikomu nie będę mogła opowiedzieć o tym, przez co przeszłam, o potworze, który był moim mężem – jeśli mój plan się powiedzie, będę musiała na zawsze zachować wszystko w tajemnicy.

Jem powoli, niespiesznie. W pewnym momencie uświadamiam sobie, że jeśli przechylę się odrobinę na bok, zobaczę balkon pokoju na szóstym piętrze, gdzie spędziłam tyle samotnych godzin. Siedzę na tarasie ponad godzinę. Żałuję, że nie zabrałam żadnej książki. Mogę wzbudzić podejrzenia, bo chyba żaden samotny urlopowicz nie wybiera się na wakacje bez lektury. O ile pamiętam, mijaliśmy chyba antykwariat, gdy Jack prowadził mnie na sesję zdjęciową z naszych cudownych wakacji w Tajlandii, więc wychodzę z hotelu i szukam sklepu. Odnajduję go bez trudu – to zaciszne, miłe miejsce, ale czuję się tutaj zbyt widoczna. Szybko kupuję kilka książek i wracam do hotelu. Nie mogę się nadziwić, że czuję się dosyć bezpiecznie w miejscu, które niegdyś budziło we mnie grozę.

W pokoju przebieram się w bikini i idę nad hotelowy basen, zaopatrzona w książkę i ręcznik. Chwilę pływam, a wychodząc z basenu, dostrzegam kilku mężczyzn, którzy zerkają w moją stronę. Jeśli któryś do mnie podejdzie i spróbuje zagadać, powiem mu, że wkrótce przyjeżdża tu mój mąż. Do trzeciej na przemian czytam i pływam, potem wracam do pokoju i nagrywam kolejną wiadomość na poczcie głosowej Jacka.

– Jack, to ja. Miałam nadzieję, że zadzwonisz do tej pory, ale pewnie jeszcze śpisz. Może to i lepiej, bo martwiłam się, że harujesz dwadzieścia cztery godziny na dobę. Cały ranek spędziłam na basenie, więc teraz wybiorę się na spacer. Zadzwonię, gdy wrócę. Kocham cię.

Czekam w pokoju mniej więcej godzinę, potem schodzę do holu, pozdrawiam pana Ho, który chyba nigdy nie odpoczywa, i wychodzę z hotelu. Spaceruję przez jakiś czas, na pobliskim targu kupuję jedwabne chusty dla Janice i Millie. Kupuję też kilka pocztówek, szukam baru, zamawiam coś do picia, czytam książkę, piszę kartki i zastanawiam się, jak spędzę kilka następnych godzin.

Wracam do hotelu. Tu natychmiast osacza mnie pan Ho, który chce wiedzieć, czy dobrze się bawię. Mówię mu w zaufaniu, że czuję się trochę zagubiona bez Jacka, i pytam, czy mogłabym zarezerwować na jutro wycieczkę. Opowiada mi o dwudniowej wyprawie do starożytnych świątyń, która cieszy się dużą popularnością wśród hotelowych gości, i pyta, czy chciałabym do nich dołączyć. To doskonałe rozwiązanie, nie mogę jednak reagować zbyt entuzjastycznie, więc zastanawiam się i dopytuję, kiedy dokładnie wracamy, bo Jack ma przyjechać w środę rano. Kierownik zapewnia mnie, że we wtorek wieczorem będę z powrotem w hotelu. Po chwili wahania pozwalam się namówić. Dodaję, że ponieważ następnego dnia będę musiała wcześniej wstać, zjem kolację w swoim pokoju. Pan Ho uznaje to za dobry pomysł. Wracam do pokoju i znów dzwonię do Jacka.

– Cześć, kochanie, nadal nie mam od ciebie żadnych wiadomości, więc zastanawiam się, czy nie pojechałeś na kolację do Esther; wspominała, że cię zaprosi. Mówiłam jej, że pewnie będziesz zbyt zajęty, ale może potrzebowałeś przerwy. Tak czy inaczej, chciałam ci tylko powiedzieć, że wybieram się na dwudniową wycieczkę do jakichś starożytnych świątyń. Wyruszamy jutro rano. Pan Ho zaproponował mi ten wyjazd, a ja pomyślałam, że dzięki temu szybciej zleci mi czas do twojego przyjazdu. To okropne, bo aż do wtorkowego wieczoru, czyli popołudnia w Anglii, nie będę mogła z tobą porozmawiać. Po powrocie do kraju na pewno kupię sobie komórkę! Zadzwonię, jak tylko wrócimy do hotelu. Mam nadzieję, że zdążę cię jeszcze złapać, zanim pojedziesz na lotnisko. A może wyjadę po ciebie? Wiem, zabroniłeś mi to robić, ale może zmienisz zdanie po czterech dniach rozłąki! Nie mogę się doczekać, kiedy znów cię zobaczę. Już nigdy nie wyjadę bez ciebie, bez względu na to, jak dużo będziesz miał pracy. No dobrze, chyba powinnam zabrać się do pakowania. Pamiętaj, że bardzo cię kocham. Porozmawiamy we wtorek. Nie pracuj zbyt ciężko!

Następnego ranka jadę na wycieczkę i przyłączam się do uroczej pary w średnim wieku, która na wieść, że jestem sama, bo czekam na przyjazd męża, bierze mnie pod swoje skrzydła. Rozmawiam z nimi o Jacku, opowiadam o jego pracy na rzecz maltretowanych żon z takim przekonaniem, że sama zaczynam w to wierzyć. W końcu łączą fakty – bo czytają gazety – a ja przyznaję: Jack Angel jest moim mężem. Na szczęście są taktowni i nie wspominają o sprawie Tomasina, choć bez wątpienia mają na to wielką ochotę. Opowiadam im o Millie, o tym, jak bardzo się cieszymy, że z nami zamieszka, jak cudownym, wielkodusznym i wyrozumiałym człowiekiem jest mój mąż. Mówię o naszym domu, o żółtym pokoju Millie, o jej niedawnym przyjęciu urodzinowym. Gdy we wtorkowy wieczór – nieco później niż zakładał plan – wracamy do hotelu, jesteśmy już przyjaciółmi. Umawiamy się wstępnie na kolację po przyjeździe Jacka, a potem rozchodzimy się do swoich pokojów.

Zamykam za sobą drzwi i spoglądam na zegarek. Dochodzi jedenasta, więc w Anglii jest siedemnasta. Jack mógłby już wyjechać na lotnisko, więc dzwonię na jego komórkę i łączę się z pocztą głosową. Tym razem staram się mówić z irytacją i niepokojem jednocześnie.

– Jack, to ja. Właśnie wróciłam z wycieczki do świątyń, później, niż zakładano. Nie mogę uwierzyć, że nadal nie odbierasz telefonu. Mam nadzieję, że nie pracujesz, bo powinieneś już wybierać się na lotnisko, chyba że już tam jedziesz. Zadzwoń do mnie, proszę, gdy odsłuchasz tę wiadomość. Po prostu daj mi znać, że wszystko poszło zgodnie z planem i już do mnie lecisz. Wiem, wiem, mówiłeś: za- mierzasz odciąć się od świata, ale miałam nadzieję, że poroz- mawiamy choć raz przed twoim wyjazdem! Myślałam, że kiedy wrócę z wycieczki, będzie tu na mnie czekała wiado- mość od ciebie. Nie chcę ci się naprzykrzać, ale to twoje milczenie zaczyna mnie martwić. Chyba nie chcesz dać mi w ten sposób do zrozumienia, że przylecisz dopiero w czwar- tek, co? Tak czy inaczej, oddzwoń, gdy tylko odsłuchasz tę wiadomość. Nie martw się, że mnie obudzisz. Nie będę spała!

Czekam jakieś pół godziny, dzwonię ponownie na jego numer, a gdy odzywa się poczta głosowa, znów zostawiam wiadomość. „To jeszcze raz ja, zadzwoń, proszę". Pół godziny później na dźwięk poczty wzdycham tylko ciężko i odkładam słuchawkę. Podchodzę do torebki, wyjmuję wizytówkę Jacka i dzwonię do jego biura. Odbiera recepcjonistka, którą proszę, nie przedstawiając się, o połączenie z Adamem.

– Cześć, Adam, tu Grace.

– Grace! Jak się masz? Jak Tajlandia?

– U mnie wszystko dobrze, a Tajlandia piękna jak zwykle. Pomyślałam, że może jesteś jeszcze w biurze. Mam nadzieję, że ci nie przeszkadzam?

– Nie, wszystko w porządku, miałem spotkanie z klientem, ale właśnie wyszedł, Bogu dzięki. To jedna z takich spraw, którymi wolałbym się nie zajmować, ale żona chce faceta oskubać, więc trochę mi go szkoda. Choć oczywiście nie pozwalam, żeby emocje przeszkadzały mi w interesach – dodaje ze śmiechem.

– Całkiem słusznie – zgadzam się z nim. – Tak czy inaczej, nie zajmę ci dużo czasu. Chciałam tylko spytać, czy widziałeś się z Jackiem w czasie weekendu albo przynajmniej rozmawiałeś z nim przez telefon. Nie mogę się z nim skontaktować i zaczynam się martwić. Mówił, że ze względu na dziennikarzy nie będzie odbierał telefonu, ale mój telefon mógłby odebrać. Więc jak, kontaktowałeś się z nim?

W słuchawce zapada na chwilę cisza.

– Chcesz powiedzieć, że Jack ciągle jest w Anglii? – pyta w końcu Adam.

– Tak, do dzisiejszego wieczoru. Wieczorem wylatuje do Tajlandii, a przynajmniej taką mam nadzieję. Wspominał, że może przylecieć dopiero w czwartek, bo wcześniej nie wyrobi się z pracą, ale nie sądziłam, że mówi poważnie. Mam problem, nie mogę się z nim skontaktować.

– Grace, nie miałem pojęcia, że Jack tutaj jest. Myślałem, że poleciał z tobą do Tajlandii w piątek wieczorem, po procesie.

– Nie, kazał mi polecieć samej. Mówił, że chce najpierw zająć się papierkową robotą, bo nie miałby do tego serca po powrocie.

– Cóż, to całkiem zrozumiałe. Nie ma nic gorszego niż sterta papierów, które czekają na ciebie, gdy wracasz z urlopu, a już szczególnie, gdy dotyczą przegranej sprawy. Na pewno jest zdołowany.

– Można tak powiedzieć – przyznaję. – Prawdę mówiąc, nigdy jeszcze nie widziałam go w takim kiepskim stanie i dlatego chciałam z nim zostać. Ale on mówił, że woli być sam, ponieważ w mojej obecności trudniej będzie mu się z tym wszystkim uporać i jeszcze oboje stracimy wakacje. Więc poleciałam sama.

– Tak między nami, nigdy nie mogłem zrozumieć, dlaczego w ogóle wziął tę sprawę.

– Może dał się ponieść emocjom – sugeruję. – Ale chwileczkę, chyba powinieneś wiedzieć, że został w Anglii, bo podobno proponowałeś mu podwiezienie dziś wieczorem na lotnisko, tak?

– Kiedy?

– Cóż, w piątek, gdy mówił ci, że zostaje w domu.

– Przykro mi, Grace, ale nie rozmawiałem z Jackiem od piątkowego poranka, przed jego wyjazdem do sądu. Zostawiłem wiadomość na poczcie głosowej, no wiesz, próbowałem go pocieszyć. Chcesz powiedzieć, że nie skontaktował się z tobą, odkąd wyjechałaś?

– Tak. Początkowo nie martwiłam się tym szczególnie, bo ostrzegał mnie, że nie będzie odbierał telefonu, a poza tym wyjechałam na dwa dni na wycieczkę. Choć miałam nadzieję, że przynajmniej zostawi wiadomość w hotelu, potwierdzi swój przylot zgodnie z planem. Może wyjechał już na lotnisko... wiesz, jakie korki są o tej porze... Ale kiedy do niego dzwonię, ciągle włącza się poczta. Wiem, że nie odbiera, gdy prowadzi, ale to naprawdę frustrujące.

– Może zapomniał włączyć telefon po procesie i tak już zostało?

– Może. Posłuchaj, Adam, nie będę ci zabierała więcej czasu. Na pewno wszystko jest w porządku.

– Chcesz, żebym zadzwonił do kilku znajomych i popytał, czy widzieli się z Jackiem w weekend? Uspokoiłoby cię to?

– O tak, zdecydowanie – odpowiadam z nieskrywaną ulgą.

– Mógłbyś zacząć od Esther. Kiedy odwoziła mnie na lotnisko, wspominała, że zaprosi Jacka na lunch.

– Tak zrobię.

– Dzięki, Adam. A jak się miewa Diane i dzieciaki?

– W porządku, dziękuję. Podzwonię zaraz tu i tam, a potem się z tobą skontaktuję. Możesz mi podać numer do hotelu?

Odczytuję numer z hotelowego notesu, który leży na stole, siadam na łóżku i czekam. Próbuję czytać, ale trudno mi się skupić. Pół godziny później dzwoni Adam z wiadomością, że nie znalazł nikogo, kto rozmawiałby w weekend z Jackiem, choć kilka osób widziało go w biurze, zanim jeszcze pojechał do sądu.

– Sam też próbowałem się do niego dodzwonić, ale ciągle włącza się poczta. Esther też nie mogła go złapać. Jednak to jeszcze nic nie znaczy. Jak już mówiłem, być może zapomniał włączyć telefon.

– Nie sądzę, tym bardziej że wiedział, że będę czekała na jego telefon. Niepokoi mnie coś jeszcze: dlaczego powiedział, że obiecałeś odwieźć go na lotnisko, skoro tego nie zrobiłeś?

– Może chciał mnie poprosić, a potem zmienił zdanie. Posłuchaj, nie martw się na zapas. Na pewno nic się nie stało. Jestem pewien, że jutro do ciebie przyleci.

– Jak myślisz, jeśli zadzwonię za kilka godzin do British Airways, powiedzą mi, czy się odprawił, czy nie?

– Nie, nie powiedzą, chyba że to wyjątkowa sytuacja. Wiesz, ochrona danych i tak dalej.

– W takim razie muszę poczekać do jutra. – Wzdycham ciężko.

– Kiedy już się z nim zobaczysz, zmyj mu głowę za to, że napędził ci strachu. I powiedz mu, żeby wysłał do mnie SMS-a, też chcę wiedzieć, że dotarł cały i zdrowy.

– Mógłbyś podać mi w takim razie swój numer? – Zapisuję cyfry, które dyktuje mi Adam. – Dzięki.

Znów nie mogę spać. Następnego ranka, wystrojona, w starannym makijażu, schodzę do holu. W recepcji ponownie dyżuruje pan Ho. Domyśla się, że zeszłam, by przywitać Jacka, i mówi, że to może jeszcze trochę potrwać, bo do kontroli paszportowej zawsze ustawia się długa kolejka, trzeba też doliczyć czas na przejazd taksówką. Proponuje, bym zjadła śniadanie, ale ja odpowiadam, że wolę poczekać na Jacka, który na pewno będzie głodny po podróży.

Znajduję miejsce niedaleko głównego wejścia i czekam. W miarę upływu czasu coraz częściej zerkam na zegarek, a kiedy już nie ma wątpliwości, że coś się stało, podchodzę do pana Ho i proszę, by sprawdził, czy samolot z Londynu wylądował o czasie. Odwraca się do komputera, a potem mówi mi, że lot rzeczywiście jest opóźniony i dopiero za chwilę samolot podejdzie do lądowania. Nie mogę uwierzyć we własne szczęście, bo jeszcze przez kilka godzin nie muszę udawać ataku paniki. Pan Ho uśmiecha się, widząc wyraz ulgi na mojej twarzy, a ja przyznaję, że zaczęłam się już poważnie martwić. Wracam na swoje miejsce i czekam. Pan Ho częstuje mnie filiżanką herbaty.

Gdy dwie godziny później Jacka nadal nie ma, czas okazać niepokój. Pytam, czy mogę skorzystać z telefonu w recepcji. Wybierając numer Jacka, mówię panu Ho, że co prawda mąż ostrzegał, że może przylecieć dopiero w czwartek, ale martwię się o niego, bo do tego czasu powinien zadzwonić i poinformować mnie o tym. Kiedy znów odzywa się poczta głosowa, mówię drżącym głosem, wystraszona i rozczarowana:

– Jack, gdzie jesteś? Wiem, że lot był opóźniony, ale powinieneś już tu dojechać. Czy to oznacza, że przylecisz dopiero pojutrze? Jeśli tak, to mogłeś mnie przynajmniej uprzedzić. Od czterech dni nie mam od ciebie żadnych wiadomości, umieram ze zdenerwowania. Nawet jeśli nie chciałeś odbierać telefonu, to sam mogłeś do mnie zadzwonić, przecież na pewno odsłuchałeś moje wiadomości. Proszę, odezwij się, Jack. Nie zdajesz sobie sprawy, co to znaczy siedzieć tu i czekać na jakąś wiadomość. Choć oczywiście niczego mi nie brakuje – dodaję szybko, świadoma, że pan Ho mnie słucha. – Naprawdę mam wszystko, czego dusza zapragnie, ale brakuje mi ciebie. Proszę, zadzwoń i powiedz, co się dzieje. Teraz jestem w holu, ale zaraz wrócę do pokoju. Możesz też zostawić wiadomość u pana Ho w recepcji. Kocham cię.

Odkładam słuchawkę i podnoszę wzrok na pana Ho, który przygląda mi się ze współczuciem. Sugeruje, bym poszła na śniadanie, a gdy odpowiadam, że nie jestem głodna, obiecuje zawiadomić mnie, jeśli Jack zadzwoni, więc daję się przekonać i idę coś zjeść.

Po drodze na taras spotykam Margaret i Richarda, parę, którą poznałam podczas wycieczki do świątyń. Ze łzami w oczach tłumaczę, że Jack się jeszcze nie pojawił. Pocieszają mnie, przypominają, że ostrzegał przed ewentualną zmianą planów, i namawiają mnie, bym spędziła ten dzień z nimi. Odpowiadam, że wolę zostać w hotelu jeszcze przez kilka godzin, na wypadek gdyby Jack zadzwonił lub jednak dojechał, ale obiecuję, że jeśli nic się nie zmieni, dołączę do nich po południu.

Idę do swojego pokoju i dzwonię do Adama. Na szczęście nie odbiera, więc zostawiam tylko wiadomość: Jacka nie było w samolocie. Później schodzę do Margaret i Richarda, wyraźnie zdenerwowana milczeniem Jacka. Mówię im, że dzwoniłam do niego jeszcze kilka razy, ale bez powodzenia. Są bardzo mili, cieszę się, że dotrzymują mi towarzystwa i pomagają zapomnieć o zmartwieniu. Co jakiś czas dzwonię do Jacka i błagam go, żeby się odezwał.

Wieczorem moi nowi przyjaciele nie chcą pozwolić, bym siedziała sama i zamartwiała się nieobecnością męża, więc jemy razem kolację. Mówią o tym, jak bardzo się cieszą, że jutro rano poznają mojego męża. Około północy wracam do swojego pokoju i odbieram wiadomość od Adama, który przeprasza, że nie odebrał przedtem mojego telefonu, i pyta, czy nie chcę, by wybrał się do naszego domu i sprawdził, czy Jack jeszcze tam jest. Oddzwaniam do niego i proszę, by to zrobił, jeśli to nie problem, ale potem dochodzimy wspólnie do wniosku, że jeżeli Jack zamierzał polecieć do Tajlandii dziś wieczór, to pewnie jest już w drodze na lotnisko. Mówię Adamowi, by w takim razie nie robił sobie kłopotu, i obiecuję zadzwonić do niego, gdy tylko spotkam się z Jackiem. Znów żartujemy, że trzeba mu będzie dać porządną burę za tyle zmartwień, których nam przysporzył.

Następnego ranka Margaret i Richard dotrzymują mi towarzystwa podczas oczekiwania na Jacka, widzą też moje zdenerwowanie, gdy się nie pojawia. Idąc za sugestią Margaret, próbuję dowiedzieć się w British Airways, czy mój mąż był w samolocie, nie mogą mi jednak pomóc, więc dzwonię do brytyjskiej ambasady. Opisuję im całą sytuację i być może dlatego, że Jack jest znaną osobą, obiecują zrobić, co w ich mocy. Kiedy po chwili oddzwaniają z informacją, że Jacka nie było w samolocie, wybucham płaczem, ale biorę się w garść i tłumaczę, że w domu prawdopodobnie też go nie ma. Są mili i szczerze mi współczują, mówią jednak, że na tym etapie niewiele mogą zrobić. Proponują, bym zadzwoniła do znajomych w Anglii i poprosiła ich o pomoc. Dziękuję i kończę rozmowę.

Z Margaret u boku dzwonię do Adama i drżącym głosem mówię mu, co się stało. Natychmiast proponuje, że pójdzie do naszego domu. Dzwoni pół godziny później. Stoi przed bramą, ale wszystko jest zamknięte i nikt nie reaguje na dzwonek. Martwię się, że Jack miał wypadek w drodze na lotnisko. Adam przekonuje mnie, że na pewno nic się nie stało, ale obiecuje to sprawdzić. Mówię mu, że pracownicy ambasady proponowali, by wypytać raz jeszcze wszystkich znajomych, czy nie rozmawiali z nim ostatnio, a Adam ponownie obiecuje się tym zająć.

Kiedy czekam na wiadomości od niego, dzwoni Diane, by mnie pocieszyć i zapewnić, że jej mąż robi wszystko, co w jego mocy. Rozmawiamy przez chwilę, po czym odkładam słuchawkę, a Margaret wypytuje mnie łagodnie o różne szczegóły. Dopiero po chwili dociera do mnie, że ona i Richard zastanawiają się, czy Jack nie miał kogoś innego, czy nie uciekł z tą kobietą. Przerażona, mówię, że nigdy nie przyszło mi to do głowy, bo nigdy też nie zauważyłam w jego zachowaniu niepokojących oznak, ale oczywiście powinnam sprawdzić taką możliwość.

Znów dzwoni telefon.

– Grace?

– Adam? – odpowiadam z wahaniem, jakbym obawiała się tego, co chce mi powiedzieć. – Dowiedziałeś się czegoś?

– Wiem tylko, że Jacka nie przyjęto do żadnego ze szpitali, do których się dodzwoniłem, co jest chyba dobrą wiadomością.

– Tak – zgadzam się z nim, odrobinę spokojniejsza.

– Chociaż nikt z naszych wspólnych znajomych nie miał z nim kontaktu w ciągu ostatnich kilku dni. Wygląda więc na to, że wracamy do punktu wyjścia.

Spoglądam na Margaret, która kiwa zachęcająco głową.

– Adam, muszę cię o coś zapytać – mówię powoli.

– Śmiało.

– Czy to możliwe, że Jack miał romans, może z kimś w biurze?

– Romans? Jack? – Adam wydaje się zszokowany. – Nie, oczywiście, że nie. Nigdy nie zrobiłby czegoś takiego. Zanim cię poznał, prawie w ogóle nie interesował się kobietami, a odkąd zostaliście parą, nie widział świata poza tobą. Na pewno sama dobrze o tym wiesz, Grace.

Margaret, która domyśla się, co powiedział Adam, ściska moją dłoń.

– Tak, wiem – odpowiadam nieco zawstydzona. – Po prostu nie przychodzi mi do głowy żaden inny pomysł, dla którego mógłby tak nagle zniknąć bez śladu.

– Nie przychodzą ci do głowy jacyś inni znajomi Jacka? No wiesz, ktoś spoza pracy i naszego kręgu?

– Raczej nie. – Wzdycham. – Choć chwileczkę, a co z Moirą i Gilesem, no wiesz, tą parą, która była na urodzinach Millie? Może udałoby ci się z nimi skontaktować, bo ja nie mam ich numeru.

– Zostaw to mnie. Jak się nazywają?

– Kilburn-Hawes.

– Skontaktuję się z nimi, a potem oddzwonię do ciebie – obiecuje.

Dzwoni pół godziny później, a kiedy mówi mi, że oni

również nie mieli żadnych wieści od Jacka, wpadam w rozpacz. Nikt nie wie, co robić. Ostatecznie wszyscy – Margaret, Richard, Adam i Diane – dochodzą do wniosku, że jest jeszcze za wcześnie, by rozpoczynać poszukiwania z udziałem policji. Najlepiej będzie, jeśli trochę się prześpię, a rano może Jack sam się ze mną skontaktuje.

Nie kontaktuje się. Siedzę otępiała, podczas gdy pan Ho, Margaret, Richard i Adam przejmują inicjatywę. Mówię, że chcę wrócić do domu, ale przekonują mnie, żebym na wszelki wypadek została jeszcze jeden dzień. Wczesnym popołudniem – czyli o ósmej rano w Anglii – Adam dzwoni z informacją. Rozmawiał z miejscową policją. Jeśli nie mam nic przeciwko, policjanci wejdą do domu, by poszukać czegoś, co może naprowadzić ich na trop Jacka.

Najpierw policjanci dzwonią do mnie, pytają, kiedy ostatnio widziałam męża. Mówię, że w dniu wyjazdu, gdy przyjechała po mnie Esther, machał do mnie z okna gabinetu. Nie mógł mnie odwieźć na lotnisko, bo po powrocie z pracy wypił sporo whisky. Dodaję, że nie chciałam lecieć do Tajlandii sama, choć Jack ostrzegał mnie już jakiś czas temu, gdy sprawa Tomasina zaczęła się komplikować, że być może tak to właśnie urządzimy. Obiecują skontaktować się ze mną, jak tylko będą coś wiedzieć. Siedzę w pokoju i czekam na telefon, towarzyszy mi Margaret, trzyma mnie za rękę. Wiem, że minie sporo czasu, zanim otrzymam informację, na którą czekam, więc mówię swojej nowej przyjaciółce, że chciałabym się przespać, po czym kładę się do łóżka.

Udaje mi się zasnąć i śpię aż do momentu, na który czekałam od kilku dni, odkąd przyleciałam do Tajlandii. Pukanie do drzwi. Ponieważ się nie ruszam, Margaret wstaje i otwiera. Słyszę głos mężczyzny, potem Margaret podchodzi do łóżka, kładzie mi dłoń na ramieniu i potrząsa mną delikatnie. Mówi, że ktoś chce się ze mną zobaczyć. Siadam na łóżku i widzę, jak Margaret wymyka się z pokoju. Chcę ją zawołać, poprosić, by nie zostawiała mnie samej, ale mężczyzna idzie już w moją stronę. Serce bije mi jak szalone, oddycham płytko, nie mam odwagi podnieść na niego wzroku. Tkwię w bezruchu, przygarbiona, najpierw widzę jego buty. Są z dobrej skóry, starannie wypastowane, byłabym zaskoczona, gdyby wyglądały inaczej. Wypowiada moje nazwisko, powoli podnoszę wzrok, jego garnitur jest ciemny, odpowiednio do okoliczności, choć uszyto go z lekkiego materiału, dopasowanego do klimatu. W końcu widzę jego twarz: jest sympatyczna, ale poważna, bo taka powinna być.

– Pani Angel? – powtarza.

– Tak – odpowiadam zdenerwowana.

– Nazywam się Alastair Strachan. Pracuję w brytyjskiej ambasadzie. – Odwraca się, a ja dostrzegam młodą kobietę, która stoi tuż za nim. – A to Vivienne Dashmoor. Czy moglibyśmy zamienić z panią kilka słów?

– Czy to ma coś wspólnego z Jackiem? Znaleźliście go?

– Tak. A właściwie znalazła go policja w Anglii.

– Bogu dzięki! – wołam z ogromną ulgą. – Gdzie on jest? Dlaczego nie odbiera telefonu? Leci tu?

– Może przejdziemy dalej i usiądziemy? – proponuje młoda kobieta.

– Oczywiście. – Kiwam głową i prowadzę ich do salonu. Siadam na kanapie, a oni na fotelach. – Więc gdzie on jest? – pytam. – Jeszcze w Anglii czy już leci tutaj?

Strachan odchrząkuje głośno.

– Bardzo mi przykro, że muszę to pani powiedzieć, pani Angel, ale niestety, pan Angel nie żyje.

Wpatruję się w niego szeroko otwartymi oczami. Na mojej twarzy pojawia się wyraz niedowierzania.

– Nie rozumiem – mówię w końcu, kręcąc głową.

Strachan poprawia się na fotelu, zakłopotany.

– Obawiam się, że pani mąż nie żyje, pani Angel. Znaleziono go martwego.

Znów kręcę głową, jeszcze energiczniej.

– Nie, to niemożliwe, przyjedzie tutaj, mówił, że przyjedzie. Gdzie on jest? – Mój głos drży z emocji. – Chcę wiedzieć, gdzie on jest. Dlaczego nie ma go tutaj?

– Pani Angel, wiemy, że to dla pani bardzo trudne, ale musimy zadać pani kilka pytań – odzywa się Vivienne. – Chciałaby pani, żebyśmy tu kogoś sprowadzili? Może pani przyjaciółkę?

– Tak, tak... – Kiwam głową. – Możecie poprosić Margaret?

Strachan podchodzi do drzwi. Słyszę przytłumione głosy, potem do pokoju wchodzi Margaret. Widzę jej zszokowaną twarz i drżę na całym ciele.

– Oni mówią, że Jack nie żyje – wyrzucam z siebie. – Ale to niemożliwe, to niemożliwe.

– Już dobrze – odzywa się kojącym głosem, siadając obok mnie. – Już dobrze.

– Może zamówimy herbatę? – proponuje Dashmoor, wstając z fotela. Podchodzi do telefonu i rozmawia z recepcją.

– Miał wypadek? – pytam Margaret, oszołomiona. – Czy to się właśnie stało? Czy Jack miał wypadek w drodze na lotnisko? Dlatego się tutaj nie pojawił?

– Nie wiem – odpowiada cicho.

– Tak właśnie musiało być – mówię dalej, kiwając głową z przekonaniem. – Wyszedł z domu za późno, śpieszył się na lotnisko, jechał za szybko i miał wypadek. Tak to właśnie wyglądało, prawda?

Margaret zerka na Strachana.

– Niestety, nie wiem.

Szczękam zębami.

– Zimno mi.

Margaret zrywa się na równe nogi, zadowolona, że ma coś do roboty.

– Podać ci sweter? Jest w szafie?

– Tak, chyba tak, może ten zapinany. Szlafrok, możesz dać mi szlafrok?

– Tak, oczywiście.

Przechodzi do łazienki, bierze szlafrok, wraca do mnie i zarzuca mi go na ramionach.

– Dziękuję – mamroczę z wdzięcznością.

– Lepiej? – pyta.

– Tak. Ale Jack nie mógł umrzeć, to jakaś pomyłka, na pewno.

Margaret zastanawia się, co odpowiedzieć, lecz szczęśliwie dla niej ktoś puka do drzwi. Vivienne Dashmoor otwiera, do środka wchodzą pan Ho oraz dziewczyna, która pcha przed sobą wózek z herbatą.

– Jeśli mogę jeszcze czymś służyć, proszę dać mi znać – mówi cicho pan Ho. Czuję, że na mnie patrzy, wychodząc z pokoju, ale nie podnoszę głowy.

Vivienne rozstawia filiżanki z herbatą, pyta, czy słodzę.

– Nie, dziękuję.

Stawia przede mną filiżankę ze spodkiem. Podnoszę naczynie, ale ręka drży mi tak mocno, że odrobina herbaty wylewa się na moją dłoń i parzy mnie. Niezdarnie odstawiam naczynie na miejsce.

– Przepraszam – mówię. Do oczu napływają mi łzy. – Przepraszam.

– Nic się nie stało – zapewnia mnie pospiesznie Margaret. Sięga po serwetkę i wyciera moją dłoń.

Biorę głęboki wdech, próbuję zapanować nad emocjami.

– Przepraszam, nie dosłyszałam pańskiego nazwiska – zwracam się do Strachana.

– Alastair Strachan.

– Panie Strachan, twierdzi pan, że mój mąż nie żyje, tak? – Spoglądam na niego pytająco.

– Niestety, tak.

– Więc proszę mi powiedzieć, jak umarł. Czy zginął na miejscu, czy były jeszcze jakieś inne ofiary, gdzie się wydarzył wypadek? Muszę to wiedzieć. Muszę wiedzieć, jak to się stało.

– To nie był wypadek samochodowy, pani Angel.

– To nie był wypadek? – powtarzam słabo. – Więc jak umarł?

Strachan wydaje się zakłopotany.

– Niestety, trudno to powiedzieć, pani Angel, ale wszystko wskazuje na to, że pani mąż odebrał sobie życie.

Przez moment patrzę na niego w osłupieniu, a potem wybucham płaczem.

KIEDYŚ

Gdy już uświadomiłam sobie, że mogę uniknąć odpowiedzialności za morderstwo, przez resztę nocy opracowywałam szczegółowo plan działania, zastanawiałam się, jak w odpowiednim momencie doprowadzić Jacka dokładnie tam, gdzie chcę. Ponieważ warunkiem powodzenia tego planu była przegrana Jacka w sprawie Tomasina, postanowiłam pójść za przykładem męża i przygotować się także na inne – a właściwie wszystkie możliwe – ewentualności. Zastanawiałam się, co zrobię, jeśli wygra, i doszłam do wniosku, że tak czy inaczej go uśpię, a kiedy będzie nieprzytomny, zadzwonię po policję. Jeśli pokażę im pokój w piwnicy i ten, w którym mnie trzymał, może mi uwierzą. Jeśli nie zdążę go odurzyć przed wyjazdem na lotnisko, podam mu tabletki w samolocie i poszukam pomocy w Tajlandii. Żadne z tych rozwiązań nie było doskonałe, ale nie miałam innych możliwości. Chyba że przegra – choć i w takim wypadku nie mogłam mieć pewności, że przyjdzie do mnie ze szklaneczką whisky, by się wyżalić.

Nazajutrz, w dzień ogłoszenia werdyktu, przez cały ranek rozgniatałam tabletki na proszek. Potem umieściłam go w kawałku papieru, który schowałam w rękawie, niczym chusteczkę. Gdy usłyszałam dźwięk otwierającej się bramy i chrzęst żwiru pod oponami samochodu Jacka, serce biło mi tak mocno, jakby chciało wyskoczyć z piersi. W końcu nadeszła ta chwila. Bez względu na to, czy wygrał, czy przegrał, musiałam przejść do działania.

Jack wszedł do holu, zamknął drzwi i podniósł żaluzje. Słyszałam, jak otwiera garderobę, przechodzi do kuchni, otwiera i zamyka zamrażarkę. Potem doszedł mnie chrzęst kostek lodu wyjmowanych z foremki, trzask otwieranych i zamykanych drzwi szafki, grzechot kostek wrzucanych do szklanki – wstrzymałam oddech – dwóch szklanek. Kiedy wszedł na schody ciężkim, powolnym krokiem, wiedziałam już wszystko, co musiałam wiedzieć. Zaczęłam energicznie pocierać lewe oko, by zrobiło się czerwone, nim Jack otworzy drzwi.

– No i jak? – spytałam, gdy wszedł do pokoju. – Jak poszło? Podał mi szklankę.

– Przegrałem.

– Przegrałeś? – powtórzyłam, biorąc od niego whisky. Bez słowa podniósł naczynie do ust. Wystraszona, że wypije wszystko, zanim zdołam podać mu tabletki, zeskoczyłam z łóżka. – Od rana mam coś w oku – powiedziałam, mrugając gwałtownie. – Mógłbyś spojrzeć?

– Co?

– Czy mógłbyś zajrzeć mi do oka? Zdaje się, że coś mi wpadło, mucha albo jakiś paproszek.

Kiedy zajrzał mi do oka przesłoniętego do połowy powieką, wysunęłam z rękawa papierowe zawiniątko i opuściłam je na dłoń.

– Więc co się stało? – spytałam, otwierając papier palcami.

– Dena Anderson mnie wykiwała – wyjaśnił z rozgoryczeniem. – Możesz trochę unieść powiekę?

Powoli przesunęłam szklankę, którą trzymałam w drugiej ręce, pod papier i wysypałam jego zawartość do whisky.

– Nie mogę, za bardzo mnie boli – odpowiedziałam, mieszając alkohol palcem. – A ty nie mógłbyś tego zrobić? Potrzymam ci szklankę.

Wzdychając z irytacją, podał mi szklaneczkę i odsłonił oko, używając obu dłoni.

– Nic tu nie widzę – mruknął.

– Gdybym miała lusterko, sama bym sobie poradziła – burknęłam. – Nieważne, w końcu pewnie samo wypłynie. – Wyciągnął rękę po szklankę, a ja podałam mu swoją. – Za co wypijemy?

– Za zemstę – odpowiedział ponuro.

Podniosłam szklankę.

– A więc za zemstę. – Wypiłam połowę whisky i ucieszyłam się, widząc, że Jack zrobił to samo.

– Nikt nie będzie robił ze mnie głupca. Antony Tomasin też za to zapłaci.

– Ale on był niewinny – zauważyłam, zastanawiając się, jak poprowadzić rozmowę do czasu, aż tabletki zaczną działać.

– A jakie to ma znaczenie? – Gdy podniósł ponownie szklankę, zauważyłam z przerażeniem, że w whisky unoszą się maleńkie białe drobinki. – Wiesz, co najbardziej lubię w swojej pracy?

– Co takiego? – spytałam szybko.

– Najbardziej lubię siedzieć naprzeciwko wszystkich tych

zmaltretowanych kobiet i wyobrażać sobie, że to ja je pobiłem – odparł, po czym opróżnił szklankę do końca. – No i te zdjęcia, wszystkie te piękne zdjęcia ich obrażeń. To jeszcze jedna z dodatkowych korzyści, jakie daje mi ten zawód.

Rozzłoszczona, podniosłam szklankę i zanim zdołałam się powstrzymać, chlusnęłam mu resztką whisky prosto w twarz. Jego wściekły ryk i świadomość, że przeszłam do działania zbyt szybko, niemal mnie sparaliżowały. Ale kiedy rzucił się w moją stronę, zaciskając powieki i chroniąc oczy, wykorzystałam jego chwilowe oślepienie i odepchnęłam go od siebie najmocniej, jak potrafiłam. Wpadł na łóżko i zachwiał się, dzięki czemu zyskałam kilka cennych sekund. Zatrzasnęłam za sobą drzwi i zbiegłam po schodach do holu, szukając jakiejś kryjówki, bo nie mogłam pozwolić, by mnie złapał – jeszcze nie. Słyszałam, jak na górze otwarte gwałtownie drzwi uderzają w ścianę, potem rozległy się ciężkie kroki na schodach. Pobiegłam do garderoby i schowałam się w szafie, licząc, że zyskam w ten sposób kilka minut.

Tym razem, kiedy mnie wołał, w jego głosie nie pobrzmiewały melodyjne nuty rozbawienia. Ryczał jak ranny niedźwiedź, obiecywał rzeczy, od których robiło mi się zimno ze strachu. Minęło kilka minut, wyobrażałam sobie, jak chodzi po salonie i zagląda za wszystkie meble. Oczekiwanie było nieznośne, wiedziałam jednak, że z każdą chwilą jestem bliższa zwycięstwa.

W końcu usłyszałam jego kroki w holu. Zaczęłam drżeć, a gdy otworzyły się drzwi garderoby, osunęłam się na podłogę. Potem zapadła przerażająca cisza. Wiedziałam, że stoi przy szafie, że wie już, gdzie się ukryłam. Pozwalał, bym umierała ze strachu, sycił się zapachem mojego przerażenia.

Nie wiem, kiedy przyszło mi do głowy, że w drzwiach szafy może być klucz, lecz świadomość, że w każdej chwili może mnie w niej uwięzić, odebrała mi na moment dech. Gdyby nie udało mi się zrealizować następnej części planu, nie uratowałabym Millie. Ogarnięta paniką, rzuciłam się na drzwi, wypadłam z szafy i runęłam na podłogę prosto do stóp Jacka.

Złapał mnie za włosy i poderwał do góry, wciąż rozwścieczony. Wystraszona, że może zrobić mi poważną krzywdę, zaczęłam krzyczeć i błagać go o litość, prosiłam, by nie zaciągał mnie do piwnicy, bełkotałam coś niezrozumiale, obiecywałam zrobić wszystko, byle tylko mnie tam nie zamykał.

Wzmianka o piwnicy przyniosła pożądany skutek. Gdy wlókł mnie przez hol, szarpałam się gwałtownie, więc nie miał innego wyjścia, musiał wziąć mnie na ręce. Zamknięta w jego uścisku, zawisłam bezwładnie, jakbym się poddała. Wykorzystałam ten czas, kiedy niósł mnie do pokoju przygotowanego dla Millie, by skupić się na tym, co musiałam teraz zrobić. Chciał rzucić mnie na podłogę, ale uchwyciłam się go najmocniej, jak mogłam. Rozwścieczony, próbował strząsnąć mnie z siebie i przeklinał głośno. Zauważyłam, że bełkocze, co stanowiło dla mnie sygnał do działania. Wciąż mocno go trzymając, zaczęłam osuwać się wzdłuż jego ciała. Gdy znalazłam się na wysokości jego kolan, pociągnęłam je do siebie z całych sił. Nogi natychmiast się pod nim ugięły, zachwiał się i wtedy obaliłam go na podłogę. Oszołomiony upadkiem i tabletkami, leżał przez moment w bezruchu, a ja zerwałam się na równe nogi, wybiegłam z pokoju i zatrzasnęłam za sobą drzwi.

Gdy pędziłam do schodów, słyszałam, jak wali w drzwi i wrzeszczy, bym go wypuściła. W jego głosie było tyle wściekłości i nienawiści, że płakałam ze strachu. Dotarłszy do holu, zatrzasnęłam nogą drzwi piwnicy, odcinając się od tych dźwięków. Przesadzając po dwa stopnie naraz, wpadłam do swojego pokoju, zabrałam brudne szklanki i zniosłam je do kuchni. Starałam się przy tym nie zwracać uwagi na wrzaski Jacka, które wciąż docierały do mnie z piwnicy. Drżącymi rękami umyłam szklanki, starannie je wytarłam i odstawiłam na miejsce do szafki.

Wróciłam na górę, do swojego pokoju, poprawiłam pościel na łóżku. Zabrałam szampon, mydło i ręcznik z łazienki i przeniosłam to wszystko do pokoju Jacka. Zdjęłam piżamę i wrzuciłam ją do kosza na brudną bieliznę, poszłam do sypialni ze swoimi ubraniami i szybko włożyłam coś na siebie. Otworzyłam szafę, wzięłam kilka par butów, trochę bielizny i sukienkę, wróciłam do głównej sypialni i rozłożyłam to wszystko w różnych miejscach. Znów udałam się do pokoju z ubraniami, zabrałam walizkę, którą poprzedniego dnia Jack kazał mi spakować, i zeszłam do holu.

Nie martwiłam się tym, jak wyjdę z domu – nie potrzebowałam klucza, by otworzyć frontowe drzwi – ale wciąż nie wiedziałam, jak dostanę się na lotnisko, bo nie miałam przecież pieniędzy. Jack prawdopodobnie powiesił marynarkę, którą nosił tego dnia, w garderobie, ale nie chciałam szukać pieniędzy w jego ubraniach – miałam nadzieję, że znajdę trochę gotówki razem z moim paszportem i biletami. Otworzyłam drzwi gabinetu i włączyłam światło. Kiedy zobaczyłam oba paszporty i bilety ułożone starannie na biurku, omal nie krzyknęłam z ulgi. Obok leżała koperta, a w niej trochę bahtów. Naciągnąwszy na palce rękaw swetra, otworzyłam jedną z szuflad, nie znalazłam w niej jednak pieniędzy, a bałam się zaglądać w inne miejsca. Zabrałam paszport, bilet i bahty, wróciłam do holu, a potem – ponieważ nie mogłam dostać się na lotnisko bez pieniędzy – weszłam do garderoby. Odszukałam marynarkę Jacka, otworzyłam ostrożnie jego portfel i wyjęłam cztery banknoty pięćdziesięciofuntowe. Miałam już zamknąć portfel i odłożyć go na miejsce, gdy dostrzegłam wizytówki Jacka. Przypomniałam sobie, że będę musiała zadzwonić do jego biura, i wzięłam jedną.

Uświadomiwszy sobie nagle, że nie mam pojęcia, która jest godzina, wróciłam do kuchni i spojrzałam na zegarek na mikrofalówce. Było wpół do piątej; jeśli chciałam zdążyć na samolot, musiałam już wyjeżdżać. Choć zaplanowałam starannie wszystkie inne posunięcia, nie zastanawiałam się dotąd, jak dotrę na lotnisko. Myślałam pewnie, że wezmę po prostu taksówkę, ale nie miałam pojęcia, pod jakim numerem ją zamówić. Transport publiczny nie wchodził w grę – do najbliższej stacji szło się piętnaście minut. Nie chciałam zwracać na siebie uwagi, ciągnąc ciężką walizkę taki kawał drogi, poza tym i tak pewnie bym nie zdążyła. Wiedząc, że tracę cenny czas, wróciłam do holu i podniosłam słuchawkę, zastanawiając się, czy istnieje jeszcze coś takiego jak informacja telefoniczna. Myśląc, jaki numer powinnam wybrać, przypomniałam sobie o Esther. Zdumiona, że wciąż pamiętam numer jej telefonu, zadzwoniłam do niej, modląc się w duchu, by odebrała.

– Halo?

Wzięłam głęboki oddech.

– Esther, mówi Grace. Nie przeszkadzam ci?

– Nie, skądże. Słuchałam właśnie radia. Wygląda na to, że Antony Tomasin został uniewinniony. – Umilkła na moment, jakby nie wiedząc, co powiedzieć. – Jack jest pewnie rozczarowany.

Gorączkowo szukałam w myślach właściwej odpowiedzi.

– Niestety tak, i to bardzo.

– Wszystko w porządku, Grace? Wydajesz się zdenerwowana.

– To przez Jacka – przyznałam. – Nie może wyjechać dziś do Tajlandii, bo ma jeszcze mnóstwo papierkowej roboty. Kiedy rezerwował bilety, myślał, że proces dawno już będzie zamknięty, ale ze względu na nowe dowody, wiesz, związane z kochankiem Deny Anderson, wszystko się przeciągnęło.

– Musisz być ogromnie rozczarowana! Ale zawsze możecie pojechać później, prawda?

– Właśnie o to chodzi. Jack chce, żebym poleciała dzisiaj, zgodnie z planem. Mówi, że dołączy do mnie we wtorek, kiedy wszystko załatwi. Chciałam poczekać na niego, ale powiedział, że głupio byłoby zmarnować oba bilety. Będzie musiał kupić nowy na wtorek, sama rozumiesz.

– Zakładam, że nie chcesz lecieć bez niego.

– Oczywiście, że nie – potwierdzam, po czym dodaję, śmiejąc się nerwowo: – Ale jest w takim nastroju, że może takie rozwiązanie byłoby lepsze. Mam zadzwonić po taksówkę i pojechać nią na lotnisko; Jack nie może mnie zawieźć, bo zaraz po powrocie wypił dużą whisky. Problem w tym, że nie znam numeru żadnej korporacji, a wolałabym nie wchodzić teraz do gabinetu Jacka i nie zawracać mu głowy takimi drobiazgami. Pomyślałam, że może ty znasz jakąś miejscową firmę taksówkarską.

– Chcesz, bym cię zawiozła? Dzieci wróciły już ze szkoły, a Rufus pracuje dziś w domu, więc to żaden problem.

Tego tylko brakowało.

– To bardzo miłe z twojej strony, ale nie mogę cię prosić, żebyś wiozła mnie na lotnisko w piątkowy wieczór, przez te wszystkie korki – mówię.

– Nie wydaje mi się, żebyś o tej porze złapała prędko taksówkę. O której powinnaś wyjechać?

– Cóż, prawdę mówiąc, jak najszybciej – przyznaję niechętnie. – Muszę się odprawić przed siódmą.

– Więc lepiej się zgódź.

– Wolałabym jednak taksówkę. Możesz podać mi numer?

– Posłuchaj, zawiozę cię, to żaden problem. Dzięki temu nie ja będę musiała zaganiać dzieciaki do kąpieli.

– Nie, naprawdę nie trzeba.

– Dlaczego nie chcesz, żebym ci pomogła, Grace?

W jej głosie było coś, co obudziło nagle moją czujność.

– Po prostu nie chcę cię wykorzystywać, to wszystko.

– Nie wykorzystujesz – odparła stanowczym tonem. – Jesteś spakowana?

– Tak, przygotowaliśmy bagaże wczoraj.

– W takim razie powiem tylko Rufusowi, że odwożę cię na lotnisko, i zaraz u ciebie będę. Powiedzmy, za piętnaście minut?

– Świetnie. Dziękuję, Esther. Poinformuję Jacka.

Odłożyłam słuchawkę, przerażona tym, na co się właśnie zgodziłam. Nie umiałam sobie nawet wyobrazić, jak zdołam udawać przy kimś takim jak Esther, że wszystko jest w porządku.

TERAZ

Stewardesa pochyla się nade mną.

– Za czterdzieści minut wylądujemy na Heathrow – mówi cicho.

– Dziękuję.

Nagle ogarnia mnie panika, próbuję uspokoić oddech, nie mogę przecież załamać się na tym etapie gry. Prawda jest jednak taka, że choć nie myślę o niczym innym, odkąd niemal dwanaście godzin temu Margaret pomogła mi przejść przez kontrolę paszportową w Bangkoku, nadal nie mam pojęcia, jak rozegrać wszystko, gdy wreszcie znajdę się w Londynie. Diane i Adam będą czekali na mnie na lotnisku i zabiorą mnie do siebie, więc muszę przemyśleć sobie dobrze, co powiem im o ostatnich godzinach spędzonych z Jackiem, bo później to samo będę musiała powtórzyć policji.

Włącza się sygnał nakazujący zapięcie pasów, podchodzimy do lądowania. Zamykam oczy i modlę się, bym mówiła Diane i Adamowi odpowiednie rzeczy, szczególnie że to właśnie Adam pośredniczył w moich kontaktach z policją, odkąd znaleziono ciało Jacka. Mam nadzieję, że nie czekają mnie jakieś paskudne niespodzianki. Nie wiem, jak bym zareagowała, gdyby Adam powiedział mi, że zdaniem policji śmierć mojego męża jest podejrzana. Mogę jedynie improwizować, ale jest to trudne, bo wciąż nie wiem o wielu istotnych sprawach.

Euforia, która ogarnęła mnie na wieść o samobójstwie Jacka – bo oznaczało to, że mój plan zadziałał i udało mi się uniknąć kary za morderstwo – przygasła szybko, gdy uświadomiłam sobie, że Strachan użył słów „wygląda na to". Nie wiedziałam, czy sam wolał nie wypowiadać jednoznacznych opinii, czy też policja w Anglii miała jakieś wątpliwości w tej kwestii. Jeśli zaczęli już przesłuchiwać różne osoby – współpracowników, przyjaciół – mogli dojść do wniosku, że Jack raczej nie popełniłby samobójstwa. Mnie zapewne również zapytają, dlaczego odebrał sobie życie, a ja będę musiała ich przekonać, że pierwsza przegrana sprawa w karierze była wystarczającym powodem. Może spytają też, czy w naszym małżeństwie były problemy, lecz jeśli to potwierdzę i podam im szczegóły, na pewno uznają za bardziej prawdopodobne morderstwo niż samobójstwo. Nie mogłam podejmować takiego ryzyka. Strachan powiedział mi, że Jack umarł po zażyciu lekarstw, ale nie podał szczegółów, więc nie wiedziałam, gdzie znaleziono jego ciało, i nie uważałam za właściwe o to pytać. A co jeśli Jack wydostał się z pokoju? Może ukrył gdzieś przełącznik otwierający drzwi, którego ja nie umiałam znaleźć, i zdołał przejść do holu? Być może przed śmiercią zdążył napisać list, w którym oskarżał mnie o zabójstwo.

Ta niewiedza oznacza, że nie jestem dobrze przygotowana do odegrania swojej roli. Nawet jeśli wszystko poszło zgodnie z planem i ciało Jacka znaleziono w piwnicy, policja będzie mnie pytać, do czego służył ten pokój, a ja wciąż nie wiem, czy w moim interesie będzie przyznanie się, że wiedziałam o jego istnieniu, czy też udawanie zaskoczenia. Jeśli przyznam, że o nim wiedziałam, będę musiała wymyślić wiarygodne wyjaśnienie, tłumaczyć, że Jack przebywał tam przed wyjściem do sądu, by odpowiednio się zmotywować i przypomnieć sobie, dlaczego tak dzielnie broni maltretowanych żon. Wolałabym zaprzeczyć i udawać zdumienie obecnością czegoś podobnego w naszym pięknym domu – pokój był przecież ukryty za regałami, na końcu piwnicy, więc rzeczywiście mogłam tam nigdy nie dotrzeć. Tu jednak pojawił się kolejny problem – gdyby policjanci z jakiegoś powodu zbadali odciski palców na ścianach, znaleźliby zapewne ślady mojej obecności. Zatem może powiedzieć prawdę, choć nie całą, bo jeśli przedstawię Jacka inaczej niż kochającego męża, za którego wszyscy go uważali, jeśli powiem, do czego naprawdę miał służyć ten pokój, zaczną się zastanawiać, czy nie zamordowałam męża, by chronić Millie. Może przysięgli zrozumieliby moją sytuację i okazali mi współczucie, ale mogliby też uznać mnie za łowczynię posagów, która zabiła swojego bogatego męża, by przejąć jego pieniądze. Gdy zniżamy się nad lotniskiem, coraz bardziej ciąży mi świadomość, że muszę podjąć właściwe decyzje i powiedzieć właściwe rzeczy.

Kontrola paszportowa trwa wyjątkowo długo. W końcu przechodzę przez podwójne drzwi i szukam w tłumie twarzy Diane i Adama. Jestem tak przejęta, że na ich widok pewnie wybuchnę płaczem, co właściwie uwiarygodni mnie w roli zrozpaczonej wdowy. Lecz zamiast Diane dostrzegam Esther, która macha mi na powitanie. Ogarnia mnie strach.

– Mam nadzieję, że nie masz nic przeciwko – mówi, ściskając mnie serdecznie. – Nie miałam dziś nic do roboty, więc zaproponowałam, że zabiorę cię z lotniska i zawiozę do Diane. Bardzo mi przykro z powodu Jacka.

– Wciąż nie mogę w to uwierzyć – mówię, kręcąc głową, bo szok, jakiego doznałam na jej widok, powstrzymał łzy udawanej rozpaczy. – Wciąż nie mogę uwierzyć, że on nie żyje.

– Tak, to musiał być dla ciebie prawdziwy szok – zgadza się, biorąc ode mnie walizkę. – Chodź, poszukamy jakiejś kawiarni. Pomyślałam, że zanim pojedziemy do domu, napijemy się razem kawy.

Ta propozycja budzi we mnie jeszcze większe przerażenie, bo znacznie trudniej będzie mi grać rolę pogrążonej w żałobie wdowy przed Esther niż przed Diane.

– Nie powinnyśmy jak najszybciej jechać do Diane? Chciałabym pogadać z Adamem, muszę też pojechać na policję. Adam mówił, że detektyw prowadzący tę sprawę chce ze mną porozmawiać.

– O tej porze utkniemy tylko w korku, więc równie dobrze możemy się w tym czasie napić kawy – odpowiada, ruszając w stronę części gastronomicznej terminalu. Znajdujemy kawiarnię, a Esther rusza prosto do stolika na środku sali, otoczonego przez hałaśliwą szkolną wycieczkę. – Siadaj, a ja pójdę po kawę. Zaraz wracam.

Instynkt każe mi uciekać, ale nie mogę tego zrobić. Skoro Esther przyjechała po mnie na lotnisko i zaproponowała kawę, to najwyraźniej chce ze mną porozmawiać. Staram się nie wpadać w panikę, ale nie jest to łatwe. A jeśli domyśliła się, że zamordowałam Jacka? Jeśli wtedy, gdy odwoziła mnie na lotnisko, dostrzegła w moim zachowaniu coś podejrzanego?

Czy powie mi, że wie, co zrobiłam? Czy zagrozi, że ujawni wszystko policji? Będzie mnie szantażować? Obserwuję ją, jak płaci, a gdy wraca do stolika, jestem chora ze zdenerwowania.

Siada naprzeciwko i stawia przede mną kawę.

– Dziękuję – mówię, uśmiechając się słabo.

– Grace, co wiesz o śmierci Jacka? – pyta Esther, rozrywając papierową saszetkę i wsypując cukier do filiżanki.

– Co masz na myśli? – jąkam.

– Wiesz chyba, jak umarł?

– Tak, zażył za dużo środków nasennych.

– Owszem – zgadza się. – Ale nie to go zabiło.

– Nie rozumiem.

– Wygląda na to, że nie obliczył dobrze dawki i zażył za mało tabletek. Więc nie umarł. To znaczy nie na skutek przedawkowania.

Kręcę głową.

– Nadal nie rozumiem.

– Cóż, ponieważ połknął za mało tabletek, odzyskał przytomność.

– Więc jak umarł?

– Z odwodnienia.

Robię zszokowaną minę.

– Z odwodnienia?

– Tak, mniej więcej cztery dni po zażyciu tabletek.

– Ale skoro nie umarł, skoro odzyskał przytomność, to dlaczego po prostu nie poszedł się czegoś napić?

– Bo nie mógł. Jego ciało znaleziono w zamkniętym pokoju w piwnicy.

– W pokoju w piwnicy?

– Tak. Najgorsze jest to, że tego pokoju nie da się otworzyć od środka, zatem Jack nie mógł się wydostać na zewnątrz. – Esther robi krótką pauzę i miesza kawę. – Choć, zdaje się, próbował.

– Biedny Jack – mówię cicho. – Nawet nie chcę myśleć o tym, jak cierpiał.

– Czy coś w jego zachowaniu wskazywało na to, że może targnąć się na życie?

– Nie, absolutnie. Inaczej nigdy bym go nie zostawiła. Nie poleciałabym do Tajlandii, gdybym choć przez moment przypuszczała, że chce się zabić.

– Więc jak się zachowywał, kiedy wrócił z sądu?

– Cóż, oczywiście był rozczarowany porażką.

– Rzecz w tym, że samobójstwo to coś, co zupełnie do niego nie pasuje, a przynajmniej tak uważa większość ludzi, którzy go znali. Był chyba trochę bardziej niż rozczarowany, prawda? Jeśli dobrze rozumiem, do tej pory nie przegrał żadnej sprawy.

– Zgadza się.

– Musiał być zdruzgotany. Może powiedział ci nawet, że to koniec jego kariery. Ale uznałaś to tylko za chwilowe emocje, skutek wzburzenia, więc nie przywiązywałaś do tego większej wagi.

Wpatruję się w nią ze zdumieniem.

– Czy nie tak właśnie mówił, Grace? Nie powiedział, że to koniec jego kariery?

– Tak. – Kiwam powoli głową. – Tak właśnie powiedział.

– Pewnie dlatego chciał się zabić. Nie mógł się pogodzić z porażką.

– Tak musiało być – zgadzam się z nią.

– To tłumaczy, dlaczego chciał, żebyś wyjechała. Dzięki temu mógł bezpiecznie zażyć tabletki. Wygląda na to, że połknął je wkrótce po twoim wyjeździe. Wiesz, skąd je wziął? To znaczy, czy zażywał czasami środki nasenne?

– Zdarzało się – improwizuję. – To nie były specjalne lekarstwa, tylko zwykłe, ogólnodostępne tabletki. Takie same brała Millie. Pamiętam, jak pytał panią Goodrich o ich nazwę.

– Wiedział, że drzwi piwnicy nie można otworzyć od środka, więc pewnie zdawał sobie sprawę, że działanie tabletek może być niewystarczające, ale gotów był zrobić wszystko, żeby się zabić – mówi Esther. Pociąga łyk kawy. – Policja na pewno zapyta cię o to pomieszczenie. Wiedziałaś o nim, prawda? Jack ci je pokazywał?

– Tak.

Przez chwilę bawi się łyżką.

– Będą też chcieli wiedzieć, do czego służył ten pokój. – Po raz pierwszy jakby traci pewność siebie. – Podobno był pomalowany na czerwono, nawet sufit i podłoga, a na ścianach wisiały obrazy brutalnie pobitych kobiet.

Słyszę w jej głosie niedowierzanie; czekam, aż zasugeruje, co powinnam powiedzieć policji. Nie robi tego jednak, bo sama pewnie nie potrafi znaleźć wyjaśnienia. Milczenie się przedłuża, więc w końcu mówię jej to, co wymyśliłam w samolocie.

– Jack używał tego pokoju jako swego rodzaju aneksu – tłumaczę. – Pokazał mi go niedługo po tym, jak wprowadziliśmy się do domu. Mówił, że tam właśnie przygotowuje się do rozpraw, przegląda dokumenty i zdjęcia. Było to dla niego tak obciążające emocjonalnie, że nie chciał zajmować się tym w domu, dlatego urządził sobie specjalny pokój w piwnicy.

Esther kiwa z aprobatą głową.

– A obrazy?

Ogarnia mnie panika – całkiem zapomniałam o portretach, które kazał mi malować. Esther patrzy na mnie spokojnie, czeka, aż się skupię.

– Nie widziałam żadnych obrazów. Jack musiał je zawiesić później.

– Pewnie nie chciał ci ich pokazywać, bo były drastyczne. Nie chciał cię stresować.

– Tak sądzę. – Kiwam głową. – Był pod tym względem cudownie delikatny i przewidujący.

– Mogą spytać, czy wiedziałaś, że drzwi nie da się otworzyć od środka.

– Nie miałam pojęcia. Byłam tam tylko raz, więc trudno, żebym zauważyła taki szczegół. – Patrzę na nią ponad stołem, szukając potwierdzenia, że właśnie tak powinnam się zachować.

– Nie martw się, Grace, policja będzie cię traktowała bardzo łagodnie. Jack powiedział im przecież, że masz problemy emocjonalne, więc będą działać ostrożnie. – Po krótkiej pauzie dodaje: – Może powinnaś to nawet wykorzystać.

– Skąd wiesz to wszystko? O portretach, o tym, jak umarł Jack, gdzie znaleziono jego ciało, o co będzie mnie pytać policja?

– Adam mi powiedział. Jutro będą o tym pisać we wszystkich gazetach, więc pomyślał, że powinnaś się przygotować. – Znów milknie na chwilę. – Chciał sam cię o tym poinformować, ale powiedziałam mu, że skoro jako ostatnie widziałyśmy Jacka przy życiu, to raczej ja powinnam cię odebrać z lotniska.

Patrzę na nią ze zdumieniem.

– Jako ostatnie widziałyśmy Jacka przy życiu?

– Tak. No wiesz, w zeszły piątek, gdy przyjechałam, żeby zabrać cię na lotnisko. Machał nam na pożegnanie, kiedy zapakowałyśmy walizkę do bagażnika. Stał przy oknie w gabinecie, prawda?

– Tak – odpowiadam powoli. – Tak właśnie było.

– O ile dobrze pamiętam, powiedziałaś mi wtedy, że nie podszedł z tobą do bramy, bo chciał się od razu zabrać do pracy. Nie mogę sobie tylko przypomnieć, czy miał wtedy na sobie marynarkę, czy nie.

– Nie, nie miał. Nie miał też krawata, zdjął go zaraz po powrocie z sądu.

– Pomachał nam na pożegnanie, a potem przesłał ci całusa.

– Tak, tak właśnie było. – Nagle dociera do mnie, co Esther dla mnie robi, jak bardzo się poświęca, i zaczynam drżeć. – Dziękuję – mówię szeptem.

Sięga ręką przez stół, przykrywa dłonią moją dłoń.

– Wszystko będzie dobrze, Grace, obiecuję.

Czuję, jak wzbiera we mnie szloch, łzy napływają mi do oczu.

– Nie rozumiem. Czy Millie coś ci powiedziała? – mamroczę, świadoma, że nawet gdyby moja siostra powiedziała Esther, że Jack zepchnął ją ze schodów, nie byłoby to wystarczająco wiarygodne świadectwo.

– Powiedziała mi tylko, że nie lubi George'a Clooneya. – Esther się uśmiecha.

Kręcę z niedowierzaniem głową.

– Więc dlaczego?

Patrzy mi prosto w oczy.

– Jakiego koloru był pokój Millie, Grace?

Z trudem wydobywam z siebie to słowo.

– Czerwonego – odpowiadam łamiącym się głosem. – Pokój Millie był czerwony.

– Tak właśnie myślałam – mówi cicho Esther.

Podziękowania

Jest wiele osób, którym chciałabym podziękować. Przede wszystkim mojej wspaniałej agentce Camilli Wray. Miałam wielkie szczęście, że cię znalazłam! Składam gorące podziękowania Mary, Emmie, Rosannie i wszystkim z agencji Darley Anderson. Jestem niezwykle wdzięczna mojej fantastycznej redaktorce Sally Williamson, a także Alison, Jennifer, Clio, Carze i reszcie zespołu z Mira oraz Becky z Midas.

Na moją dozgonną wdzięczność zasługuje Gerrard Rudd, który walczył o mnie od początku, jeszcze zanim sama zaczęłam o siebie walczyć, oraz Jan Michael za jego nieocenioną, życzliwą pomoc. Dziękuję wam obu z głębi serca.

Specjalne podziękowania składam moim córkom, za pomoc i dodawanie mi odwagi, i mężowi, który zapewnił mi przestrzeń do pisania. Rodzicom, którzy z determinacją poszli do księgarni, żeby kupić moją książkę, i moim kochanym przyjaciółkom, Louise i Dominique, które nigdy nie zapominały o tym, by zapytać, jak mi idzie pisanie. Karen i Philipowi za to samo, a mojej siostrze Christine za przeczytanie każdego napisanego przeze mnie słowa.